2021.43

星河

诗丛

·春

主编

骆寒超

黄纪云

 浙江工商大学出版社 | 杭州
ZHEJIANG GONGSHANG UNIVERSITY PRESS

图书在版编目（CIP）数据

春/骆寒超,黄纪云主编.—杭州:浙江工商大学出版社,2021.6

（星河）

ISBN 978-7-5178-4462-4

Ⅰ.①春… Ⅱ.①骆… ②黄… Ⅲ.①诗集—中国—当代 Ⅳ.①I227

中国版本图书馆CIP数据核字（2021）第074861号

春

CHUN

骆寒超　黄纪云　主编

责任编辑　张晶晶

封面设计　武克非

责任印制　包建辉

出版发行　浙江工商大学出版社

　　　　　（杭州市教工路198号　邮政编码310012）

　　　　　（E-mail:zjgsupress@163.com）

　　　　　（网址:http://www.zjgsupress.com）

　　　　　电话:0571-88904980,88831806(传真)

排　　版　杭州广育多莉印刷有限公司

印　　刷　杭州广育多莉印刷有限公司

开　　本　787毫米×1092毫米　1/16

印　　张　13.5

字　　数　311千字

版 印 次　2021年6月第1版　2021年6月第1次印刷

书　　号　978-7-5178-4462-4

定　　价　59.00元

卷 首 语

2021年7月1日必将是载入史册的日子，那是中国共产党建党一百周年纪念日。一百年来，中国人民在中国共产党的领导下，经过艰苦卓绝的浴血奋斗，牺牲了成千上万优秀的中华儿女，终于从半封建半殖民地的桎梏中挣脱出来，建立起属于人民自己的政权。

而后党又率领各族人民，勤劳耕耘、砥砺奋进，使得满目疮痍、一贫如洗的国土，逐步建设成繁荣昌盛、屹立于世界民族之林的社会主义强国。这波澜壮阔的历史画卷是如此令人激荡，我们的文学家用手中如椽巨笔真实地描绘了这一史诗般的进程。诗人自然也不示弱，他们饱含热情、尽情讴歌，留下无数脍炙人口的诗作。为了纪念这个伟大的日子，我们特开设了《现代红色抒情诗抄》这一栏目，选辑部分优秀作品，以飨读者。

中华民族伟大复兴是历史潮流，人心所向，没有任何力量可以阻挡。我们坚信在中国共产党的坚强领导下，这一宏伟目标必将实现。作为一个中国人，有幸目睹并且参与这项光辉事业，是何等自豪！我们期望当下的诗人能像前辈那样拿起笔，写出最热烈的诗句来歌颂这伟大的时代。我们也将以最真诚的态度挑选出优秀作品。

诗人朋友们，期待您的作品！

主　编

骆寒超　黄纪云

执行主编

骆　苉

诗歌编辑

菡　苔　刘　翔　袁丹丹
萧　风　贝　尔

理论编辑

安　操

封面题签：黄纪云
封面设计：武克非
篆　　刻：姚伟荣
内文插图：老　猪

目录

001 / XINGHE 现代红色抒情诗抄

031 / XINGHE 星月交辉

目录

119

XINGHE

星河组章

诗的宣言（外三首）

◉ 郭沫若

你看，我是这样的真率，
我是一点也没有什么修饰。
我爱的是那些工人和农人，
他们赤着脚，裸着身体。

我也赤着脚，裸着身体，
我仇视那富有的阶级：
他们美，他们爱美，
他们的一身：绫罗、香水、宝石。

我是诗，这便是我的宣言，
我的阶级是属于无产：
不过我觉得还软弱了一点，
我应该要经过爆裂一番。

这怕是我才恢复不久，
我的气魄总没有以前雄厚。
我希望我总有一天，
我要如暴风一样怒吼。

战 取

朋友，你以为目前过于沉闷了吗？
这是暴风雨快要来时的先兆。
朋友，你以为目前过于混沌了吗？
这是新社会快要诞生的前宵。

阵痛已经渐渐地达到了高潮，
母体不能够支持横陈着了。
我们准备下了一杯鲜红的喜酒，
但这并不是那莱茵河畔的葡萄。

我们准备下了一杯鲜红的寿酒，
这是我们的血液充满在心头。
要酿出一片的腥风血雨在这夜间，
战取那新的太阳，新的宇宙！

如火如荼的恐怖

我们的眼前一望都是白色，
但是我们并不觉得恐怖。
我们已经是视死如归，
大踏步地走着我们的大路。

要杀你们就尽管杀吧！
你们杀了一个要增加百个：
我们的身上都有孙悟空的毫毛，
一吹便变成无数的新我。

我们的眼睛一望都是白色，
但我们是并不觉得恐怖，
我们杀了一个要警惕百个，
我们的恐怖是如火如荼！

夜 半

崎岖的寥寂的一条陇道，
夜半的狂暴的寒风怒号。
铁管工场底烟囱底顶上，
有蒙烟的一钩残月斜照。

北斗星高高地挂在天空，

斜指东北的斗梢摇摇欲动。
我们在陇道上并着肩走，
向着北方的一朵灯光通红。

"我的手，你看，是在这样地发烧。……
"哦，你的冰冷，和我的却成对照。

"让我替你温暖罢。——""怕不把你冷了？"

我们在寒风中紧紧地握着两手，
在黑暗的夜半的陇道上颠扑不休；
唯一的慰安是眼前的灯光红透。

赤潮曲

● 瞿秋白

赤潮澎湃，
晓霞飞动，
惊醒了
五千余年的沉梦。

远东古国
四万万同胞，
同声歌颂
神圣的劳动。

猛攻，猛攻，
捶碎这帝国主义万恶丛！
奋勇，奋勇，
解放我殖民世界之劳工。
何论黑、白、黄，无复奴隶种！
从今后，福音遍天下
文明，只待共产大同。
看！
光华万丈涌。

中国劳动歌

● 蒋光慈

起来罢，中国劳苦的同胞呀！
我们受帝国主义的压迫到了极度，
倘若我们再不起来反抗，
我们将永远堕于黑暗的深窟。
打破帝国主义的压迫，
恢复中华民族的自主，
这是我们自身的事情，
快啊，快啊，快动手！

起来罢，中国劳苦的同胞呀！

我们受军阀的蹂躏到了极度，
倘若我们再不想法自救，
我们将永成为被宰割的鱼肉。
推翻贪暴凶残的军阀，
解放劳苦同胞的锁扣，
这是我们自身的事情，
快啊，快啊，快动手

起来罢，中国劳苦的同胞呀！
我们尝足了痛苦，做够了马牛，

倘若我们再不夺回自由，
我们将永远蒙着卑贱的羞辱。
我们高举鲜艳的红旗，

努力向那社会革命走，
这是我们自身的事情，
快啊,快啊,快动手!

战

◉柔　石

尘沙驱散了天上的风云，
尘沙埋没了人间的花草；
太阳呀,呜咽在灰黯的山头，
孩子呀,向着古洞深林中奔跑!

陌巷与街衢，
遍是高冠大面者的蹄迹，
肃杀严刻的兵威，
利于三冬刺骨的飞雪!

真的男儿呀,醒来罢，
炸弹! 手枪!
匕首! 毒箭!
古今武器,罗列在面前，
天上的恶魔与神兵，
也齐来助人类战，
战!

火花如流电，
血泛如洪泉，
骨堆成了山，
肉腐成肥田。

未来子孙们的福荫之宅，
就筑在明月所清照的湖边。

呵! 战!
剜心也不变!
砍首也不变!
只愿锦绣的山河，
还我锦绣的面!
呵! 战!
努力冲锋，
战!

意识的旋律（外四首）

◉ 殷　夫

银灰色的湖光，
五千年的故乡；
山也清，水也秀，
鳞波遍吻小叶舟，
平和，惰怠的云，
渺茫，迷梦似的心，
在波风黑暗的高台，
遥望银河上的天仙。
星星在苍空上闪耀，
憧憬的芽儿破晓。

南京路的枪声，
把血的影迹传闻，
把几千的塔门打开，
久睡的眼儿自外探窥，
在群众中羞怯露面，
抛露出仇恨，隘狭语箭！
实际！实际！第三实际！
"科学！"旋律迫至中央。

呵！高音的节奏，
山高的浪头！
《月光曲》的序幕开展，
洪大的巨浪起落地平线！
碧绿的天鹅绒似的波涛，
在天边，天边，夹风怒嚎！
卷上昆仑的高顶，
振动满缀石窟的长城！
愤怒的月儿血般地放光，
叛逆的妖女高腔合唱！

流血，复仇，冲锋，杀敌，
新的节拍越增越急！
黄浦滩上唱出高音，
苏州河旁低回着呻吟！
炮，铁甲车，步声，怒吼，
新的旗帜飘上了人头！
三次的流血，流血，流血，
无限的坚决，坚决，坚决！
"四一二"的巨炮振破了欢调，
哭声夹着奸伪的狂笑！
颤音奏了短音阶的缓曲，
英雄受着无限的屈辱！

报仇！报仇！报仇！
"一二·一一"喊破了广州！
白的黑衣掩了红光，
五千个无辜尸首沉下珠江，
滔天的大浪又沉没了神州，
海的中心等候着最大的锤头！

最高，最强，最急的音节！
朝阳的歌曲奏着神力！
力！力！力！大力的歌声！
死！胜利！决战的赤心！
朝阳！朝阳！朝阳！
憧憬的旋律到顶点沸扬，
金光！金光！金光！
手下生出了伟大翅膀，
旋律离了键盘，
直上，直上天空飞翔，飞翔！飞翔！

拓荒者

我们把旗擎高，
号儿吹震天穹，
只是，走前去呵，
我们不能不动！

这尚是拂晓时分，
我们必须占领这块大地，
最后的敌人都已逃尽
曙光还在地平线底。
荒芜的阵地，
开着战斗的血花吧！
胜利的消晨，
太阳驰上光霞吧！

走前去呵，同志们！
工作的时候不准瞌睡，
大风掠着旌旗，
我们上前，上前！

血　字

血液写成的大字，
斜斜地躺在南京路，
这个难忘的日子——
润饰着一年一度……

血液写成的大字，
刻划着千万声的高呼，
这个难忘的日子——
几万个心灵暴怒……

血液写成的大字，
记录着冲突的经过，
这个难忘的日子——
狞笑着几多叛徒……

五卅哟！

立起来，在南京路走！
把你血的光芒射到天的尽头，
把你刚强的姿态投映到黄浦江口，
把你的洪钟般的预言震动宇宙！

今日他们的天堂，
他日他们的地狱，
今日我们的血液写成字，
异日他们的泪水可入浴。

我是一个叛乱的开始，
我也是历史的长子，
我是海燕，
我是时代的尖刺。

"五"要成为报复的枷子，
"卅"要成为囚禁仇敌的铁栅，
"五"要分成镰刀和铁锤，
"卅"要成为断铐和炮弹……

四年的血液润饰够了，
两个血字不该再放光辉，
千万的心音够坚决了，
这个日子应该即刻消毁！

一九二九年的五月一日

一

最后的电灯还闪在街心，
颓累的桐树后散着浓影，
暗红色的，灰白色的，
无数的工厂都在沉吟。

夜还没收起她的翅膀，
路上是死一般的荒凉，
托，托，托，按着心的搏跃，
我的皮鞋在地上发响。

没有戴白手套的巡警，
也没有闪着白光的汽车眼睛，

烟突的散烟涌出——
纠缠着，消入阴森。

工厂散出暖的空气，
机器的声音没有疲惫，
这儿宇宙是一个旋律——
生的，动的，力的大意。

伟长的电线杆投影，
横过街面有如深阱，
龌龊的墙上涂遍了白字——
创口的膏布条纹；
纪念五一劳动节！
八小时工作！
八小时教育！
八小时休息！

打倒国民党！
没收机器和工场！
打倒改良主义，
我们有的是斗争的力量！

这是全世界的创伤，
这也是全世界的内疚，
力的冲突与矛盾，
爆发的日子总在前头。

呵，我们将看见这个决口，
红的血与白的脓汹涌奔流；
大的风暴和急的雨阵，
污秽的墙上涂满新油。

呵，你颤战着的高厦，
你底下的泥沙都在蠢爬，
你高傲地坚挺烟突，
烟煤的旋风待着袭击……

二

勤劳的店主已经把门打开，
老虎灶前已涌出煤烟，

惺忪睡容的塌车夫，
坐在大饼店前享用早点……

上海已从梦中苏醒，
空中回响着工作日的呵欠声音，
上工的工人现出于街尾，
惨白的路灯，残败于黎明。

我在人群中行走，
在袋子中是我的双手，
一层层一迭迭的纸片，
亲爱地吻我指头。

这里是姑娘，那里是青年，
半睡的眼，苍白瘦脸，
不整齐的他们默着行走，
黎明微凉的空气扑上人面。

他们是年青的，年青的姑娘，
他们是少年的——年轻力强，
但疲劳的工作，不足的睡眠，
坏的营养——把他们变成木乃伊模样。

他们像髑髅瘦屠，
他们像残月般苍黄，
何处是他们的鲜血，青春……
是润着资产阶级的胃肠。

他们她们默默地走上，
哲学家般地充满思想，
这就是一个伟大的头脑，
思慕着海底的太阳。

呵，他们还不知道东方输上了红光，
这个再不是"他们"的朝上，
这五一节是"我们"的早晨，
这五一节是"我们"的太阳！

三

我才细细计划，

把我历史的工作布置，
我要向他们说明：
今天和将来都是"我们"的日子。

——"今天是五月一号，
这是他们的今朝，
我们要拒绝做工，
我们叫出三个口号：
八小时的工作，
八小时的休息，
八小时教育！

"我们总同盟罢业，
纪念神圣的五一节，
这是我们誓师的大典，
我们要继续着攻击！
……"

四

怒号般的汽笛开始发响，
厂门前涌出青色的群众，
天，似有千万个战车在驰驱，
地，似乎在挣扎着震动。

呵哟，伟大的交响，
力的音节和力的旋律，
踏踏的步声和小贩的叫喊，
汽笛的呼声久久不息……

呵，这杂乱的行列，
这破碎零落的一群，
他们是奴隶，
又是世界的主人。

这被压迫着的活力，
这被囚困着的精神，
放着大的号呼了——
欢迎我们的黎明……

我突入人群，高呼：

"我们……我们……我们……"
白的红的五彩纸片，
在晨曦中翻飞象队鸽群。

呵，响应，响应，响应，
满街上是我们的呼声！
我融入于一个声音的洪流，
我们是伟大的一个心灵。

满街都是工人，同志，我们，
满街都是粗暴的呼声，
满街都是喜悦的笑，叫，
夜的沉寂扫荡净尽。

呵哟，这是一阵春雷的暴吼，
新时代的呱呱声音，
谁都溶入了一个憧憬的烟流，
谁都拿起拳头欢迎自己的早晨。

"我们有的是力量，
我们有的是斗争，
我们的血已浮荡，
我们拒绝进厂门！……"

五

一个巡捕拿住我的衣领，
但我还狂叫，狂叫，狂叫，
我已不是我，
我的心合着大群燃烧。

他是有良心的狗：
"这是危险的事业——
只要掉得好舌头，
也可摆脱罪孽……"

谢你哟，我们的好巡警，
我领受你的好心，
从你我已看出同情的萌芽，
却看不见你阶级的觉醒。

这是对垒的时候，
只要坚决地打下心肠——
不替杀人者杀人，
那就是我们的战将。

群众的高潮在我背后消去，
黑暗的囚牢却没把我心胸占据，
我们的心是永远只一个，
无论我们的骨成灰，肉成泥。

我们的五一祭是誓师礼，
我们的示威是胜利的前提，
未来的世界是我们的，
没有刽子手断头台绞得死历史的演递。

让死的死去吧

让死的死去吧！

他的血并不白流，
他们含笑地躺在路上，
仿佛还诚恳地向我们点头。
他们的血画成地图，
染红了多少农村，城头。
他们光荣地死去了，
我们不能向他们把泪流。
敌人在瞄准了，
不要举起我们的手！

让死的死去吧！
他们的血并未白流，
我们不要悲哀或叹息，
漫漫的长途横在前头。
走去吧，
斗争中消息不要走漏，
他们尽了责任，
我们还要抖擞。

西北哨兵

● 曹葆华

背着半边蓝天，
顶着一轮红日，
站在黝黄山坡上，
——脚下倒着黑黑影子。
你以三尺白钢刀，
作民族的守望哨。

不怕塞上尘沙。
不怕岭外风暴，
睁着一双火红眼睛，
——眼皮从不爬上疲劳。
控制着群山万壑，
天下第一险道……

咆 哮

◉ 蒲 风

旋风吹过高山、原野、沟壑，
潜进村落，
在平原、田野、森林上
疾驰，奔走。
稻草上显现出那急速的浪波，
森林里独有那号号然的战歌。

昔日是卑贱的一群，
终日低头屈背为人作嫁衣裳，
今天，他们都有新的觉醒：
——他们相信自己的伟大力量！
他们的力量足把世界推翻，
只有他们才能创造自己的幸福乡。

闪闪的刀，尖尖的戈，
各种耀目的利器，
×帜浴在日光里，
无数万的褴褛在跃动。
一切都是蓬勃，蓬勃生气，
他们每一个

都像长城的任何一块砖，
他们一个一个的
就连成一座铁的长城，
他们要用自己的力量
来护卫他们自己的土地。

敌人的飞机、炮弹在头上飞，
但敌人们终究不能
占领他们的土地一分一厘。
这里，每一亩土地都会咆哮足使敌人哀胆
这里，每一座森林都会唱出战歌，
顿增他们杀敌的勇敢。

这咆哮的旋风吹过山岭、原野，
潜进每一村落，
每一村落的人们，
每一村落里的土地都在咆哮，
各村落的森林的战歌
日夜都在互相唱和！

黎明的通知（外一首）

● 艾 青

为了我的祈愿
诗人啊，你起来吧

而且请你告诉他们
说他们所等待的已经要来

说我已踏着露水而来
已借着最后一颗星的照引而来

我从东方来
从汹涌着波涛的海上来
我将带光明给世界
又将带温暖给人类

借你正直人的嘴
请带去我的消息

通知眼睛被渴望所灼痛的人类
和远方的沉浸在苦难里的城市和村庄

请他们来欢迎我——
白日的先驱，光明的使者

打开所有的窗子来欢迎
打开所有的门来欢迎

请鸣响汽笛来欢迎
请吹起号角来欢迎

请清道夫来打扫街衢
请搬运车来搬去垃圾

让劳动者以宽阔的步伐走在街上吧
让车辆以辉煌的行列从广场流过吧

请村庄也从潮湿的雾里醒来
为了欢迎我打开它们的篱笆

请村妇打开她们的鸡棚
请农夫从畜棚牵出耕牛

借你的热情的嘴通知他们
说我从山的那边来，从森林的那边来

请他们打扫干净那些晒场
和那些永远污秽的天井

请打开那糊有花纸的窗子
请打开那贴着春联的门

请叫醒殷勤的女人
和那打着鼾声的男子

请年轻的情人也起来
和那些贪睡的少女

请叫醒困倦的母亲
和她身边的婴孩

请叫醒每个人
连那些病者与产妇

连那些衰老的人
呻吟在床上的人

连那些因正义而战争的负伤者
和那些因家乡沦亡而流离的难民

请叫醒一切的不幸者
我会一并给他们以慰安

请叫醒一切爱生活的人
工人，技师以及画家

请歌唱者唱着歌来欢迎
用草与露水所渗合的声音

请舞蹈者跳着舞来欢迎
披上她们白雾的晨衣

请叫那些健康而美丽的醒来
说我马上要来叩打她们的窗门

请你忠实于时间的诗人
带给人类以慰安的消息

请你们准备欢迎，请所有的人准备欢迎
当雄鸡最后一次鸣叫的时候我就到来

请他们用虔诚的眼睛凝视天边
我将给所有期待我的以最慈惠的光辉

趁这夜已快完了，请告诉他们
说他们所等待的就要来了

野 火

在这些黑夜里燃烧起来
在这些高高的山巅上
伸出你的光焰的手
去抚扪夜的宽阔的胸脯
去抚扪深蓝的冰凉的胸脯
从你的最高处跳动着的尖顶
把你的火星飞扬起来
让它们像群仙似的飘落在
那些莫测的黑暗而又冰冷的深谷
去照见那些沉睡的灵魂
让它们即使在缥缈的梦中
也能得一次狂欢的舞蹈

在这些黑夜里燃烧起来
更高些！更高些！
让你的欢乐的形体
从地面升向高空
使我们这困倦的世界
因了你的火光的鼓舞
苏醒起来！喧腾起来！
让这黑夜里的一切的眼
都在看望着你
让这黑夜里的一切的心
都因了你的召唤而震荡
欢笑的火焰呵
颤动的火焰呵

听呀！从什么深邃的角落
传来了那赞颂你的瀑布似的歌声……

中国人民解放军进行曲

◉ 公　木

向前,向前,向前!　　　　　　　　毛泽东的旗帜高高飘扬
我们的队伍向太阳,　　　　　　　听!
脚踏着祖国的大地,　　　　　　　风在呼啸军号响;
背负着民族的希望,　　　　　　　听!
我们是一支不可战胜的力量,　　革命歌声多么嘹亮!
我们是工农的子弟,　　　　　　　同志们整齐步伐奔向解放的战场,
我们是人民的武装,　　　　　　　同志们整齐步伐奔赴祖国的边疆
从不畏惧　　　　　　　　　　　　向前,向前!
绝不屈服,　　　　　　　　　　　　我们的队伍向太阳,
英雄战斗,　　　　　　　　　　　　向最后的胜利,
直到把反动派消灭干净,　　　　　向全国的解放!

山! 山!

◉ 方　冰

山! 山!　　　　　　　　　　　倒马关,
　　　　　　　　　　　　　　　九曲连环鸟迷路,
一眼望不到边,　　　　　　　七十二盘鬼破胆。
像大海的波涛,
起伏,连绵。　　　　　　　　我们像
　　　　　　　　　　　　　　　大海的鱼儿,
山连山,　　　　　　　　　　自由自在
山套山,　　　　　　　　　　浪涛里钻。
翻过一架山,
又是一架山……　　　　　　登高一呼,
　　　　　　　　　　　　　　　万山响应,草木听命,
插箭岭,　　　　　　　　　　山随人意转。

任凭你
撒下天罗地网，

日本鬼子！
管叫你网破船翻。

黄河颂（外一首）

◉光未然

我站在高山之巅，
望黄河滚滚，
奔向东南。
惊涛澎湃，
掀起万丈狂澜；
浊流宛转，
结成九曲连环；
从昆仑山下，奔向黄海之边；
把中原大地
劈成南北两面。
啊！黄河！
你是中华民族的摇篮！
五千年的古国文化，
从你这儿发源；
多少英雄的故事，
在你的身边扮演！
啊！黄河！
你伟大坚强，
像一个巨人
出现在亚洲平原之上，
用你那英雄的体魄
筑成我们民族的屏障。
啊！黄河！
你一泻万丈，
浩浩荡荡，
向南北两岸
伸出千万条铁的臂膀。

我们民族的伟大精神，
将要在你的哺育下
发扬滋长，
我们祖国的英雄儿女
将要学习你的榜样
像你一样的伟大坚强！
像你一样的伟大坚强！

保卫黄河

风在吼。
马在叫。
黄河在咆哮。
黄河在咆哮。
河西山岗万丈高。
河东河北
高粱熟了。
万山丛中，
抗日英雄真不少！
青纱帐里，
游击健儿逞英豪！
端起了土枪洋枪，
挥动着大刀长矛，
保卫家乡！
保卫黄河！
保卫华北！
保卫全中国！

自由，向我们来了（外三首）

◉ 田　间

悲哀的
种族
我们必需战争呵！
九月的窗外，
亚细亚的
田野上，
自由呵……
从血的那边，
从兄弟尸骸的那边，
向我们来了，
像暴风雨，
像海燕。

中国的春天在鼓舞着全人类
——又是"一·二八"了！

中国的春天
走过——
无花的
山谷，
走过——
无笑的
平原，
望着它的
曾经活过了五千年的人民，
人民的
肩膀，
在倚着
壕沟，
人民的
手，
在抚着

枪口，
向法西斯军阀
人民的公敌
坚决战斗。
中国的春天生长在战斗里，
在战斗里鼓舞着全人类。

山　中
——题贺龙将军

师长飞马上山，
谁也不曾听见，
那马蹄一响，
他已到半山间。

枪林弹雨中，
他走上山，
勒马一看，
人像立在马上，
要扑下山
全山陡地一惊。

将军轻轻地
冷声一笑：
"一块石头，
也不许他侵犯！"

那匹马，又高
又红的骏马，
不用人拴，
崖前姗姗踏踏，
如一轮红日，

搭着一副铜鞍。

将军背倚岩石,
冷笑转成欢笑,
抽烟闲谈中,
打完大歼灭战。

炉火正红

参议会选举时值午夜,窗外落着小雪。
　　　　　　　　——题引

窗外,
雪,
在飘落……

这是午夜,
天快亮了。

天快亮了。
现在
碧蓝的火焰呵,
像一只鸟,
高旋于炉上。
我也像火焰,
跃起、跃起,
——为了明天,
为了战争,
我投一票。

我投一票,
我站在炉边,
我微笑。

(——我不是
像烧火人吗?
像掷了炭吗?
看!
火旺了。)

人民说:
"天愈冷
就愈要火哟。"

天快亮了,
拂晓的攻击,
也快到了。

这正是时候!
一炉红火,
在雪夜里,
熊熊地
照耀着山道。

窗外:雪
雪在飘落……

夜 (外二首)

◉冯雪峰

夜色掷落到山峰,
那么沉重!
听不见声音,
但是,

那么沉重!
屹崛的尖塔,
永远直立,
永远孤贞,

但也悚然一震。

伸出窗口，
把愤怒的手，
我想抓来什么，紧紧握上，
向空中掷去;但是，
北天的星，
多么晶莹!
我立刻收手，
重新站直，
一片星早已对着我的眼睛!
它们澄清，
明澈，
我的心也澄净，明清;
我直想
站立到天明。

醒　后

梦见高山崩倒，我压毙在里
边，但又挖泥洞穿出。

我从泥土里挖出洞，跑出来了，
我已经站住，茫然地凝视着;——
我是在凝视着两个人!
都一般情景，
都在我眼前:
一个是无事似的躺着，在崩山的重压下;
一个便是已经站住，回头凝视着，
茫然地站在那山边;
而实在，两个人我实在都鄙弃!……

于是，我醒过来了，
我忙揩着额上的汗，……哦，又是怎么的
呢!
深黑的遮布已经远退，
而浓绿的墙又这样闷重地压着我，

又这样开给我一个小小的洞，
送给我淡蓝的尖刺的光!
而首先，而首先,怎的呢，
那生命中最美的观念!
那美中最美的姿影!
都首先来偷袭着我的灵魂，
都一飞到，就给我重重的一击!……
哦哦，我实在疼痛，
我受不住，
我几乎要哭出来!……

我疼痛，几乎受不住，
我被自己的心里隐秘的波动所刺痛，
我被圣洁的惊颤所刺痛!
哦，我懂得的，生命的美的电流!
你隐秘的力! 你支配我就是!……——
几滴冷泪从我眼睛两角静静地垂下了，
而我脸上却似乎浮着平静的微笑。

凝　视

你究竟是谁呢，这样光彩，这样晶莹?
或者就是你，希望? 还是你呢，光荣?
就是你自己么，永远美光奕奕的生命?

那么，你并没有离开我，
你们都并没有离开我!

唉唉! 怎样的虔诚的骄傲，
更是怎样的骄傲的虔诚!
好像大风刮过保育的大野，
是你对着我呵;
好像农夫弯着腰，扶起被风吹倒的作物，
是我对着你呵。

那么，你并没有离开我，
你们都并没有离开我!……

我把我当作一个兵士（外二首）

◉ 何其芳

我把我当作一个兵士，
我准备打一辈子的仗。

当我因为碰上了工作中的困难而烦恼，
当我因为疲乏而感到生活是平凡而且
　单调，
我就想我是一个兵士，
一个简简单单的兵士。

我想我是在攻打着一座城堡，
我想我是在黑夜里放哨，
我想我不应该有片刻的松懈，
因为在我的队伍中一个兵士有一个兵士的
　重要。

我把我当作一个兵士，
我准备打一辈子的仗。

黎　明

山谷中有雾。草上有露。
黎明开放着像花朵。
工人们打石头的声音
是如此打动了我的心，
我说，劳作最好的象征是建筑：
我们在地上看见了房屋，
我们可以搬进去居住。

呵，你们打石头的，砍树的，筑墙的，盖屋
　顶的，
我的心和你们的心是如此密切地相通，
我们像是在为着同一的建筑出力气的

弟兄。
我无声地写出这个短歌献给你们，
献给所有一醒来就离开床，
一起来就开始劳作的人，
献给我们的被号声叫起来早操的兵士，
我们的被钟声叫起来自习的学生，
我们的被鸡声叫到地里去的农夫。

夜　歌（三）

我的兄弟，你为什么哭泣？
你说你哭泣着为什么生活如此不美丽？

你说你看见了
当月亮滑进了乌云里，
当夜风使一丛多刺的蔷薇颤栗，
一对分别不久的爱人
在他们第一次接吻的地方相见，
代替了盟誓和谈说梦想和沉醉，
互相拷问着，供认着彼此的不忠实？

你说你看见了
在一个农村的家庭里，
在蜘蛛网和麻油灯之间，
在婚宴后，
因为一点点不如意，
丈夫开始吼骂着，打着他的新妇？

你说你看见了
一个寄养在亲戚家的
五岁的孤儿，
在阳光照着的道路上

跑着,跑着,又突然停止,
突然嘴唇颤抖起来,
流出了眼泪?

是的,生活是并不美丽,并不美丽。

你说你知道
你看见的还太少,还太细小,
还有着更多的不美丽,更大的不美丽?

是的,还有着更多的不美丽,更大的不
　美丽,
正因为如此,我们才走到了革命的队伍里。
你说,
你也说到革命了,
你说你知道革命不是用肥皂洗得香喷喷的
而且戴着白手套的手干的事,
我们的手带着泥土
而且筋肉突起,
而且甚至于不怕沾染上污秽,
然而你有着一颗幼小者的心,
那样容易颤悸?

你说你知道你应该想着另外的故事,
比如取火者的故事,
那个神的反抗者被铁链锁在荒山顶上,
每天被猛鸷啄食他的肝叶,

被啄食了而又重新生长起来的肝叶,
而且人类的历史上不只是有一个取火者,
而且现代的取火者不复是孤独的,
有着无数的伙伴,
也就有着无数的故事?

你说你也看见了
通过黑暗的光明,
通过痛苦的快乐,
通过死亡的新生,
通过丑恶的美丽,
而且它们并不怎样辽远,
并不是一些影子,
因为你不但看见了,
而且还从它们呼吸,
如同从天空,
从旷野,
从清晨的空气?

那么你还要说什么呢? 我的兄弟?

那么你还要哭什么呢,你这个傻孩子?
你说你哭泣着你自己的软弱,自己的愚昧?
用手指擦干你的眼泪,
让我们来谈谈光明的故事,
快乐的故事!

青春曲

● 鲁　藜

一

啊,大地醒来了,
生活呀,伟大的生活呀,
我们的日子呀,
又飘荡着青色的陶醉的日子呀!

让那山醉了,
让那小河醉了,
让那田野醉了,
让走在田野的人也醉了呀!

啊,春的颜色,
春天的酒呀!
你斟给我们生活以火焰呀!
像火焰般飞舞的春天呀,
你烧灼着太行山,
你烧灼着我们青春的胸部呀!
我们的胸部起伏着,
我们狂奔向着山巅,
我们受着春天的爱恋而歌唱了!

二

啊,春天呀,你是
青春人们的恋人呀!
恋人们心中的恋人呀!
小河的恋人呀!
杨树的恋人呀!
小田鼠的恋人呀!
黄土泥层的恋人呀!
黄昏的羊群的恋人呀!

你来了的时候,
那杨树就发狂发昏地装饰起来了,
那杨树就无缘无故地闯跑起来了!
你来的时候,
小银虫跳动起来了,
蝴蝶就拨着白裙乱舞了!

什么都惊动了呀,
春天,谁都为你而高挂起生命的旗子了!
连那最顽固的岩石层
也为你放开了一朵粽子花呢!

啊,春天,
谁都有自己的旗子
——生命的战斗的旗子呀!

昆虫们有自己的金色的胄甲,

那空中的禽鸟
要载负着自己独特的羽翎去夸耀人间!
而那人间的人们呀!
要让生命去沸腾,去斗争!

三

啊,春天,青春
我的青春的伙伴呀!

望望我们的脸呀!我们发狂地笑了
春天也在我们的颊上倾流着妩媚的春
    色呢。
我的年轻的同志们呀,
不要阻挡我们神经质的狂笑呀!

在这些日子里不让我们大欢笑吗?
在这太行山春天放荡的时候
不让我们去酬谢多情的春天吗?

也许有人要说:
——忘记了现实的家伙呀!
同志,我们没有忘却现实呀!
就在昨夜,我们还哭过呢
我们为那个被难的同志哭过呀!

可是,在今天,我们又笑起来了,
我们要笑呀,伙伴
你忘了吗?
就是在过去那黑暗阴险的日子里,
那血腥的残杀的日子里,
立在我们兄弟姐妹们尸首旁边,
我们还笑着呢!
我们笑着:
——摧残吧,
我们的理想与热情的灵魂不会死的!

而在今天,在太行山的春天里,
在这为将来所记忆的大时代里,

在这为祖国,世界历史永久记载的年代里,
那么,大地底母亲要用她那赤热,
那样恋爱的胸膛来收藏我们了!
那么,麦苗要更肥些,
那么,我们的兄弟,孩子要更坚强地斗
　　争了!

四
啊! 兄弟,伙伴,我的青春同志们哟!
在太行山的春天里
让我们尽情而激昂地歌唱呀!
在我们这里
日子是这样瑰奇宏伟!

看,那个清明时墓上的旗呀!
被春风刮断了,挂在那柯榛上,
那南方来的燕子呀,
你是用你的剪翼修饰着碧空的绿野吗?

啊! 就在这里有广大的人民战士,
在这里开拓着,斗争着,
在创造伟大的土地,太行山呀!

太行山是这样蔓延无边
而春天,她停留在这里,
斗争在这里,
笑在这里。

早　晨

◉ 严　辰

早啊,延河!
当我抹着蒙眬的眼睛,
用农夫去早耕那么鲜健的心情,
跑到你身边的时候,
你也早醒过来,
在揭开轻纱般的雾幔了;
一股清新的气息,
从河里扑来,
欢迎着,并且拥抱着我。

雾慢慢散去,
各处显现出来闪动的人影,
我才知道,在这儿
我并不是起来得最早的一个。

河埠头,
毛驴竖着长耳朵,
驮去了满桶清水;

靠河水的照映,
女孩子们早擦净了脸,
梳顺了乌亮的头发,
蹲在光滑的石头上,
在搓洗成堆的衣衫了。

一群群青年,
好比早晨的雀鸟,
跳跃着,歌唱着,
那么愉快又活泼,
他们挟着那些光辉的书籍,
和爬满整齐的小字的笔记本,
在匆匆地赶向礼堂去听报告。

山沟里,
牧童赶着牛犊,
——那像土地一样赭黄,
和土地亲切合作的牛犊,

去到茂盛的草地；
在山坡上，
牧羊人吹起嘹亮的口哨，
羊群就昂着头，鸣叫着随声拥去。

那灰白的大路上，
响过来一串铃铛，
大队的骡子，
抖动着和新嫁娘一样
装饰得非常漂亮的璎珞，
宽阔的背上，
驮运来远近四方的产物。

尘头起处，
将军疾驰而过，
他的菊花青，
四蹄腾空地奔跑，
它跑过田野，跑过沙滩，跑过湍流的河流，
背后卷起一阵尘土，
向望不到边的远方消逝。

早啊！
你活泼的女孩子们，

你毛驴、牛犊和羊群，
你充满生命力的青年，
你牧人和村童，
你朴实而英勇的将军……
你们都好呀！
你们这样辛苦和忙碌，
你们的精神就像早晨一样蓬勃！

那边——
在接连的山岗后面，
光芒万丈的太阳起来了；
太阳照亮天空，
太阳照亮田野，
太阳照亮亲爱的延河，
在太阳的照耀里，
大地像含露的春花一样新鲜而美丽！

让我们歌唱吧！
有了这些太阳的儿女们的
艰苦的创造和开拓，
在这河边，
将展开来
一幅无比辉煌的新世纪的图景……

高粱长起来吧 (外一首)

● 魏 巍

高粱长起来吧，
高粱长起来吧！
我们要去铁路东，
那大平原上逛一逛呀！

大平原，
一眼望不到边的
绿汪汪的海呵！

我们到那里去随便地逛逛，
背起我的小马枪，
把手榴弹别在腰里。
顺便到保定城也去逛逛吧！
好久不见的城，
好久不见的街道，
好久不见的生意呀！

跟好久不见的老乡

见一见面，我敢说
那儿的老头儿、小兄弟、姑娘们，
在合着嘴巴想我们哩！

呵呵，山哪，
不管你多少野花
都留不住我，
放过夏天
就是我们游击队最好的年成呵！

高粱长起来吧……

午夜图

午夜里，
在敌人多路扑来的山村，
电话铃急急地响着。

听，听不见枪声，
树叶在簌簌地飘落……

呵，这时，
葫芦架那边，

一堆红艳艳的灶火，
照花了我。

哦哦，红火边坐着一个巨人，
像风里的树影跳跃在大地，
那跳跃的红色的火光，
飞满他一身。

他那滚过大雷雨的胸膛，
总是这样半袒露着。
你看他，
一块，一块，
把劈柴投向灶火。
谁能从这个战士的灵魂，
看出我们被重兵围困？

午夜里，
红艳艳的灶火，
照花了我。
看哪，葫芦架那边，
山草呼啸中，
坐着的是我们的民族……

我登上了革命的大船（外一首）

● 徐 明

远远看见红霞中的塔影，
好像海洋里出现桅杆，
啊，这就是延安，
我登上了革命的大船。

脱掉身上褪色的长衫，
草鞋军装我很爱穿，
从此是大船上一个水手，
经过风浪将变得更加勇敢。

在太行山的雪道上前进

太行山上
冬天的道路，
雪，
像海一样深……

太阳还没有起身，

我们就挺起胸，
翻起大衣领，
像风浪中的帆船，
在雪的海里，
前进，前进……

漫长的雪道上，
早已有行人，
我们踏着前面的脚印走，
而后面踏着我们的脚印而来的人，
还多得很！

这些不断的脚印呵，

深深刻着
我们斗争的艰辛；
深深刻着
我们伙伴的英勇。

当我每跨一步，
便想到，
在太行山的雪道上
刻着我们的脚印，
比在大理石的碑上
　　用灿烂的金字刻着我们姓名
更有千万倍光荣！

还乡河上（外一首）

● 管　桦

还乡河上，还乡河上，
炮弹呼啸，大炮轰响，
土地在马蹄下震荡，
烈火卷走了村庄。
沉重的乌云，遮盖了田野，
灾难压在国土上。

还乡河上，还乡河上，
血红的落日，滚滚的波浪，
好像鲜红的血流，
涌出大地的胸膛。
风卷着黄沙，在田野上悲号，
灾难压在国土上。

还乡河上，还乡河上，
号角在吹，战马长嘶。
在这广大的土地上，

战斗的旗帜飞扬。
冲过烟尘，冲过火网，
子弟兵奔向战场。

行　军

望不尽的草原，望不尽的大路，
无边的白雪，静静地波浪，
长长的行列，钢铁的城墙。
炮车隆隆，刀枪儿响亮，
战车啸啸，铃环儿叮当。
汗水变成冰，鬓发结白霜。
渴了吞冰雪，大风做衣裳。
艰苦的路程，是通向胜利的路程，
打了个歼灭战，又打个歼灭战，
走没了太阳，又走出了太阳。

星河·春

XINGHE

兵车在急雨中前进（外一首）

●蔡其矫

兵车在急雨中前进，
飘扬起士兵的歌声，
这歌声是勇敢的战约，神圣的誓言，
这歌声是人民的呼唤，家乡的祝福，
是自由与正义的声音！
为人民去战斗，一切人都成大勇者！
兵车在急驰，带着歌声向前去，
头上是低垂的云雾，
脚下是怒潮似的轮声，
汽笛便是万众的欢呼，
草舍、山丘、牧野一齐回应，
轮声、笛声、歌声笼罩四野，
人民的大军在前进！

湖水照眼的苏木海边

湖水照眼的苏木海边，
走着八个年青的士兵，
戴着火焰般的狐皮帽，
浑身闪射着健康、快乐和青春。
他们是偶然掉了队，又偶然遇在一起，
现在自动结成小队朝前进。
他们时时爆发出笑声，使停落的鸽群惊飞，
这粗犷的笑声，是山里游击队员的本色。
他们朝前进，寻找正在作战的队伍，
在寂静的草原上，在湖光照眼的苏木海边。

献诗——为伊甸园而歌（外二首）

●陈　辉

那是谁说
"北方是悲哀的"呢？

不！
我的晋察冀呵，
你的简陋的田园，
你的质朴的农村，
你的燃着战火的土地，
它比
天上的伊甸园，
还要美丽！

呵，你——
我们的新的伊甸园呀，
我为你高亢地歌唱。

我的晋察冀呵，
你是，
在战火里
新生的土地，
你是我们新的农村。
每一条山谷里，

都闪烁着
毛泽东的光辉。
低矮的茅屋，
就是我们的殿堂。
生活——革命，
人民——上帝！

人民就是上帝！
而我的歌呀，
它将是
伊甸园门前守卫者的枪支。

我的歌呀，
你呵，
要更顽强有力地唱起
虽然
我的歌呵，
是粗糙的，
而且没有光辉……

我的晋察冀呀，
也许吧，
我的歌声明天不幸停止，
我的生命，
被敌人撕碎，
然而
我的血肉呵，
它将
化作芬芳的花朵
开在你的路上。
那花儿呀——
　　红的是忠贞，
　　黄的是纯洁，
　　白的是爱情，
　　绿的是幸福，
　　紫的是顽强。

为祖国而歌

我，
埋怨
我不是一个琴师。

祖国呵，
因为
我是属于你的，
一个大手大脚的
劳动人民的儿子。

我深深地
　　深深地
爱你！

我呵，
却不能，
像高唱马赛曲的歌手一样，
在火热的阳光下，
在那巴黎公社战斗的街垒旁，
拨动六弦琴丝，
让它吐出
震动世界的，
人类的第一首
最美的歌曲，
作为我
对你的祝词

我也不会
骑在牛背上，
弄着短笛。
也不会呵，
在八月的禾场上，
把竹箫举起，
轻轻地
轻轻地吹；
让箫声，
飘过泥墙，

落在河边的柳荫里。

然而，
当我抬起头来，
瞧见了你，
我的祖国的
那高蓝的天空，
那辽阔的原野，
那天边的白云
悠悠地飘过，
或是
那红色的小花，
笑眯眯地
从石缝里站起。
我的心啊，
多么兴奋，
有如我的家乡，
那苗族的女郎，
在明朗的八月之夜，
疯狂地跳在一个节拍上，
你搂着我的腰，
我吻着你的嘴，
而且唱：
——月儿呀，
亮光光……

我们的祖国呵，
我是属于你的，
一个紫黑色的
年轻的战士。

当我背起我的
那支陈旧的"老毛瑟"，
从平原走过，
望见了
敌人的黑色的炮楼，
和那炮楼上
飘扬的血腥的红膏药旗，
我的血呵，
它激荡，
有如关外

那积雪深深的草原里，
大风暴似的，
急驰而来的，
祖国的健儿们的铁骑……

祖国呵，
你以爱情的乳浆，
养育了我；
而我，
也将以我的血肉，
守卫你啊！

也许明天，
我会倒下；
也许
在砍杀之际，
敌人的枪尖，
戳穿了我的肚皮；
也许吧，
我将无言地死在绞架上，
或者被敌人
投进狗场。
看啊，
那凶恶的狼狗，
磨着牙尖，
眼里吐出
绿色莹莹的光……

祖国呵，
在敌人的屠刀下，
我不会滴一滴眼泪，
我高笑，
因为呵，
我——
你的大手大脚的儿子，
你的守卫者，
他的生命，
给你留下了一首
无比崇高的"赞美词"。
我高歌，
祖国呵，

在埋着我的骨骼的黄土堆上，
也将有爱情的花儿生长。

吹箫的

平原的黄昏，
有人吹起了箫。

吹的送别曲吗？
不，吹赞美之夜呀！
送别不好……

箫声，

颤颤地，
落下来了，
落在柳荫里；
那个吹箫的，
跟大伙儿走了。

大伙儿
背着土枪，
吹箫的
走在最前面。
在漆黑的道上，
吹箫的，
又吹起了口哨……

我走在早晨的大路上 (外三首)

◉ 贺敬之

我走在早晨的大路上，
我唱着属于这道路的歌。
我的早晨的河啊，你流吧，
我的早晨的太阳，你升起吧。

我走在早晨的大路上，
在我的面前，
在我的四周，
是无限广大的土地。

我面对着我自己，
我面对着我的歌，
我面对着这道路，这土地，
我面对着这个国度，这个政权；
我——一个十八岁的公民，
我自己说话，高声地：
这土地是我的！
这山也是我的！

我——一个十八岁的歌者，
我唱我自己的歌，高声地：
是我的——这早晨，这太阳！
是我的——这欢快的一天的开始！
现在是秋天。
现在是收获的季节。
现在是每一种颜色都鲜红的季节。
现在是每一个喉咙都发声的季节。
现在是每一双手都举起热情的季节。
现在是每一朵花都结实的季节。

我走在早晨的大路上，
我唱着属于这道路的歌。
光明和温暖正在这大地上开始，
这里正在开辟，正在手创。

这早晨的歌，
这太阳的歌，
这季节的歌，

这开辟和手创的歌，
这闪耀和燃烧的歌，
呵，我走在这道路上！
这道路的歌，
这田野的歌，
这西红柿的歌，
这小米的歌，
这玉蜀黍和高粱的歌！
呵，此刻，我，前进着，
我迈着我的脚步，均衡而有力。

我的伙伴，我的公民同志，
我们来唱这歌吧，
我们来完成这奇迹，我们来投票选举，我们
来吧，同志——
足够十八岁的！

我，十八岁，向前走，唱着，
你们，也向前走，
从我的左肩擦过，唱着；
从我的右肩擦过，唱着。

我什么也不想，
我，一点也不怀疑，
我面对你呵，我的大地，
如同向日葵对于太阳一样真诚不二。

我的头脑是清醒的，
像那被太阳光穿透过的露珠。
在会议上允许我发言，
在我的道路上允许我大步向前而且唱歌。

我的脚步是你们中间的一双脚步，
公民同志们！
我的手是你们中间的一双手啊，
公民同志们！
它同你们一起前进，
它同你们紧握着，
它同你们一起来管理这大地。

让我们牢记吧，
我们是自己国度的先驱者，
让我们牢记吧，
我们是自己栽培自己收获的人！

我不能不起来，从我的座位里，
我来在这早晨的道路上，
我不能不唱歌，唱我的赞颂的歌，
给这早晨，给这太阳！

我仍然前进，
一刻也不休止，
我同我的邻人，
一起呼吸，生活。
我走在这早晨的大路上，
我唱着属于这道路的歌。
我看见这大地每一秒钟都在前进，
我看见这大地每一秒钟都在生长，
我看见这大地上的旗帜正在飘扬，
我看见这大地上：快乐和歌唱。
我，向前走！
我，十八岁的公民！
啊，我唱着，和延河的声音一起，
太阳在我的周身，在我的大地上。

前面的，你是什么？
都来到我的怀里吧，我紧紧地拥抱你们，
我，十八岁的歌者，
我也要投到你们的怀里，你们也来拥抱我！

你是我的同志，我的爱人啊，
你是我的伙伴，我的邻人啊，
你是我的房屋，我的田野啊，
你是我的早晨，我的太阳啊。

我走在早晨的大路上，
我唱着属于这道路的歌。
我跟着前面的人，
后面的人跟着我。

雪 花

我望着你——

……你从烟雾一样的
天空，
轻轻地落下。

我望着你——

……你落在林间，
落在屋顶上，
落在冻结的河面上。

你的小小的翅膀
在飞舞，
带着低声的
温柔的歌唱。
我看着；
我听着。

我的快活的心
在和着你
一起歌唱。
我没有忧愁，
在这里。

在这里，
在冬天，
我工作着。

亲爱的同志，
我说：
春天已经开始了。

生 活

我们的生活：
太阳和汗液。

太阳从我们头上升起，
太阳晒着我们。

像小麦，
我们生长
在五月的田野。

我们是小麦，
我们是太阳的孩子。
我们流汗，
发着太阳味，
工作，
在小麦色的愉快里。

歌唱！
歌唱
在每个早晨和晚上。

生活
甜蜜而饱满的穗子，
我们兄弟般地
结紧在穗子上。

我们——熟透的麦粒呀。

明 天

当我们
劳作在庄稼丛里；
当我们
休息在田地旁边；
当我们
肩着辛劳归来；
汗珠，
装饰着
我们高粱色的胸膛。

我们想：

有一天，
太阳打从我们共和国的草原
升起；

有一天，
我们驾着拖拉机

去耕种；

有一天，
早晨的露珠刷湿了皮靴，
我们去集体农场……

旗

● 绿 原

有一天

旗和火焰
会愤怒地
滚过这贫穷的城——

旗和汽笛
和我们的演说
是完全一致的

旗和血
和我们的皮肤
就分不开了

旗命令
用冰雪抵抗着仇敌
用阳光保护着人民
用野花守卫着土地
用蜜蜂赞美着我们的国家
旗命令我们

大风拥护着旗
站在海拔几千公尺的
青色的山脉上
向平原
向低谷

呼呼烈烈地响
使雷从平地起来一样震动天空
啊，说旗就是我们的主人

又被大轮船的桅杆扬卷着
旗啊，航向蓝色的海外
旗来了
就是野性的猿猴
就是爱斯基摩人
也不怕不向它
拍手欢迎

而黄色的沙漠
有驼铃
就有旗的
而绿色的热带
雨和旗
一路旅行

升旗，唱歌，敬礼
旗
永不降落

旗啊
我们是还没有阵亡的士兵

王自亮的诗

雨,四个绝句

一

青铜器上,雨是一种祈求,锈红色柳枝,汗
　渍的甲骨文。
雨如壁虎盯着裂隙中的太阳,倏忽吞食
　之,或逃走。
雨是江南的表情,北方的记忆。

二

一滴,还是一丝,绝句或赋的不同开头。
口若悬河,沉默无语,都是一场雨。
没有人像考证李商隐那样去研究晦涩的雨。

三

难道还要在那已经发霉的灵魂之上
或一片狼藉的心里,再下一场绵延之雨?
是谁,在降落途中不忘宣谕屋顶的升华?

四

雨关上雨的门。尚有雨声,那是告别:
湿润的欲望,未尽事宜,放纵之体验。
雨下着就演绎成洪水猛兽,哪怕只下
　一滴。

良渚博物院

玉鸟啄食光芒的残片,
太阳的黑陶在天空飞旋、煅烧,
大象耕地,鸟儿吞咽虫卵。

这片潮湿而错落的土地
被人一次次翻耕,分割,蒸熏,炙烤,
终于呈现出陶片的光泽。

人与建筑,大地上的雕像。
眼光随着山势起伏,祭台与稻作
让人的身体与精神同时惬意。
玉镯、丝绸、漆绘陶器骤然兴起,
斧钺落下,手臂与爱环绕。
故事开始的地方为忧伤之尽头,
白昼与黑夜交汇处。

人,再次在额上雕刻花纹,染黑牙齿,
企图在大街和舞台上重构时间。
从远处看,良渚博物院外墙
是玉的合围,灰陶的驰骤,石斧的列阵。
落地玻璃窗映射睡莲、陶壶与玉琮,
一个梦搅动水面,玉鸟依然
啄食光芒,掘进机书写褐色诗篇。

司母戊鼎

几声哀号,分开了铜绿色草丛,
祭祀的光焰顿时化为字的芒刺。
这是鼎,不可动摇的轮廓,社稷之型。
到处都是神的回声,道路即机缘,
野兽被权力规训,人却落入虎口。

短棱脊不是匕首,是玄武岩片石,
草丛中两只猛虎同时跃起撕咬头颅。
让人去死吧,王能控制一切除了空无,

31

"永恒"隐藏在细密的云雷纹之上，
本身就是纹理，毋须浇注成一个象征。

雄性的犄角与力量之外，只是风，
而食欲与丰收勾引着饕餮这怪物。
牛羊散落，连续的鸟雀纹饰装饰了
部族的天空，剑与盾装饰王者之心。

于是，在三道弦纹之上各施以兽面，
以衬托鼎足之匠心：力与美的熔铸。
耕作与狩猎，王与后之间身体之战
倒映在窥视者猫眼般的迷乱中，
　摄魂夺魄。

游　隼

这位巡游者，从不作冶游状。
对天空与旷野一视同仁：漠然的激情。
它不曾转动眼珠就扫视了四周。
俯冲，不仅为了攫取猎物
更像是冲激气流：一种伟大的自娱。

把头深埋于翅间，
脚缩拢在羽毛下，
让身体形成雨滴般完美的空气动力学
　形态。
又像个木乃伊，
如同法老醒着的灵魂一样迅疾。

快到地面时，它划破空气——
像失事的航天飞机，尾巴拖曳着精神
　之火。
对于人们来说，这种禽鸟过于高傲，
浑身散发出危险、敏锐和王者之气。

在波斯语中，它被称为"夏赫恩"，皇帝。

喙，
上颚的一个尖锐突起，巧妙地嵌在下颚的
　凹痕之中，

用来敲碎猎物脊椎骨的利器，
一击致命。

这死亡的象征物属于巡游者，
属于严厉的天空。

一种带上恐惧的赞美，流行于各民族史诗
　之中。
它的飞行、搏击、嬉戏、育雏，
还有从盲点接近猎物，倏忽将其扑倒
　之术，
小施骗术谋求美食的本领，
令人目眩的求偶飞行，
够了，这就是一部与人类历史平行的另一
　种"世界史"。
尽管没有哥伦布式发现，
它有自己的新大陆。

它的迁徙就是史诗，
一天之内越过了峻岭、大海。

以它的飞离来描述死亡，多少人
希望死后化为一只"游隼"来探访自己。

这是纯粹的奇迹，至高的天赋，
会飞行的《图腾》。
一种神秘之鸟，竟然飞出一部叫《特伦鲍
　姆一家》的电影，
在纽约上空追逐一个鸽子，并失踪了好
　几天；
回来后，稳稳地站在演员肩上。

也许，它在白昼进行了一次精神夜游。

游隼，只活在记忆之中。
从未漫游过，从未。

一个因颤栗而变形的寂静空间，
一团声音之火一个飞行的疑惑，
一只忽略时间的猛禽。

去敦煌，飞行时所见

我在云上看到了敦煌之煌，
看到了罗布泊干涸之后，
道路之上的所有浮尘。

阳光渲染着，风在吹，
动荡的云层汇聚成另一个大地。
这里没有恶趣、苦声和巫女，
连天龙八部和九首龙虺也不见踪影。
灰白交织的云，
这时间的沼泽。

安详啊！我只看到——
光的移动，色的变幻，线条的诱惑，
而所有的撞击，都是无声的。
那些雷电在深隐处闪现，
如同被狂风刮断的绞索。

想一想玄奘法师如何取经

投身大漠，直起腰，环视四周
像一个逗点停在流沙上，深陷梵语之中
上无飞鸟，下无走兽
暮色再次徐徐降临
被释迦牟尼注视，无量欢喜
水的声音，像极了火焰的低语
可闻而不可及
而如来，钟爱玄奘这样的痴迷者
不让各色鬼神靠近他，当
心灵若水
亦流亦止
玄奘喜极而泣——
因他看到经文如落叶
真谛，藏在树的根部

大神造土

朝霞若干缕。精魂深藏于雪下，可取一二
带上附着船底的蛤壳，阔叶木落叶，干草

秸秆、竹林土，牛粪、月光和马嘴边的凝
　结物
布须曼人带毒的弓箭，女人的浆果，中原
　粟米

土就这样成了。弃置日晷，大神校对光影
南方雄鸡不必昂首，而北部沟壑值得看护

昼夜更替时，中国长城与罗马下水道都将
　藏匿
那个女孩隐约可见的乳晕，化为云杉中的
　微光

还废墟以废墟。鹰隼站立顶点时金刚石
　变黑
厨余们散发腐臭绝不是盘旋而上的空中
　花园

取土得土。那是不同的土。神迹只是目光
　的配制
死囚的狂笑震落监狱屋顶的那层浮土，夜
　空广袤

五色土之中人类的呕吐物开花，蝴蝶兰
　葳蕤
胶囊的时间，已经动身，螺旋桨密谋反
　潮流

践行者将脚踝边的碎石深埋。鼠疫监视着
　亲吻
大神休息。土既成，世界即成。愿世代为
　蚯蚓

宝石山下，偶遇葛洪，
谈及炼丹与众世相

下山时，你应该在此逗留片刻，
太匆忙是炼不好丹的，葛洪兄。
你将会看到日光下赭红色凝灰岩
如何变成流霞，与仲夏夜的
墨荷们相互映照，衬托着你
玄奥的头颅，激起不可捉摸的思想。

你一定知道今世的浮云
像岩石一样立定脚跟了，葛洪兄。
这个时刻决非纯真可以形容，
但我们都想做一个决定——
跟你学炼丹，就在宝石山中，
在书卷与紫气的陪伴下，持守如温玉，
直至西湖幻化成殷墟青铜。

孤鹜在你的眼中飞，葛洪兄，
更远处是钱塘江，江水被灯光渲染成
兰蔻者流，你的心情已然飘忽。
这并不重要，首要的问题是，
你所炼成的丹是否还在？
你是否还边点燃艾叶，边藏否世事？

葛洪兄，你是否可以——
凭着《抱朴了》和保俶塔起誓，
炼丹只是一个纯粹爱好，而非
起因于"隆隆者绝，赫赫者灭，有若春华，
　须臾凋落"？
当大火再次烧掉你拥有的典籍，
你是否还像年轻时那样，
负笈徒步，到别人那儿去抄书？

噢！琉璃

一

人工至极，足可与造化相混淆。
那些瑰丽的色彩为梦幻所托付，

而光只是一个指示，一道泄露的天机，
好在范蠡不知道那滴西施泪
如何将湖色山光调和成一片笑靥。
她只是将身影留在琉璃之上，
转身抹去美色、权谋和离恨：
琉璃只是一个梦，一种幻觉的质料。
沙僧无非失手将一只琉璃盏打破，
即从天庭被贬，授予玉帝以借口：
一时之错改写一世，为命运所作弄。
琉璃，消耗着匠人的精血与手艺，
在色与相之间，一生取舍，昼夜不宁。
如果造化是一种权力，那么琉璃
就此踏上沉默、华美而漫长的奴役之途。

二

一千零一夜透过那印度碧玺之孔，
无法看清横陈的是玉体还是缓坡。
在另一国度，琉璃是相思与孤独的症候，
何为"天工自拙"？玄宗多么文艺
却不自拙，眼睁睁让国色销陨成一道
　白练。
在宫殿、庙宇和陵寝，孔武有力的
不是权力与刀戟，而是琉璃色的长明灯。
寒食节帖子，上河图笔触是无色的，
缺乏二氧化硅多变之魅，亦不坚固。
古法琉璃被今人倾听，似磬石之震颤，
五彩脚镯响在远处，内心如铜人马车。
孩童的铁环，在贾雨村的幻觉里滚动，
时间，不就是西洋自鸣钟之上的琉璃幻
　象吗？
气泡早已不存在，在水火之间逃逸，
汇入下一个周期：饥馑、瘟疫与战乱。

三

琉璃，你用什么语言开口说话？
你的秘密并非颤栗的星，异族之精神
　膻腥，
马可波罗也不是以马克换取菠萝。
你背负尘世还是天堂，甚至只是好了歌？
财神、如意和宫灯，都采取琉璃之魅，

而欲望也是强烈、多姿与变化的：你。
黛玉的窗子想必用绿色琉璃为扉，
与微卷之帘、愁云和喘息相匹配。
不远处有古董店铺，信用被透支：
玉如意的琉璃色被偷换成珊瑚光。
一匹马在伊犁河畔出神，不思征战，
等待主人无心的谣曲：粮食、爱情与披肩。
那一夜江南灯火如土豆，信件褴褛，
张之洞收到远方信函，谈及地中海、
埃及"费昂斯"，克虏伯船坞，海上宫殿，
而写信人"归来愁日暮，孤影对琉璃"。

四

琉璃，"消融石汁及铅锡和以药而成"，
可是心呢？华丽而脆弱，丰瞻而透彻，

如之何？
人的一生需要四十七道工序煅成吗？
噢火！噢古代青铜脱蜡铸造技术！
灵魂已蜷曲如焚书，宝剑吞声，
光焰移动如日珥。石头熔化成
一道光波，如浑浊之河，慢慢凝聚成
一朵玫瑰，一个圆球，一只器皿。
或脆薄而色微青，或厚重而色驳杂，
手在搏动，汗珠滴落如骤雨。
将魂魄与青丝搅拌成堂皇之大瓦当，
事变就是窑变，歌声推动色泽流动。
噢！历史即心情，现实乃易碎之信物，
噢！火与母石：旋转中的吹制，成型的
　　痛苦。

游隼与它的天空

——王自亮诗歌简论

◉ 甘　遂

诗人对生命的深刻认识与直接体验隐藏在他的诗中,像植物从花朵中或树上落下的一粒种子,在泥土里寻求一种生育和养育相似的特性。他们把目标定得超过通常标准,并坚持着各自的目标探求真相。这与偏执者或狂热分子们固执的特性相似。一旦入迷,就会坚持不懈、一如既往地按照自己的意念孜孜以寻。大凡禀赋优异的诗人,都会不断地在各种环境中扮演着各自的角色,但仍能以独特的个性显示出他们的才华。王自亮就是这样的一位当代诗人,丰富的人生阅历使他的作品拥有深厚的文化涵养和特殊气蕴,成熟而稳重,就像果树垂下的沉甸甸的果实,这从他的诗面构造上就非常突出地反映在其作品的气质中。王自亮不断致力于诗化美学创造主体的建构,有着自己诗性生活的独特感悟,创造了一种气韵浑厚的诗歌文化。

就从诗的结构来说,他的审美对象和审美意识几乎是和谐统一的,这样的一种关系与美和善同属一种范畴,均可以在主观与客观的和谐融汇中构造出诗句内在的丰富与涵养。他对诗性的思考维度,也显现了多种主体建构的特色和独到之处,始终饱含鲜活知性的印象。这是作者美学思想和历史使命感双重交织的结果,以此深刻地揭示了自然界中,人们在生产时与周围物质世界关系的变化,触及了作者心理

功能的综合素质。用这种观点来分析,我们就能较清晰地看到他的想象力与历史经验的发展,和各种社会文化的交集,都集中地体现在他的诗学体系中。

另一方面,作者对人与社会的各种关系的深入把握,揭示了事物的现象与本质以及特殊与普遍之间存在的既现实又生动的联系,这恰恰是从日常生活中演变、发展、升华成思维动态的结果。在这方面,我认为作者是个非常擅于细微观察和注重心灵体验的人。

就诗的艺术语言来说,王自亮将语言提炼到了极高的浓度,已到了下意识的层面。他对汉语诗自身的特点,有着丰富又独到的见解。更重要的是,他所有的探索和实践都基于自觉;随着直观感受的深入,想象、经验、时间、知性、存在等问题,合并在感性和理性的统一体验中,致使他的作品和谐而饱满。只有这种博学多才又拥有对知识娴熟运用的能力,才可以如此自觉地达到毫无拘束的程度。这要求诗人不但有取舍的能力,还要对传承和创新有明确的把握,并伴随大量阅读的累积和体悟,这样诗人才能从中获得饱满的精神面貌。

同时,这种思想的触须延伸到社会、历史、文化,乃至生命及自然本质。虽然这些特质并非他的专利,但在他的诗中却昭示了诗人对诗歌文本,以及有可能在生活

里或者说在普遍现实里，跟理念上达到一种心照不宣的默契。尽管这组文字里存在很多不同的元素，但理念的作用始终贯穿其中，仍能使人们在他的文字里寻求到某种类似定义的感应，虽然这种定义不是固定的，它甚至不断变化着，就像自然本身一样。

由于作者对前语言的探索延展及后语言的前卫性都进行过详细的探究，这方面，无论是古典还是当代实验主义都进行过严谨的分析。因此，他获得了较为全面的认知，也将信心和勇气注入自己理想化的无懈可击的境地。

他的诗，除了包含庞大的知识体系外，还在音乐、哲学、社会学等方面寻求诗化转换的艺术效果。也就是说，从自我与其他理性事物相关方面，来阐释一种感知的使命。其中包含异化状态，人性的矛盾、彷徨和困惑、不安和狂放，犹似一部交响乐的混合节奏，契合了多元化的、雅俗共存的空间以及戏剧性的效果，这都是作者经历了各种人生遭遇后所沉淀的独有的人生感悟。甚至还蕴含反讽与嘲弄、渴望与狂喜、悲愁与抒情、焦虑与紧张等作为主体性展现的元素——它绝非一种单纯对习惯性表现手段与范畴的颠覆。因此，从文化复兴的缘由及个体生命的体验来说，作者对当下诗歌焦虑与不安的现状以及对诗歌未来发展的方向，提供了丰富的样本。

恰如当代著名哲学家E.贝克所说："在人身上的那种要把世界诗化的动机，是我们生命的最大渴求，我们的一生都在追求着，使自己的那种茫然失措和无能为力的感情，沉浸到一种真实可靠的力量的自我超越之源中去。"王自亮对诗，也是如此注重。对作品的"品相"及内涵的要求，均站在世界历史的角度，审视对时代和当下的感情，特别在"质"方面的要求极高。因为这个时代有必要要求诗人在品相上写出好的诗歌作品，这个时刻已经来临。就

像他说的，"这对有理想，敢担当的诗人们来说，名节和操守，传统和现代，以及对母语的运用应当充满敬畏。"

如《游隼》这首诗，就表现出了一种锐利的、巧妙的想象力。仿佛一把钝刀般的韧性，刚柔相济，隐喻了一个独立者"傲然独得，任性不羁"的形象。作者把游隼的各个动态与幻象，旁征博引，延伸的视野无比宽广，产生了连续的镜像。这就必须要求诗人有相当丰富的储备和积累。当然这也缺少不了想象的能力，想象自古以来就伴随着人类的成长。若没有想象力，人类的精神文化简直无法想象。诗更是如此，想象与诗有着非此不可的关系。这毋宁说，想象与生活关联，受到热情或梦想的支配，诗人产生了活跃的联想。借此，诗人把游隼在气韵上的王者之气，描述得淋漓尽致。还因为想象，把这位巡游者对天空与旷野之间的动态刻画得入木三分。这种手法既有意象画面又对其精神层面进行了生动的描述，如画家们对画面穿插及视觉错位的处理，显得合情合理更加真实。

从这首诗的结构上，他对于语言弹性的把握非常到位。每一节都处理得干净利索，没有一句多余的话语，却非常精确地把握了对象的特性。从起首的精神状态到每一个动作的生动比喻，都通过独特而具体的描绘，为审美感知造境。

对于大多数诗人和艺术家来说，按着个人内在的独特性和具体感知去描写对象时，这种本性知觉，不单是平面的叙述，还需要非常高明的体验和提炼。从实质上来讲，其中应含具象与抽象的组合，形成适当的积量；具象作为骨肉，抽象元素包含灵气的特性。诸如第二段：

把头深埋于翅间，
脚缩拢在羽毛下，
让身体形成雨滴般完美的空气动力学

形态。

> 又像个木乃伊，
> 如同法老醒着的灵魂一样迅疾。

"把头深埋于翅间，/脚缩拢在羽毛下，/让身体形成雨滴般完美的空气动力学形态。"这前半句显然是具象描述，通过具象的铺垫读者眼前立刻出现一幅生动的画像。而后半句："又像个木乃伊，/如同法老醒着的灵魂一样迅疾。"这就回到抽象的维度上。抽象无法确定语言状态，它只能依靠感知来体察一个对象意蕴上的感悟。对于诗而言，出色的诗歌往往骨肉相生，并且充满灵性。

如果从批评的角度来说，出色的诗歌就应当要求作者在思想和技术层面达到一定高度的审美；否则诗艺就无从谈起。因而我说王自亮在诗艺上的锤炼着实在各个方面与我们的语言体系有着强烈倾向的极端重量。这个倾向也造成了他的诗因描述的外部现实，是有意识的，实际的知识，比重显得过于稳健。在理性语言和狂人语言的对比上，他的作品大部分偏向理智，尽管这也削弱了一些疯狂的感染力。但在他的作品中许多体验直接来源于生活场景，这与日常生活和所经历的世界息息相关。因此，从《游隼》这首诗中，所谓体验，对诗人来说，就是透视自己的内心情感。当然，诗人的体验不只限于个人的人生体验和亲身经历，也可以通过了解别人的现在和过去的体验以及可能的遭遇，也可以从某种世界观（哲学的或宗教的）那里取得体验的源水。德国近代哲学家、社会学家威廉·狄尔泰说："诗人的创造活动的基础包括：（1）个人自己的体验；（2）对他人体验的领悟；（3）由观念推导和深化的体验。所有这一切都可能促成诗人的内在冲动。"但关键在于，不管他从什么地方选取，也不管他去选取什么，诗人的世界观之源必须是自己的内在感受，即所谓"中得心源"。这就必须从自己的内在性去建构，他必须以自己的命运感作为创作的使命。所以在《游隼》这首诗的起首，作者就表述了游隼的思想状态，甚至人的状态。"这位巡游者，从不作冶状。/对天空与旷野一视同仁：漠然的激情。/它不曾转动眼珠就扫视了四周。/俯冲，不仅为了攫取猎物/更像是冲激气流：一种伟大的自娱。"

从这里也能看出作者对人生的精神领域有着一种豁达的认知，尤其当一个人经历了世间百态后，由此产生的一种对意志力的释放，一种凌云壮志的回收。或者对大多数人来说，有种对高难度的技艺轻车熟路的驾驭能力，并把这种能力当作游戏般地自我娱乐。这也成为隐喻人生态度的一种生命强力的反讽；一种对政治、道德或社会挑战之后的俯视；也像极了魏晋时代的文人风骨；抑或说作者深植了一种隐逸派的思想。他形象地塑造了一只游隼或生命个体，使它摆脱了现实的羁绊，从而为生命的意义提供了另一种新的自由。

在这首诗中，作者对词与词、语句与语句的联结，都是以意象为构成法则的。无论是陈述事件、幻想和心境，还是用独特的音调、对比、节奏来组织语言结构，诗的语言都沉浸在意象之中，使所描述的对象与相关联的事物获得一种更为深刻的符契。诗的语言虽然突出的是现实的一个个片断，但却精确地把游隼的立体形象展现出来。于是，通过阅读王自亮的作品，仿佛眼前充满着电影画面的情境。这种处理手法使一切事件的意义及其相互联系的关系，成为本体诗化的绝对中介，并且他通过游隼折射出一个哲学命题——"存在与虚无"。大凡有一定思想高度的诗人和艺术家都会深入与"道"相似的路径去探寻审美的意识。这首诗的美学特征恰恰来自作者自由地穿梭在对立的两者之间。作者把前半部推移到一个实际生存的现实需求中，而后半部则使自己沉浸在对理想世界攀拟的再度体验之中。诸如：

它的迁徙就是史诗，
一天之内越过了峻岭、大海。

以它的飞离来描述死亡，多少人
希望死后化为一只"游隼"来探访
自己。

这是纯粹的奇迹，至高的天赋，
会飞行的"图腾"。
一种神秘之鸟，竟然飞出一部叫《特伦
鲍姆一家》的电影，
在纽约上空追逐一个鸽子，并失踪了
好几天；
回来后，稳稳地站在演员肩上。

也许，它在白昼了进行一次精神夜游。

游隼，只活在记忆之中。
从未漫游过，从未。

一个因颤栗而变形的寂静空间，
一团声音之火一个飞行的疑惑，
一只忽略时间的猛禽

因而我说这首诗的妙处，就在于作者运用了"散点透视"的手法，像极了波普艺术的特征。每一节都有鲜活的画面，然而又瞬间被中止，跳跃在停滞的梦幻之间。一只游隼，有一种与生俱来的控制力和驱策力；它离奇的飞行，仿佛每次都像从未漫游过。这首诗的结尾部分，写得特别精彩，如"尼采的醉境"。事实上，这种审美也是从情感的内在性出发来阐述审美心境的符号化，并溶浸于蕴蓄的情感，如悲剧、音乐、神话般的升华。评论家刘翔说，"他的诗歌作品（有时幻化为某种灵异感）、人格力量和内在视野"，这是一种"内视"的品质，"一种将梦幻、死亡和爱，以及表象世界搅拌在一起，最后凝结为诗歌混凝土的力量"。

我觉得在当下诗坛的话语纷争中，王自亮是一位值得尊敬的诗人，因为他提供了一个唯作品说话的良好氛围，且安静又笃定。这种品格延续着20世纪80年代诗人的形象，依靠诗艺上的修为和人格上的修为来达成某种境界，而无需多费口舌。这种品格散发着正气的能量，同时也将会注入新世纪文学或一切艺术实践中，其历史价值和美学价值注定会超越时代本身。

李轻松的诗

山丹骑马

我人生中的第一次骑马,是奔驰在山丹
我所挑选的马匹,瘦小、老迈
却有着潮湿的眼眸,拈花的四蹄
它在青草上走,就被草淹没
在雨水中走,就被雨水淹没
在黄昏中走时,我被它托举起来
仿佛成了流水中走马、云朵中飞马

我不忍骑在它的身上,不忍夕阳落下
它却把我从人群中牵出来
带我越过那些石头,那些山坡
一河翻腾的浪,一只蹦跳的鸟儿
它开始小跑,直到跑得微汗、喘息
还是无法停下。还是无法返回
像极了一个孩子,执拗中小小的委屈
仿佛那被废弃的山河旧址
那金戈铁马中的人生遗迹

怅望祁连

失我天之边,使我草原无牛羊
失我黄河西,使我体内无山脉
失我冰川纪,令我高原无雪莲
失我焉支山,使我妇女无颜色
失我大河西,使我万里无丝绸
失我戈壁滩,使我英雄无敌手
失我琵琶行,使我三生无知音
失我飞天度母,使我万物无踪迹
失我祁连山,使我六畜无蕃息

夜宿瓜州

仿佛到了天边。在古时的安西
一手托着敦煌,一手捧着酒泉
我的睡眠是这么深沉！被遗弃的旅程
出现在瓜州的丝绸里,或河西之西
仿佛在现实之上,有了超现实之感
从锁阳城到榆林河,夜晚更加荒凉
河水流过洞窟前,留下羌戎、大月氏的身影
都消失在绿洲。我比尘埃还小
月光很薄,向着疏勒河谷倾斜
有千驼奔走在魔域、在云端
我已不在,只有那布隆吉雅丹还在
恍如千年的荒冢,都醒着

绿色稀薄

西行的路上,遇到最少的就是绿洲
但遇见最多的则是向西的牛羊
还有河西少女的嘴唇,含着飞鸟
神一般的眼帘,垂下,垂着万物

那长长的戈壁,那神谕的荒凉
西坡的河水洗亮我的眼睛
抬头是天边的雪山,低头是大漠

有一只鸟一直跟着我飞
它带着十二个时辰和五行
还有我半生的腐朽与火焰
我没有香木,更不会重生
我只能在黑夜的岩壁上,破壁而飞！

我从未遇到这么稀薄的绿色
这么稀薄的自我！那羊圈里的神祇
随着飞天起舞。我的琵琶生涩
我的舞姿枯萎，我用干涸的手接住雨水
用半截的人生接住这大火

在眼眸的深井里，我看到那销香
清晨传来体内的暮鼓之声
它荡漾起来，让时间破碎
让一捧灰破碎。在玉门关与阳关之间
将我的葡萄捧出，将我最后一半的骨血，
酿出那溃败的水草，那丰盈的月亮！

阳关三叠

有水的地方就有生机，我去往阳关
荒野埋葬了山峦，星辰还在
阳关一直矗立在我心灵的隘口上
遗址也会闪光。我有三重影像
一重跟随故人西去。一重隐蔽于大漠
一重在众神的吟唱中，送别自我

我带着草药、诗稿和经书
走在未被治愈的焦虑中
黑暗犹如巨翅，我有一尊小我
煽动那盘踞于心上的猛兽
使阳关在流淌，大地在流淌
如此孤独的徘徊中，我缠绵不去

一群野鸽子向西迁涉，无数个模糊的面孔
挤满了先灵。一个僧侣与商贾
带回来经卷与黄金！在漫长的荒芜中，
被风吹送，祖宗有灵，这被保佑的心多么
　虔诚！

野花婆娑的戈壁如此静谧

那挤满了碎石的戈壁，如此静谧！
寸心里藏着寸草。硬的土层软的泪水

我失败于旷野的心，
在石缝儿里探出野花
那么小，一朵白一朵红，一朵紫
在每个可以祈祷的时辰
西阳夕下的女人遍布了天涯！

大戈壁，我的羊群披雪而来
用大美顶礼的地平线，沦陷于无垠中
驼峰在背上耸动，雪山在腹中融化
一只蚂蚁细小的触须
颤动着接近了神祇！

这粗糙的风格多像我的养育
猛禽、天空，我要继承的石窟
更加深了我的海拔！
如果没有西去的僧人喋血诵经
我内心的气象便失去了大半
让牲口低头喝水，让狼王站在山顶
让策马奔驰的高原只留背影
婆娑的野花开到天边，
那蒸腾的日落，如此静谧！

黄沙漫卷

我要赞美两个人的行走，一个向西
另一个向东。我要赞美绝尘的白马
和风中的行脚。也要赞美离尘世最近的心
和慈悲的爱。在大乘与小乘之间，
发心与证果不同，相反方向的飞鸟
开示世界的真相，只有一个！

那些雪山与石头，像一群奔跑与血勇的
　少年
漫卷起黄沙、族谱和梦里粮仓
心爱的女子也必如壁上飞天
宽袍大袖之美，仪态端庄！
那些还魂的动物，有的附在山川
有的附在河流，更有附在血脉上的
在凉州与肃州之外，奔跑着十匹骏马，
十匹丝绸，和十座敦煌……

李轻松诗歌中的"向死而生"

● 李思宇

李轻松的诗歌是体验型与表达型的结合，她通过大量扭曲变形的意象，展现了世界的丑陋、存在的荒谬，以及人生的虚无。在精神病院的工作经历培养了李轻松独特的审美，在诗歌方面则表现为"对立"，这是诗人体验到的一切生命冲突，也是自我和世界无法和解的表现。后期李轻松的诗作有了明显转向，脱胎后的诗人开始从庸常生活中寻求解脱。近些年研究李轻松诗歌的文献大部分从诗歌意象、女性身份等宏观方面整体切入，且多停留于其前期的诗作，对于李轻松个人创作的转向，及其诗歌中对人生意义追寻的态度变化没有更多研究。本篇论文着重从李轻松诗歌中的爱情意象与自我定位、庸常生活的反叛与回归、从虚无到虚有的蜕变三个方面入手，以海德格尔的"向死而生"理论为切入点，重点研究李轻松诗歌创作对自我意识的突破创新，深入探索其诗歌后期转向的路径与原因。

一、爱情的向死而生

爱情在李轻松的笔下就像俄狄浦斯的悲剧命运一样具有必然性。李轻松几乎不在诗歌中描写温柔亲昵的爱情，爱情所营造的状态，更多地被李轻松用来试探和挑战自己。"铁"和"桃花"作为李轻松诗歌中经常出现的意象，所象征的意义都与爱情的本义相去甚远，爱的过程是李轻松修炼的过程，这个过程中既有对自我的锻打，也有对女性身份的思考，更有自我对生命意义和时间的质问，整个过程是诗人的一次重生。

（一）爱情中的"铁"

在李轻松的诗中，"铁"是频繁出现的意象。"铁"作为工业时代的物质象征，通常给人以粗糙冰冷的直观感受，其坚实冷硬的特质更贴近男性的气质，很少作为意象出现在女性作家的写作视域内。李轻松的"铁"意象有两层含义：一方面，李轻松对自身缺铁的判断即隐喻了自身的脆弱；另一方面，"打铁"的过程也是诗人在爱情状态里锻打自己的过程。

（二）爱情中的"桃花"

在李轻松关于桃花的诗作中，桃花盛放的姿态与生命力这一内蕴脱钩，热烈艳丽的外表与冰冷、血腥、陈腐等消极的词语联系起来。桃花在中国传统文化语境中是生命力的象征。《诗经》中以桃花比喻新嫁的女子，赞誉其为家庭带来的新鲜活力，而李轻松塑造的桃花是对其传统形象的反叛。在爱情的描述中，李轻松突破了传统对女性的束缚，将自己女性的敏感无数倍扩大，运用桃花对自我主体身份进行重新感知，成功重构出了盛极而衰的桃花意象。

（三）爱情中的"我"

在李轻松的诗中，爱情是以一种同归于尽的方式，甚至是以濒死体验的方式展示给读者的。李轻松将自己拆卸成为一些揉碎的骨血，在她的心中，爱与死是同样残酷的，爱到舍己，她的爱就几乎等于自杀。李轻松笔下的爱情几乎找不到温存的痕迹，决绝的姿态贯穿始终，爱人的爱于她是刺入胸口的匕首，诗人的爱情是自杀与被杀交替的过程。

二、庸常的向死而生

庸常对早期进行诗歌写作的李轻松来说，是不具有安慰的意义的。李轻松从庸常生活中得到的体验类似于锋利的水，在其他人看来，只是无色无味的水，但对李轻松来说，它是锋利的，有鲜明痛感的。这种锋利的痛感是诗人独有的敏感，李轻松更将其放大数倍，正因为他人眼中的稀松平常才更刺激诗人的神经，诗人感觉到痛苦，又苦于没有解决办法而感到虚无，只能一次又一次用暴力暂缓这个痛点。后期的李轻松找到了解决路径——回归生活，庸常这时就起到安慰的作用，诗人从细小的生活琐事中重新寻找意义，开始了另一维度的写作。

（一）庸常与暴力

李轻松的诗有一套独特的暴力审美，她的诗歌中有大量具有毁灭性质和巨大杀伤力的情景，甚至让读者感到诗人无时无刻不在承受外物的钝击，对其造成的伤害是锐利而持久的，最后变成血中的白骨。

（二）庸常与虚无

和暴力一样，虚无也是李轻松在诗歌中经常表现的主题。李轻松的诗歌描写一切的背面，生存的背面、清醒的背面、真实的背面……死亡、疯狂、虚无是诗人在反复叙述中寻求阐释的主题，在这之中，虚无是李轻松从日常生活中感受到的最消极的体验。

（三）庸常与回归

在诗歌创作的后期，李轻松逐渐把写作对象转向了对日常物象和风土人情的关注，《煎鱼》《拼盘》《一道汤》《一顿早餐》《在粥吧里喝粥》等诗，都是诗人从庸常俗事出发，再到历史、文化、风物的抒写。

三、自我的向死而生

自我是现代诗歌频繁叙述的对象，现代文明进一步唤醒了人类对自我内心的关注，"我"这个个体想要表达的情感充斥现代诗歌的内容。李轻松的诗歌中对自我的剖析有很多，且几乎每句都是刀刀见血的。在前期的诗作中，李轻松更多只是以一个诗人的自觉在反叛现代文明对人类生存环境的侵蚀，这一时期诗人的诗歌中的自我是非自觉的。在后期转向生态中心主义写作时，李轻松成功将自己对自然的崇尚与喜爱用作新鲜素材，进入自觉阶段，新的意象扩充了诗境，叙述对象更积极，诗人的诗风变得柔和。最终，李轻松把对世界描画中的虚无变成虚有，在死亡的尽头看到生机，从而进行了更有温度的写作。

（一）自我对现代文明的反叛

李轻松的诗歌很少提及和现代文明有关的事物，同其他诗人一样，在诗人这个身份上，李轻松也怀有对工业文明的高度警惕和对现代化的排斥。

（二）自我向生态中心主义的转向。

在对现代文明的反叛后紧接的就是对自然的欣赏与回归。李轻松的诗歌中频繁出现对自然事物的描述，尤其是后期。李轻松诗歌中关于人类和自然一体化的观点鲜明地表现出其向生态中心主义的转向。

（三）从虚无到虚有的蜕变

"向死而生"是存在主义哲学家海德格尔的著作《存在与时间》中的重要哲学命题。海德格尔认为，向死而生"不意味着遁世的决绝，它毋宁意味着无所欺幻地（把自身）带入'行动'。……清醒的畏（把自身）带到个别化的能在面前，而坦荡乐乎这种可能性与清醒的畏是并行不悖的。在这坦荡之乐中，此在摆脱了求乐的种种'偶然性'。"（马丁·海德格尔.存在与时间[M].北京：生活·读书·新知三联书店，2006（4）：207）由此可知，死和生不可分开论述，即死和生的主体性存在不能被当作一个主体来认知，而只能被当作主体因其非存在而凸显了主体的存在，死和生一起建构了一个存在内质的基本条件。

低处的灿烂（组诗）

◉ 潇潇

极　限

毛毛草依旧弯曲下身体
那些滴落的痛楚、愤怒、反抗
在每一粒颤抖的露珠中
等候沉默的爆炸

七秒的记忆

一条孔雀鱼
在我的玻璃缸里
游来游去好多年

它享受着
与我独处的孤独
把七秒的记忆
永远留给了沙滩

给了一个在沙滩上
撒了一泡尿的
光屁股小男孩

七秒的记忆
全部存进了小男孩
在沙屋边撒欢的脚印

七秒的记忆
传染给成年人的健忘症

像我周边的人群
遇见恶，苦难

他们像鱼儿一样沉默
只能保持
七秒的记忆

盗　夜
——给阿根廷汉学家毛天使

执迷于把夜写亮的诗人
她的笔尖上住着一个
盗夜者

她把天使送的阿根廷
纯银手工戒指
挂在深夜的无名指上

她把每一天的黑暗
敲打成文字
敲打成诗

触摸 2020 年的疼痛
——致普希金

入夜，五月的沙尘
在我的颈椎喀喀喀响
刺痛与病毒打磨一面灰色的镜子
使今年看上去悬浮在黑暗中

新冠被人类吸入肺部
世界在喘息、争执
高分贝的疯狂后慢慢安静下来

一些回忆散落在皇村小径

寒冷之后，你的太阳从俄罗斯
正在赶来的路上
从高加索囚徒的牢房
滚落在我阅读你的海面

从二月开始
我戴上时间的口罩
啪！死亡从你决斗的枪口
冒出一股青烟

我埋葬了三月、四月
五月正在流淌悲伤

我择出
假如、加冕、珍珠
山崖、死讯、战士、凄凉
……放逐
这些硌硬过你的词

收拾那些像骨头、碎石、针尖
玻璃碴、芒刺一样的东西
这些退潮后的真相
能触摸到人类2020年的疼痛

天堂告示

人们还在半夜
深度的睡眠里
天堂敲响了警钟
如今天堂已经太拥挤
特告示人类如下：

天堂将对如下
貌似良人的种类
关闭大门

那些杰出的丑陋精英
良心的冷漠症患者
对灾祸抖机灵的特种缺德者
理财性抢劫者

为口粮叼盘者
对恶保持沉默旁观的大多数

是的，天堂不能再容忍
精致的利己主义
未来的虚空，恐惧
等候你们

地狱的漏斗

地府的王最近患了
人类焦虑症，他不明白
在他统治严苛的地界
那些罪孽深重的人
怎么偷偷溜进天堂的

他带领大鬼小鬼，潜入人间
走一遭，发现人类闹翻天了

这是什么新物种？机器人
还有操纵天气，窃取云和雪
制造干旱的人。口袋里的原子弹
释放大量的X射线、伽马射线

我的乖乖，这样的反物质炸弹
可以制造多少个地狱啊！
有人敢挑战地狱唯一性的权威
地府的王，这次真慌了手脚

他命令立即建一座地狱的大漏斗
把那些憋了一肚子坏水
举心动念都是贪欲的小子
塞进去，打入十八层地狱以下
永世不得超生

庚子年的一封信
——给20年后的自己

白露了，傍晚的雨
敲打着阳台的窗户

敲打着炎热慢慢退去

像我的笔尖
此刻在信笺上忧郁的声音
像科尔沁草原上
懒散的羊蹄,踩踏草根
小昆虫,野花朵与经幡的暗语

在这样的天气
为自己写一封未来的信
内心的文字湿漉漉的

其实,我不确定
20年后能否签收这封
埋在地里,来自遥远的过去

我的右手有些颤抖
身体中最隐秘的部分
依然躲起来,不肯落到纸上

我的确害怕,胆怯了
面对未来的自己
灵魂坦露出悲伤虚无的脸

我的诗有毒

这些年,气候与人心
越来越紊乱
像一个妇女
正在更年的经期

如果你胆子大
就尝尝我的诗吧

别担心,我的诗
色香味美,不烈性
不会一杯要了你的命

在早晨,它像一杯
玻璃牛奶,又香又甜

仅仅加了一点点
感官的成分

中午,端上来一盘
用醋和盐水浸泡过的
我的餐前水果诗

农药残留
98%被冲走
媒体说农药溶解
盐水和醋

不要害怕
放进嘴里咬一口
健康要多吃水果

我的诗是水果之王
它杂交了
翻译体的味道

傍晚,如果你胆子大
去和雾霾约会

你,把我的诗砍掉
一些标点符,虚词
和参差不齐的敏感
危险句子,横过来
就成了隐喻的口罩

用我的诗吸毒
用缺席的天空
为雾霾送葬

低处的灿烂
——致趵突泉

顺着向上的生活哲学
孩子们呱呱落地
就开始仰望,开始追赶

我们仰望鸟窝,追赶蜻蜓
仰望山顶,追赶老虎、狮群
仰望另一个星球,追赶光年闪电

我们仰望所有,认为的高度
我们追赶一切,认为的远方
受雇于肉体的脆骨,多年劳损
让我们统一患上颈椎病

我们随波逐流,巷战,炮轰
虐杀。又赔偿,惩凶
是非黑白
像两根枯藤相互缠绕

如果戴上宇宙的望远镜
蚂蚁是我们的亲戚
老鼠、跳蚤、豹子、人类
就是四个卑微的名词

所以,请放下我们的身段
弯腰,屈膝
三股清花绿亮的趵突泉
就在阳光下,三朵水灵芝

这喷涌、流淌的宝贝
一直在人类的低处
洗涮着我们好高骛远的心疾

这低处的灿烂,是我们丢失的

移　交

深秋,露出满嘴假牙
像一个黄昏的老人
在镜中假眠

他暗地里
把一连串的错误与后悔
移交给冬天

把迟钝的耳朵和过敏的鼻子
移交给医学
把缺心少肺的时代
移交给诗歌

把过去的阴影和磨难
移交给伤痕
把破碎的生活
移交给我

记忆,一些思想的皮屑
落了下来
这钻石中深藏的影子
像光阴漏尽的小虫

密密麻麻的,死亡
是一堂必修课
早晚会来敲门

深秋,这铁了心的老人
从镜中醒来,握着
死的把柄
将收割谁的皮肤和头颅

对灵魂说……

你要以十万倍的速度快乐
把陈年累月的妄想枷锁
从脖子上取下来,扔掉

当你从炼狱的窗口睁开眼睛
一次深呼吸,摸一摸自己的血脉
在灵魂深处最细微最真实的波动

有多少杂音来自你假想的敌人
有多少梗塞来自你的血亲
有多少坏死来自你阴暗的部分

你不能让一切都成为可能
你只有一副肉身,一颗被逆风吹散的心

在苦难的封底,写上幸福

让生活中那些重负不够致命
纯粹为自己活一次
最短60秒,最长下半辈子

寒冷是温暖的一部分
——为我的画配诗

我把今生的一部分
一笔一笔藏进了这幅画里

我与谁捉迷藏
来世高高悬挂在轮回的颜色之上

梦朝着时间的反方向漫延
白天成了夜晚的缝隙
疼痛在缝隙中成为爱的一部分

正如情爱习惯在细节中丢失
在客厅中退场

如果寒冷是温暖的一部分
活着也是死亡的一部分

一瞬间,灵魂在色彩中醒来
一个影子还原成红、黄、蓝

我又把生调和成各种绿
把死抽象成漆黑

秋天的洪水猛兽

九月的某一个日子
带有水果疯狂的气息
朝东的阳光弯下腰来
眯着眼,从窗台上偷听
那间卧室粉红色的声音

当秋天的尖叫在一张床上溅起浪花

左边流淌的洪水就越涨越高
骑在水上的猛兽
一次、二次、三次落进高潮
这时的死亡含有蜂蜜的味道

秋天深处的妹妹

在秋天深处的妹妹
心凉了
被语言的黄金灼伤
流放到金枝玉叶上

在气候心脏的妹妹
有一种情怀比季节更深长
被一柄亮剑放逐
在摇晃的火焰上远走他乡

有时,一个词

秋天,通过黄金的十月
嚼着舌头,叫来
一杯杯烈性的二锅头

眼看着一首诗的光芒缩进肉体
把人心弄得飞起来

有人在一口气中出走
有人在一个句子中悔恨
有人在借一些词语杀人

一场暴雨像耳光落了下来
秋天,这黄金的软有些招架不住

有人借着酒劲用假象来支撑,却忘了
有时一个词可以要你飞到天上
也可以要你生不如死

忧伤的速度

病中,敏感的石头

在身体里打鼓
心下沉，越陷越深

一只鹰的咳嗽搅乱了天空
路灯从高处跌落

云中的马匹
奔向虚构的草原
奔向半首诗
燃烧的雪花修复空白

死亡顺从了决绝
踩着流星、蝴蝶
从宿命的小径回家

一个诗人忧伤的速度
抵达荒漠的最深处

癫狂的处方
——与M教授谈福柯

亲爱的福柯先生
有人指出你才是真正的癫狂
和精神病人
你的文化哲学医学历史
都是一个人的片面史

你给人类开出的非处方用药
癫狂与文明、临床医学的诞生
词与物、知识考古学
规训与惩罚、性史……
是变态病人给变态社会
开出的癫狂处方

比如，你是一个性的叛逆者
你揭露性科学，怪癖心理失常
病态的邪行生杀大权
冒险与危险行为
消耗与死亡

我知道，真实和哲理的雷区
与现实的钩刺有多混乱
但诗人的通病是提纯
而且是不治之症
提纯提纯再提纯，无一例外

我们视而不见地球的历史
完全是一部碾压和粉碎的历史
包括癫狂
唯独除了病毒
因为病毒来自史前的史前
甚至比地球还要久远
不管施以物理还是化学的绞杀
病毒永远不灭

诗人或癫狂病人，是否
会幡然醒悟呢？我看不会
我们一直决绝致命地，痴痴地
捕捉外星处方
却不知道，外星带来的
可能是毁灭地球，吞噬地表一切的
星际秩序的新规划和蓝图
然而病毒依然不灭

就像福柯不可能永恒
地球上永恒的是：寄生的病毒
当地球也没有了永恒
宇宙总归是有永恒的

四月：镜与灯（组诗）

● 梦亦非

修 习

让我均匀地从你的右侧停止
这个起大风之后的五更
大风用一块细麻布，灰暗、宽厚

将我裹起，安置于你的右翼
废弛气旋弯曲的悸动
像一粒行星，与暗中不发声的恒星
保持了一致：降下河谷间试探的水滴

同一场巫术之雨是我听见了的
进入四月，预兆着你的魂息——
夜蛾卷着粉尘，又将更高的黄金关闭

满地积水中，我触及的信念被洗去
可是，星河让蛾群送入了荒草的祭台

迫使天道倾斜着运转，你不得不放弃
将荣耀归入万有之无……
最初的我成为无釉之钵，空空地
载入黑夜对黎明的仰望，像一种良知

樱 桃

她目击天使废弃一座坍陷之城
回头之际，从滚石的烈焰中
时光出现伤痕：那么多的信心被破碎

"谁若见证这一切，谁就会隔着乱石之流

望见彼岸，但是，一步即成永恒"——
与堕落相反，在冥河南岸
她将惶惑之水升向星座，有毒的乌云

暮春是天使的暴动，人间混乱
神灵在山巅上征伐：失落经卷、黑铁大斧
不安的时代里是她收容着灵蛇

"我又看见净土硕果仅存的城门
盘虬着，大梵天中开口说出拯救"

这就是奇迹：叶底翻卷一千重佛像
被高高举起，却又旋即垂下
"时光这座战场终会消逝一切"
天使遁入地下，磨亮了她宝石的泪水

白 牙

"黑光也无力命定草木都忘却觉悟的力量
譬如鬼师灵感，自有指环鸣响"
释放出少数思忖者。一些骚乱变得可疑

提炼盐分的鬼师，在天路转向时
遇到一个长着肉身的魂灵——
像上弦月与潮水周期互相致敬
他们交换了命理、鹰喉以及光明之血

"时光的断翼还是彻夜不眠呵
除了用梦想锻铸枷锁。"年少的鬼师
攀上山岩成为一株白牙，像彗星之尾

因果的魔性,已被明王之目啜饮一空
那在山中学习行走的白牙初具人形

这些都像从幻境逃逸而来的:观天相
心如游丝……推算出历史的劫数
白牙出没于山脉的心脏,循着晶体
他追问时光断层和草木的本性……

立 夏

多么喑哑的一个节气,仿佛午后的闪电
横贯苍茫,根须铺设进水脉的骨血间
冷静之蓝加深了头顶的苍穹和严峻

难以觉察。"时光仍然呈膨胀状态
在同一坡面上,与万物的思虑相左
并非膨胀多余出炽热、漫长的活命
而是热气将持久地渗入时光之水"

这人世的不幸神熟视无睹,不可审视
如果,从落日中传来的声音一再询问
"那凭空蔓延的火焰是从何而起呢?"

是否一只苇莺会因此不可知而激动
它看见草窠为一下午变长、变宽……

世界却黯了下去,神辇辚辚
破土而出的电光终于现出大群的蛇
汛期……是的,那是一个蓄谋的节气
它悄悄地松开了时光肩上的轭

蓝 光

面壁者在十年之后,忽然笑了……
恍若夕晖从石壁的大梦里羽化
此刻,一株曼陀罗花在倒影中作了苇草

那么多祸祟云集河谷,暧昧、互相攀比
"连涛声仿佛都老了……"他一阵晕眩
或许,江流是大地之门

一群归巢之鸟在谷口就已迷途

"十年,十年呵,多少爱情落英已远
大地关闭,白色的巫女也无家可寻"
这种心疼不仅仅是一个年代……

面壁者安心地在村落间做了鬼师
本来无一物,可是,一茎渡水之苇呢

孑然一身深入渊薮:巫女在归宿的路上
遇见他手提草履,像领头之鸟一路逝去
"滚滚潮水三天也不能澄澈",他想起
那道蓝光在十年之前就已经闪过……

香 椿

鬼师说起雾,天鹅绒毛从神的额头放下
神是不露面的,只剩下江岸的香椿树
在水汽间承纳这天启的深入、折磨……

"香气,香气呵,初夏是一架青色刻漏
但世界在结束前仍是炎症,急剧的世界"
时光的夹缝使鬼师领悟着新的希望
一只白嘴鸦为正午背弃了飞翔

像摘花而食者敛足于树下,"地狱中
事物的体息固守着它的好名声
它警醒、包围着旁观的时代"

香椿树把饶舌者送上天庭,烧毁于门廊
火光中复活的怪鸟吓坏了伪先知

这一切毫不意味着圣徒或托钵者
这一切都是神所掠劫的素馨
"是的,唯有大能者才能建筑"
香椿树在歌唱的雾中冉冉升起

闰 月

"务必对这个时代保持足够的耐心

连月份也会滑到沼泽之后,再来一次
体味,迷恋于加速度的快意"

——这是水与鬼的目击,像一层云雨
加上一层云雨,连续着
但其间的断裂如此微妙,也会
淹没摆渡者,两条河流最终等于一条

更凶猛、更漫长,神还在绝望的宫殿里
重新安置节令,让一块白银突然沮丧
低念偈子声声,它忘了自己

"把过错推在月亮的身上,白日里
它卸下薄薄的、性寒的水汽"

是的,潮气还在神的疑问中疑惑
因而月份受到影响,"断裂始终存在
时光却一往无前"。还是保留缄默
后来者,就要被雨季滞留在此岸

雨 季

雨季从马耳朵开始,从巫女开始
从马蹄触过的小蓝花开始,南方
绿色来回地流淌、积淀下来

"一些蛇早就潜伏于神的遗址
这是否兆示着潮水?迷路……
或者思乡的人们一去不返。"卜辞都旧了
巫女行走在水边,多么像一个巫女

看见考虑时间者骑上一匹清晨之马
黄昏,终于失踪在雾起的山谷
但雨声,已响过整整一夜或更久

只有敲更雀冷冷地啼叫、沉寂
巫女的忧郁并没有得以减缓——

神将雨水、剩余的时光打发
让不安的草丛废弃了一条路

因此,巫女美丽地总在夜里惊醒
"一望无际的雨啊,世间这样宁静"

结 集

一个人要忍受多少焦虑,冗长的静候
才能确信并没有阶梯通向天庭
一群人要多久才会接受天庭的关闭

只有在这个纸上的黄昏,巫女、鬼师
与我齐聚河源,将一切前提
疑惑放弃,有钢蓝的鹰翅恶龙
自火光中清净无为地提起——

使我们彻夜、彻底地排演和背诵
那些忆自往世的圣者之诣,在河岸
丛林里燃亮七盏灯——

三个神通者,伪造、篡改着圣言与律令
一个通灵者将反对水泡浮出

以及无始无终的沙之书,这是慈悲
是人世的鬼魅和寂灭的成就
如同流水经过雨季的膝下
它的镜中,这所有全是虚蹈的火焰

小 满

隐居的人像孤寂不远的人,或者云
在河川与林麓旁散步,吐故纳新
他的净瓶容许了上苍的清水

耕作的人像将要望穿福祉的人
于尘世中,远景前,像雨点一样
散入为诅咒增加的土地中
雨滴不可避免地落进了喂食的木槽

舍身饲虎的人多么像洁白的人
蓝色老虎不过是一种譬喻
纵身打扰了牺牲的大梦

回家的人像西岩一样老,诵经的人
像命运的箭镞追逐的少年

远离经卷的人像坐近的人,虔信
一无所获,并且半路口渴
是舞镜中领略梵光的盲人
他在悬崖和田野间喝着一小罐水

雷　母

一下午,玄虚者在宫廷转着石磨
周而复始,金钢的屑末
气流的屑末提高了万物渊源

漫长地蠕动着千百只纤足,如同天军
驻扎于一个末世传承者的忧虑中
"心怀仇恨的人,坐进洞窟
如果愿意看清天使长激动的

雷霆"。但夏天显然在恶的左右
一面是在水浸过了黑漆漆的村落
另一面,巫女还在修补着去年的木桶

"而且,不要试图沿着月光和马桑树
蜈蚣一样妄想讳莫如深的庭院"

以火为业的队伍已开进圣善的城邦
万有的城邦,赐予她轻安、精进
玄虚者因此终于吐露——
被咬的月光,她从水底说服了雷母

湍　急

如果向北的星辰倒下来,趋向南方
于玄黄中汲取知识的大地将一一开启
"如同七印封严的书卷,还有小书卷"

——四月的山中我最后一遍重复寓言
这被神故意遗忘、遗失的群山中
我增删着贝叶,辨别其中的星图
在雨季,这是我唯一所司的职分

我知道,灵魂江河日下,势不可挽
"甚而超出神的十二次幂,自然的法则"
时光不得不被雨水击打得一片碧绿

依然在飞逝中吸纳恒星的光线
那光是虚无,像湿婆的一次失误

……在水银至石英之间中止
一张脸孔,或无数张重叠之脸
将要从火与魔法中毁灭,"是的
我舍弃"。一声喟叹我最终坐在了水上

在南宁（组诗）

◉ 南 今

坐在你身边看云

我看着你,在开满小白花的草地上
俯身、打着响鼻儿、扭过头看我
眼神有些调皮还有些忧郁
露珠打湿了你的脚踝,小马
我就坐在橡树下,白裙子,黑色长发
坐在你身边看云,什么都与以往不同

我爱每一朵小花、每一棵小草以及草尖上
　　的露珠
微风吹过,微微颤动,就像你的眼睛
我爱开花的草和不开花的草,也爱草间露
　　出的一点空地
我爱有趣的你也爱无聊的你
我爱急于表达的你,也爱温情含泪的你
我爱在阳光照耀下的你,也爱在黑夜中沉
　　默的你

你浑身雪白的毛就像一朵云从天空落下
光滑、柔软,有固执的纯白色
就像一场祈祷
我期待有所发生,也接受一无所有

穿过那片森林,在到达目的地之前
黄昏似乎格外明亮,我们慢慢走,可以仔
　　细看看周围
这是一个特别的时刻,一切都让我变得
　　更好
我的心静静地穿过黄昏和午后的每一分钟

让满足的微风击打我脆弱的头顶
亲爱的,你看鸟儿们都来了
这棵老橡树,还在这里守候

在南宁

你可以随意地走
在一个无人知道的角落,等待远方的消息
每一个黄昏都与那些热情的树在一起
看远处的桥上,灯开始亮起,色彩艳丽或
　　昏黄
你在虚构的河边来回走两次,每天怀念那
　　些曾经存在的水
若中午出去,还可以看见结黄色小果子
　　的树
像葡萄籽大小一串串挂着
你给它们拍照然后删除,重复多次
不太密集的树林,干净的地上有不断落下
　　的粉红色花瓣,那是紫荆花
冬天的南宁,沉睡的早晨用来做梦
而夜晚迟迟不肯退出黑暗
你只是将就着
不需要忍受太多,因为这里的冬天也充满
　　希望
你能够看见夏天的一切,除了阳光有些许
　　不同
你有绝对的自由,让你无所适从
"绝望的人没有故乡"
而爱就像一阵清风,随时可能离开
仍然存在的,是你的固执不肯入乡随俗
你必须习惯独自面对

在关上房门的刹那
孤独从四面包围过来
就像你是一棵开花的树
被阳光包围

第十二级台阶之上的隐喻

一

每一个名字都是自由的

我庆幸作为一个女人参与这个世界
为了敲响那口钟,在黄昏来临的时候
我站在阴影里拉起细细的绳索
十二下钟声之后,我就成了另外一个
我迫切地想触摸到它,北寒带的冬天
但那金属咒语一样握紧了我

在十二级台阶之上,有多少理所当然?
你就像与命运约定好,在每次喘息之后
悄然启程,不能定义也不能改变
有多少次,可以把十二年的时间当成十二
个台阶
就像你只过了十二天,这是属于你的轮
回吗?

寻找阶梯的过程却用一生质疑
第十二级台阶之上的隐喻
有时候你还可以清晰地看见路径
但你确实要跨过它,就像跨过一个咒语
就像命运的棋盘上,黑与白之间的纠缠

请不要爱我,在我认识自己之前
请与我在一个台阶之上
请保持最初姿态,就像一架古老的竖琴
如果再加一个一,命运瞬间就会滑落
而你还在符咒中,等着下一个机会

这世界还有多少偶然和必然?用等待填满
还有多少失散,在等待重逢

二

意念中的门,正在慢慢开启,你和我
即将见到彼此最虚幻的部分
我们都没有开口,却说出了所有的话
在我的心里,我的所有想法
都有栖息地,并一点一点被细节填满
这不是我一厢情愿

你是我第十二级台阶之上的隐喻
我不会去描述,那些焦灼的等待
在最后时刻,将会放置所有的绝望
而我从不感到意外
就像早已经知道了这背后的悬念

"我是一个无处栖息的灵魂"
这是多么漫长的旅途,我丢失了所有的
积蓄
但我依然在,并且两手空空
只展现灵魂深处的魅力,只有你发现了
但你一直没有说出,这恰到好处的沉默
给了我最大化的幻想
它每天在早晨醒来后和晚上临睡前生长
而这一天其实并没有开始也没有结束

"没有记得下来的过去,只有现在的过去
或者在现在的指望中指望着的现在的
未来"
我们都不能停下来,而世界总是默默承认
存在之与存在,其实有很大的不同
假如一切都是必然,将会处处都有你与我
的存在
这是唯一的发生

我如此安静的欲望

我和这人间保持着距离
但不遮挡各自的光
让身体与心理都保持一种平衡
在宁静的夜晚,一杯水不会孤单
一些痕迹,不会因为某一个人而惶恐不安

最终，都能原谅生命中的忧烦
重新回到自己身边，那一刻
所有的黑暗被时光隐去
包括消失了的自己，很多事情不需要答案
除了欲望，我们已所剩无几
生与死、爱与恨，都变得不再新鲜
我们走到一个位置，停下来
因为疲倦已经到来，每一堵墙都如此安详
我知道有一些改变并不能被阻止
我赞美过的事物都有欲望
"我懂得事物是真实的以及彼此间所有的
　不同"
但无意间发生的一切，总是让人沉默
和不可更改，除了欣赏

你说你在春天来

我在小房间里
等你，顺便陷落
就像死亡在阳光下，等我，显现在一朵无
　名小花上
探望正午，并交付给一条河流

小房间小心翼翼，清洗自己
也打扫每一个清晨
书桌更清澈了，文字在游泳
它最先发现你，在水底，草丛中，沉稳，不
　露痕迹
像多年前的沉船

落地窗，深色的门，木地板，厨房，洗手间
都抱着透明的幻想
浅色的天花板矮下来
新床单挂着蓝色的露珠

我用无所求伤害自己
让夜晚打开伤口
让黑色的台灯打开黑暗
红豆早已起身告别，她是我最宠爱的小
　狗，纯白色

现在没有谁在，没有谁占据这个小阳台

这个善于毁约的春天，迟到了
只有忍耐最诚实，他藏起，偶尔挥手
在痛处开花，证明，坦白，诅咒
因为你的到来，这个冬天
格外忙碌而漫长，就像生命有了重新开始
　的机会

恋爱中的牧羊人
——给佩索阿

我不知道如何独自走在路上
因为我不能再独自走路了。
　　　　　　——佩索阿

如果你写一百首诗给我
我会爱上你，七十二个面孔和一根皮鞭
我会与你以最直接的方式做一些俗事
待在草地上，静静地吃草，饮河里的水
能看到所有的边界
尽量不和你说话，只任你"沉默地看云"
在阳光下辨认那些美好的植物
辨认水中的每一个陌生和熟悉的你
那些水滴，赋予你孤独生命的水滴
超越生命本身，超越爱本身
也超越身体和欲望本身，禁欲主义者
分裂了全过程，成为精神超人

我不是欧菲莉亚，我只是一些碎片
草原上的羊群
像燃着的火烛，白色的小小火苗
在夜晚
撑起大片黑暗，这沉重的黑暗
打开一个洞穴又一个洞穴

认领我吧，我的牧羊人
拿出你的鞭子，温柔地抽打我
让我醒来
此刻的我如此安静，在你的脚边

这不是绝望时刻
"所有的真理都有一个悖论的形式。"
最黑暗的光,照在有毒的花上,我为你而
　　饮,为你迷醉,就像你是那些跳舞的文字
以此虚构那些荣耀的美好
我是一只温顺的羊
为你的皮鞭而来,也为一个自己之外的自
　　己而来

我爱你,牧羊人,胜过我父亲老旧的柴门
破败的屋顶,黑暗的草原
我爱那些值得纪念的日子,我的牧羊人
绝望的重压下多变的情爱,换了一种形式
在你死去的1935年
我在惊慌的沉默中打开幸福的记忆

弹蓝色吉他的人

你是我的阿喀琉斯之踵,父亲
让你发现我,那一刻还有多少意外发生

喝酒,跳舞,我是这音乐与酒的私生子,
　　父亲
我看见四散的情欲在你周围跳圆圈舞,倾
　　诉,痛哭
你的蓝色吉他就像大海的一把锁
而我是海洋的"深渊圣徒"
我虔诚地苟活着,"活在原始力量的中心"
去寻找丢失的时间和时间以外的绝望海水

弹蓝色吉他的人
你是我的父亲还是我的孩子?
我是你手中的琴还是你本身?
被你的手指弹奏,像碎落的星星
在夜晚分解自己,划过高音区的艰辛和低
　　音区的暧昧
像这许多年,看着你离开
一次次消失,在同一个地方
像一阵雨,一场雪,一阵风和一种绝望

谁会为此停留?

或许我是一片星空,占据你手指上的真实
抑或是你的沉默草原
在你的指尖上骄傲的流泪或奔跑
那是谁的预言

蓝色的吉他,在你臂弯里
被掌控,被弹奏,也被轻视
就像我本身
这最孤独的部分,在天堂与地狱之间
拿什么来证明自身?

我不属于乡村,也不属于城市
我不属于人类也不属于自然
我从未与父亲同在,除非你没有死去
我只是一场意外,一个空白
缺席的父亲
弹蓝色吉他的男人,让我再次回到生命最
　　初……

牧羊人

"直至太阳熄灭的那一刻"
真相才显露出来
"你会如何宠爱我?"牧羊人,柔软的鞭子
指引午夜,你是我的牧羊人吗?
在井边,水渍里,站立,弯腰
荒草般的头发,破旧的长围巾,灰色,垂在
　　胸前,像滂沱的泪水

在细雨中的草地,在一棵金色的树面前
"举起你的牧杖,受命的牧杖及蛇的身体"

从北方赶来的消息,精致,掩盖我的忧伤
　　与软弱
那是家乡土地上的消息
那是你在星空下,在湍急的河水里,放牧
　　水草和星星
也放牧我的爱和生命,在雷电的光中

在巴别塔的顶层
你目光柔和，带着全部温情

哦，我的牧羊人，我听命于你
在如此宁静的世界

时间的轨迹

如果我等不到你，我们就会彼此消失
一粒沙与一粒沙相遇不是因为等待
不自然的力，挑起战争
谁最先到达，谁就是被征服者
就算浪潮，也只有一次机会
你会错过，一个时刻，一个痕迹
一次表白，一次不言而喻的爱情
但凡需要等待的时间，都是在等待审判

如果我等不到你，天空与河流会彼此消失
不再彼此印证，不再对照，比较，衡量
只有一瞬间是永恒的
不需要证明什么，一切来临与消失都是
　结果

在泰国

从酒店的旧玻璃门出去，右拐
街道，一边干净的祈祷一边做着羞耻的事
神与妖分不清谁更可爱
人妖也会祈祷吗？以舞蹈和歌声售卖祷词
结局是新奇还是重复的空乏
在泰国，神的声音比人更安心
神，从四面八方而来，以白色和黄色虔诚
　姿势

寺庙高高在上，容纳最多的是低矮的人
谁离神最近？谁就会长高一截？

唯一的白庙，曾经的白与此刻的白正在被
　正午阳光检验
创造你的人不在现场，他只存在于历史
虔诚的镜子以碎片的形式炫耀
暹罗湾终于放开大海，任其流淌
选择之后是放弃，包括自己

人塑造了道德标准，借神的大手来完成
在泰国，整个国家在祈祷
坐在大象背上是不是成了神？神会恐
　高吗？
泰国湾和安达曼海一定看见我的渺小
在黄袍佛国，总是四面佛最先保佑你
忍让、安宁和爱好和平的精神风范
像一串红辣椒，耀眼，难忘，热烈

泰拳也相信神明吗？把神攥在手心里
一千个佛就是几千个拳头，能把这个国家
　攥紧
再挥出去，动物们有福了
大块的肉被切碎，再拌上草药和香料
就可以华丽往生吗？
是不是慈悲，只有狗最幸运
狗也是神的儿子，它在街上随意散发睡意
所有饥饿的睡意都受神的庇佑
街道安然无恙，狗安然无恙
精致的寺庙一直睡眼蒙眬看着虔诚的鞋子
它们一直等在门外

不确定的万物（组诗）

●夏　杰

害怕寂寞

一个人走路，只能保持沉默
低头与仰望不能改变事实真相
路是走不完的
但总要做点什么，才能安慰自己

树在不停摇晃，发出些声音
也能让人理解
再多的树，听到你的声音
不会说你什么，更不会嘲笑、讽刺
因为它们内心只有年轮
可以转动

找一块孤单的石头坐一下
替它望向远方，一股凉
直抵身体，我们如此类同
唯一不同的是，你能够停下不动
而我必须再次起身行走
所以，我把我仅有的温度给你一些
哪怕你，不那么需要

我该担心什么

香樟树籽被我踩了出来，沿着水泥路面
　　滚动
它那么弱小，只滚了一会就停下来
一粒黑黑的籽，看着我，没有表情、语言
就那样看着我
而我还沉浸于"叭"一声的痛快中

起初我不认为那是它的疼痛
而是破壳后欢愉的一生
我继续踩，把我的时间与它们的时间
混成那一声"叭"，确实好听、爽快
但当我看见它们长久地看着我时
我心里有些莫名的担心
也在怀疑该不该担心，毕竟
它们是植物，我是动物
我们有诸多不同

我还是担心了，停止踩踏
我开始看着它们
圆圆的，黑黑的身体
从树上掉下来，会是心痛
还是摔痛，它们那么看着我
是痛恨我还是感激我，或者希望我
为它们弥补些什么
这时一阵风吹来，它们往树的方向动了
　　一下
我被动地看着它们的被动
恍然天意如此善解万物
我安心地动了一下，它们
安稳地落在泥土之上，然后
我默默地走开

我想说句什么

喉结推来推去，就是推不动那句话
它一直在喉咙里，又好像不在
我很难判定，到底会不会在
因为那句话就是空气，需要火热的小舌头

不停晃动,那句话掉落后
被大舌头完成运送
像一棵树,在成为椅子前
要在野外伐倒、锯断
然后颠簸地运到车间去皮、锯开
按照图纸打孔、拼接,再用沙皮打磨抛光
上点油漆、精心包装
如果交给一位老师傅做会好点
他美妙的技术让一把椅子感觉有面子
可以安放厅堂,吸引众多双手抚摸、试坐
但它最后意识到,他们都不是它的主人
在一次听人交谈时才知道
样品只是时间锯下的一块边角料
在疯狂打折与勉为其难后,主人才会出现

现在,那句话还有强大的根系
它一直在担心离开根后的命运

夜　晚

到了夜晚,月亮与星星不能引起我的注意
而是我自己引起了我的注意
每次站在窗玻璃前
我都会面对另一个我
有时,我还会变成其他人
一个我完全陌生的人
而白天,不会发生这样的事
我理解了为什么我们对夜路小心翼翼

通常,我们对多出来的事物
怀有戒心,而多出一个自己
会需要再三确认
比如:照镜子
我们忽略镜子背面黑色的部分
看到另一个不完美的自己
好像这就是另外一个人在用疑虑
看着我、摸着我

也许在此刻,我们该为自己拉亮一盏灯
黑色消失,就只剩

透明的、真实的自己
好像另一个自己就是做灯的人
卖给我之后,又回去继续
做灯

一个下午

地球与太阳之间的事情,我们只管接受
至于形式,指纹也有说不清的时候
我认真地翻看着书,躺椅里的腰身
年岁已安排好,我不抵抗
不站边

春风里的散步,没有太多的真理与未来
让血液自由,是给自己自由
但也不愿想太多
只是时间
有时真有好多路要赶,我不抵抗
不站边

蜜蜂在采蜜,这是它内心的意思
好天气,好心情
不是靠蛰,而是没有果实的时候
我拍下它的飞翔,也是内心的意思
春光尚好,我不抵抗
不站边

我把一个下午拼接完成
夕阳的事情,交给地球与太阳
至于形式,我不抵抗
不站边

等

明天作为词语不会变动
它沉默、睡去,有温馨的面容
而时间这个笨家伙,找来后
它就会恼火,眼神打结
脸上起痘,红红的,抠着就疼

多年前的明天,还在眼前晃着
我想到了钟锤的摇摆
比年岁的摇摆更像一条深夜的大街
路灯孤独地高悬,黑夜的脸上
也无多少光彩
但到底有多少呢? 没有一个准确的数量

哪一天才是最好的
又是一个死结,而死结的好处就是
可以紧握,不轻易被掉落
但死结真的死了吗?
我不传谣,也不辟谣
等着明天的到来
这,我能做主

不确定的万物

玻璃杯瞬间会碎,像心
手瞬间会破,像玻璃杯
轮回在这里很真实

这里是一个家,一个镇,一个市
一个省,一个国,一个地球,一个宇宙
太阳系、银河系……
如果还要分割,哈勃望远镜
只能属于一副普通老花镜
哪都能配
再接下来,另一个哈勃
再发明望远镜,把远方无限远
把空间无限空,更多的系出现
更多的星有了名字
然后在哪都能配……

但这并不是生活的所有
我们还会吵架,摔杯子
把地板砸出一道伤痕,一个人
像泄了气的皮球,坐在了地球上
不停地喘着气

时间不是生活的所有
但可以,把泄气的皮球做成
笑脸,放在阳台上
陪你笑

三月过半

远远地,草地上有人放风筝
我看不见线,只看见风筝很高
高的坏处就是变小,然后虚假的消失
像果树上的果子,太高就采不到
它会烂在树上,或者被鸟吃掉
对不起它的生长,还有曾经照耀它的阳光
它会不会挣脱下来,掉到地上
或者谁的头上

这是我的想法,像放风筝的人
仰头眯着眼
他的世界就剩一根线的宽度
已足够他内心汹涌

我很想看看那个真实的风筝
它在线上系着,不停地飞
我走在软软的草地上
有一朵花开得正艳,我没看见
怎么开的,但仍觉得
它很美

沿途的风景（组诗）

◉ 张　驰

黄山云海

把春天夏天秋天的风景交给你
包括山路飞瀑开花的崖壁
只留下头顶几棵小树
等越冬的鸟儿在枝头做梦

把白天晚上的秘密交给你
包括雨水雷声和山吞里
屯积的阳光
只留下陡峭的几处山岚
在星光下呼唤你

我曾惊叹自己显露的雄奇
原来是你步步弥漫的功效
你采来大团大团的云霞
藏起我的平凡
用流水般的温柔
滋养我的高度

弥漫，弥漫
你的身影汪洋姿意
我在喜悦里倍感危机，担心
有朝一日你漫过我的头顶
你的温暖还会向更高的山峰
一路紧逼

月河，岁月流淌之河

无法猜想，你的波光

倒映了人间多少记忆
只记得踏进你的那一刻
生活就装进一条小船
表面上，我在你的怀胞荡漾
其实你的迤逦
你的韵味
你的曲折
包括你岸上建筑的质地与风格
也都承载在我的船里

穿过你的十二座石桥
就像走过十二个月份
每过一桥，我都望着你的身影
微笑，低头，弯腰
对你身上这些坚固的存在
心怀礼让
有时，也用撑杆使劲往水底斜插
不知是否搅痛你的神经
我的本意只为摆正船的方向

就这样蜿蜒一生多么美好
行在船上，我的生命
溶进你的清流
离开小船，你的情影
挂进我的画房

永和九年

永和九年，一位建功心切的男人
没有走到唐朝就邀朋友喝酒
那个人，在那个年代

类似于我。是的
站在绍兴的兰亭
把地球反方向推动608605转
情形就基本对上了

这是一片神奇的国土,反复生养
有作为的男人
也反复戏逐有抱负的男人
好在大地辽阔,放浪形骸的乡野
无所不在,足以让他们
把一生的情怀喝进去,再吐出来
写到纸上
再付之一炬

秋雨浇灌醉意,越浇越浓
依稀中,有人在寻找鼠须笔和蚕茧纸
而我,只觉得地球在转
把好不容易推过去的转数瞬间复原
这颗顽劣的圆球
已经把无数男儿转进历史
再往前转,我也得转进去
只是不知那时的兰亭
是否还像永和九年,曲水流觞处
也有我的位置

石梁山水

都说这里有佛,其实它并不袒护
任何事物的命运
它只想玩
逮着什么就玩什么
玩石头,瀑布,云雾
玩苍松,竹林,花朵
也玩阴森,凶险,色彩与壮丽
甚至连风暴和雷电都敢玩
看上去玩得比我还要蹉跎

我实在是玩累了,玩腻了
本想去玩玩它的
殊不知,它随便伸出一条小路
就牵走了我的记忆
它在玩我:让我流泪
让我痴想
我突然警醒,不敢向它的深处走去
害怕自己会长眠在这里
被它玩弄骨头
和骨缝里珍藏的磷火

临　　海

就这样看着它
一笔一画地看着它
看自己从一条纵向的街道走进
穿过另一条街道,走进一条
很小的巷子
有时环绕两处小湖
他们叫它东湖,灵湖
有时横跨一条江
他们叫它灵江
这就是小时候父母常说的走江走水
他们的许多说法我都踩到了脚底
不过脚步踩过的脚印
依然会长出许多想法
就像自己不断重复自己
又不断否定自己
因为并不靠海,这辈子对海的理解
注定要隔一层
包括对海浪与涛声的把握
忽然对古人心怀敬畏
他们对一个地方的命名
就像对一个生命的谶语

浦坝港(组诗)

●李建军

渔家岙村

靠上山岙的枕头
把整海的波浪攘进口袋

天空是它的小背篓
泥螺、蛏子是满天的云朵

这片属于泥土的浪涛
种植5G和诗歌的果实

水车与风轮的琴弦
轻奏一曲沧海桑田

它像一个猜不准的谜语
水波下潜伏着讨海人的沉思

它像一尾飞上天的鱼
牵动一座激情的大海

青山让路,亲吻
用尽谁舌尖上的万千浪花

它是一个永恒的哲理,像渔舟
溢出腥味的风和排山倒海的爱

木杓沙滩

海边飞来一轮弯月
流淌着金黄的蜜液
它的沙子是古典的贝壳

还是新生代的跳跳鱼
这一片当下的麦田
溢满供应链的麦粒
它的青蟹横行于世
却止于锅灶的规则里
夕照下的樵林冷峻温馨
时光的千堆雪奔涌而上
它是一把甜蜜的木杓
接吻着大海深情的唇

鸟 岛

打开岛,像撞上一块磁铁
多少白鹭与海鸥围绕着它飞
雪白的身,橙黄的喙,浅红的腿
每只白鹭都在樵石上戳一枚印章
海鸥的翅膀像瀑布的颜色
与起伏的大海一起呼吸
鸟的舰队轰鸣出征
岛是归巢,岛是港湾
鸟是一支奇异的画笔
一笔取走岛的意境,岛的灵魂
万千鸥鹭齐飞,夕阳的手指
翻阅岛的一册册书页

隐龙山

绝壁奇岩是它的古籍书架
"天门"是它继承的自然遗产
薄云伸出手来,叙述星星的语言
大肚佛的光线开始针一样的鸟鸣
森林摇动资本的暴风

溪流绽放价值的玫瑰
猴面鹰、黑鹿一跃而过
风生水起,像颤抖的闪电
碧禅寺上的夕阳历史般地厚重
诵经声声化为蜿蜒的山路
天鹰岩旁,飞翔着白鹭般的月亮
若寻龙迹,就来画龙岩的眼睛

鸡笼山与猫头山

它们孤而直
像昂首的猫与潜伏的鸡

浪和云的对峙
像对立统一的哲理

海鸥的琴弦
弹奏浪尖上的光

五彩石的舞鞋
踏碎飞鱼的梦影

珊瑚礁的粉蝶
采撷繁星的油菜花

岛与岛的倒影
像暴风和细雨交替出现

礁石群,凝聚起
两座交锋的思想

山下的海,奔腾着
一个不断深入的世界

五子岛

握紧是拳头,放开是手掌
五枚棋子,行走在巨大的棋盘
五根铁锚,拴住摇晃的大海

波浪起伏轰鸣

那母亲忧伤的声音
喊痛它们的心

多少次风暴聚集
都无以删除它们的爱
即使自己撕成碎片,也让飞舟扬帆

巨礁屹立,大浪滔天
年复一年地互相撞击
才形成真理的蔚蓝

海鸥衔来落日
礁石拉响汽笛
它们是大海的纽扣和承诺

牛头门

万千浪花是牛的眼睛
千万礁石是牛的犄角
像一支巨大的画笔
大海与夕阳是它的画面

波纹是一根根牛鞭
轻轻抽打着它的脊背
飞翔吧,以岸为起点
在沙滩上留下历史的痕迹

它是一面多棱镜
映出鱼群的搏杀、电与火的撞击
以及渔舟唱晚、白鹭舞诗的气韵
还有湛蓝的情愫、墨黑的疼痛……

源于海,长成海
风与浪连接它的心脏
这盐与泪浸透的思想
像舔尽浪花的月亮

礁　石

它们被大海劈成两段
一段种植在水里

一段昂首向天空

像马群,波浪飞驰蹄声
像海鸥,霞云剪裁翅影
像火车,夕阳喷涌火焰

有的挥动斑驳的臂
有的盛开沧桑的脸
有的奔跑呆萌的身影……

即使风暴在蓝色的眼底升起
即使飞舟被洪波巨浪掩埋
即使它们千孔百疮,却巍然屹立

欲断不断,礁体像海天相连
该连不连,像难以实现的诺言
谁能破解这一个个扑朔迷离的谜底

大海与蛇蟠岛

大海是否教会蛇蟠岛
在波纹的语言里昂然向前
飞鱼的跳跃,海藻的舒卷
在潮汐的诗句里拓展海岸

蛇蟠岛是否教会大海
在原始森林的图案中走出迷幻
飞石的流云,巨岩的竖琴
在澎湃的激情里平静地呐喊

大海是否教会大海
在历史章节里呈现地平线般的胸怀

迎接开满鲜花的太阳
改变冰冷和坚硬的时间

蛇蟠岛是否教会大海
在岁月的曲折中绵羊般地忍耐
砸碎的波浪更是波浪
像礁石一样绝不会下跪

蛇蟠石授课

蛇蟠石,一颗又一颗
一课接一课,去学习石头
它们的色彩富丽缤纷
像太阳下飞翔的云朵
它们的形象吹起竹笛
连小草与溪流都开出花果
它们冰冷而坚忍的性格
旋转为冰雪上翩翩起舞的企鹅
它们晶莹而倔强的灵魂
荡漾成清晰流畅的一曲春波

蛇蟠石授课,一课接一课
一颗接一颗,去学习石头
一堂金融危机课,它的目光
少了一点火焰,多了一点温柔
一堂修养课,它的克制
在学生的骨肉里反复流动
一堂英语课,它的肌肤
一堂诗词课,它的血液
一堂理论课,它的心脏
石头的课,由浅入深
供人阅读,也阅人无数

戊戌冬月过江南（组诗）

●金铃子

江南的雨

每次到江南都在下雨
春夏秋冬，都在下雨

每次到江南，他都送给我一把伞
每次离开江南，我就把伞丢弃

像丢弃整个江南

灵隐寺

我与母亲住在白乐桥1号
门口是成片的龙井茶。茶花小小的，白
雨落在花上，花落在土里
她说：想到花一开就谢了，就忍不住悲伤

此刻，花朵上的一滴悲伤，流下来
此刻，万物有序
北高峰索道上浩荡的人，完成着各自的
　轮回
有人向天上，有人落到大地

走在九溪烟树

走在九溪烟树，我们像两个来自风尘的人
小康。佛石。百丈。云栖。清头
每一个都比你我干净
说不出我有多想
去种草木，给一只野兽谱一篇传记

一寸又一寸地侵占这里
在夕阳下喂养乌鸦，甚至
在后院养山川，河流，摆梅花鹿阵

在阴雨中，我们走了两公里
坐上103公共汽车
我们就忘记了烟树，成为两个委身生活
　的人
他偏爱香烟，游戏，流水肩
我偏爱脂粉，红酒，真汉子

青　藤

那个叫青藤的人，你我无法触及

可以摸他的石栏，砍他的青藤
喝他水井的水
摸方池，题刻，楹联
念一声：一尘不到
像一个色鬼，给芭蕉树挂上白灯笼，红
　灯笼
像一个小偷，揭他房顶的阴阳瓦
人有疾啊
要偷
把他身边唯一的狗也偷去

我时常暗自心惊，人不如狗的日子
开始得太早
也明白了，为什么在人群中
我会突然不安，苦闷，像一条丧家犬
恨不得马上找一个角落藏起来

戊戌冬月过钱塘江

那些年,江湖事时常在你身边发生
哪吒出生,白娘子打架
可惜,我不在
这些年,我结婚,生子,养枇杷精
可惜,你也不在

今天,六和塔安静。车、马、大桥安静
你安静地流着,委婉,温好
我知道这是你了

孤　山

山下那棵橘子树
一个小小的角色,是美景吗
它有没有承受孤独
说到"孤"字,我不再开口说话
看鹤端坐在风景最佳处,飞翔
含苞的胴体
让我成为一个警惕的看客
学会阻挡
用耳朵细细打量
来往的人,他们迟到的爱情
行宫,花木,佳句,好鸟成群
我来晚了
大半个孤山被它们占去了
它不再孤独

而今,我终于不用想它
不用担心寂寞的夜里
它在等我

灵隐寺的桂花落了一地

灵隐寺的桂花落了一地
这黄,从寺庙的至深处发出
窃窃私语。我这个刚刚到来的俗客
听得仔细
它赠我诗句。赠我过去。赠我现在
我欣喜若狂
我鼓噪一声,发出虫鸣
仿佛两个隔世的亲戚,说了一宿

直到我暗自得意
说了句:"一想到现在活得好好的
我忍不住大笑了几次。"
它瞬间沉默。瞬间不见踪影

雷峰塔

我与母亲坐电梯上了塔顶
寻找一件发簪,一片蝶羽
传世的杂史,笔记,玄中妙法
或者吼一声:小畜生,何物伤吾姐姐
可是,什么也没有
想起他说:"正在磨斧头,去劈雷峰塔
把白娘子救出来。"
我就觉得杀光闪闪,喜风切切

就觉得雷峰塔除了几块古砖
真还有点什么

问　道<small>（组诗）</small>

●子　秋

小龙湫

它把自己变成涓涓细流
在崖壁缥缥缈缈

见惯了壮观的人们说
这分明就是一条线，一道光

只有它自己知道
山高路远，道阻且长
风向不定

它必须让自己
似有若无，似无若有

湖与瀑

见到我时它已被撞成片片碎玉
不知道它怀着怎样的决绝
在崖壁上猛撞

我分明见到它的泪痕
所有人都在为它的飞流
呐喊
沿着山径寻访

在高高的山顶
我望见一方静谧的湖水
似蓝天下的碧玉

但沉默不语
而飞流正是从此湖飞泻而出

四　月

我爱它是一段一段的
有时把它放置箩筐里
与面粉与米面与高粱与萝卜青菜
放在一起
有时，我把它们在烈日下晒晒
赶走一些虫蚁
我在默默中计算着它的行走
呼吸

墨　语

一

是笔下生风，而非衣袖前行
是欲行先涩，而非一往无前
是转角处凝住一滴泪
而非汹涌澎湃

笔墨成型之时
自会有间架稳实
大梁架上
从此高枕无忧乎

二

每一笔都在凝住血和泪
让气前行
该出鞘时丝毫不拖泥带水

将满腔激情稳稳运送至笔尖
还它人间的撒捺

仿若一辈子积淀的情绪
付诸笔端
嘘的一口气,大功告成
我想说,此人间
我真正血过,泪过
盖章合上
一曲终了

白纸上的风景

我们带着一张白纸步入尘世
在纸上先后画一支笔,一艘船
为了增加越浪的难度与刺激
又画上一片海。
画的东西日益增加,终于
我们画不动了,船也难以前行
眼看太阳西沉
我们开始在纸上擦去往昔所画的每一样
但无论使多少力
始终难以擦去那些物体在纸上的印痕
失眠成了咬人的虫子不时爬上你的肩膀
心头
你挥挥手一声吼——去吧
自此,连同船与笔与纸一起沉没水中
你握着自己空空的手
走向夕阳
彩霞满天迎你归家

心头的蓝

最初时候我是我自己后来
我是你是他是你们是他们
再后来我在迷途中寻找一株草
它有乡间的气息小河的清洌
蓝天与云朵的自由——私语,手绘,墨笔
凡高的向日葵的微笑
后来,草丛生

后来,云朵失踪
而那片蓝天,你我完好如初的蓝
一直被珍藏在蛛网布满的角落
但我们不敢去轻易碰触

风

风有时候拐弯
有时候不拐弯

风不拐弯时被遮挡物反弹回来
沿着去时的方向回程
——风在风的路上渐渐失踪

风有时候会绕过拐角的遮挡物
像是与它默契或有过什么商量
达成什么协议

——风是万物的替身

作为风自己,它其实
从来都是一条直来直去的汉子

街　道

我走在这条街道
你走在那条街道
有时我们因为什么或什么也不为
同时走在一条街道
匆匆相遇,又分开
这么多年,你在不同的街道
遇见了他,他,他
但我们其实都在同一条河上漂流
从来没有走出过河岸
在一条又一条琳琅满目的五光十色的
街道上
我们望见很多背影
错过一个又一个他
——倒映自己的影子
河两岸的风景,那些远山,绿地,

蓝天,白云,把我们甩得远远
我们是在寻找被河水反复漂洗的
光洁明亮的自己?

位　置

一个字在一首诗中
它知道自己是谁? 在哪个位置
起什么作用?
倘若主人把它随意调换位置
它还记得自己从哪里来到哪里去?
它还是先前的灵肉?
当它与先前的邻词组成语词语境
也许是强大的团体力量
而现在,它却显得那样的无足轻重

问　道

水声稀释诗歌
像山水布满房间
穿过诗行,耳廓有秩序地
拒绝了它的粗鄙部分
一个人要在寂静中走过多少山水
才能抵达诗的神祇
与爱的真谛相拥
从前,花开正艳时节
诗歌如爱情般甜蜜
我却没有好好享用
现在,此后,只能在
无尽的黑水河中博弈
期待语言如月光下的匪徒
扼住我的咽喉
让山水现出我的清影

早春印象（组诗）

●王学斌

春天的约会

触摸，躯体带着春天的战栗
让一只手，充满想象

在阳光下奔跑的身体
被风吹过，藏着过多的生命密码
四月，草木勃发
在石头的缝隙中，抑制不住的
欲望，在唇齿之间传递

蝴蝶翅膀开合，在躁动不安中
让一朵花开
让另一朵花也开

晃 动

并非胡乱摇晃。正如一朵花的晃动
街道树上灯笼的晃动
整个春节的气氛在摇晃中散发

蚂蚁脚下的土地坚实
北风卷走细小的东西，包括
一些杂乱的想法
街道显得空旷而冷清

树枝干枯，其实水分被紧锁体内
正如某些难以说出的言语
火焰在深处蔓延，表情冷漠

远处草木在摇晃，葳蕤生春色
灌木丛和山坡一起晃动
当你写下这行文字，笔画在晃动
你的身体也在晃动

石 子

那颗捡自溪滩边的小石子
被溪水反复冲洗
仿佛要见证什么
把过往的事情藏在深处

随手一捡，整个溪滩的秘径
就这样被打开
流水的声音显得更为清晰

放在书桌上的小石子
流水无法冲刷
静静地，与记忆达成和解

鱼的记忆

空气中有铁的味道
此时，云在聚集
风移走目光，远处的山峦
四处滑行

体内浮现的风景
并不比闪电更明晰
光线，让明亮处更耀眼
暗黑处更黑

闭着眼睛站立七秒
犹如鱼的记忆

一阵风从体内冲出
集会消散，远山浮起
不如这记忆

初 春

在鸟雀飞翔的姿势中
我体察到一种方式
正如此刻的天空，翅膀
划出的线条
有着难以言说的美

而花坛杂草疯长
仿佛不羁的情欲
在初春萌发
想隐藏些什么
流浪猫的身影，一闪而过

远处山峦浮动，显得轻盈
是光线打开窗户
是鸟鸣唤醒初春，向我们
展示这个世界

声 响

马达轰鸣，需要怎样的克制
才能让躯体静止
才能让喧嚣重归沉寂

远处街道的绿化带
收藏着声响
有时空无一人的街上
也会有震耳的动静

关上窗玻璃，春天的光线
使劲拍打

试图唤醒可能装睡的人

杏 花

一抹羞涩的红，用颜色写信
声音敞亮，春天藏在体内
这是涂抹不掉的讯息
当我们谈论花的香气
光线格外有力，逆光仰视
蓝色天宇下的透明
让阴暗的念头感到羞愧

一种美难以复制，镜头也无法捕捉
风中满树都是的凛冽
围墙也关不住爱情
说起爱情我们又要谈论花的香气
谈论生活中失去的一些东西
用杏花的颜色，写下许诺
一种香气在纸页上流淌

冬 青

四面皆是熟悉之物。那株冬青
微风那么清新，气味淡紫
果实如同红豆。不知道自己为何
会突然靠近，从没有记忆在此
留下不能磨灭的触摸

用炭笔描绘的，线条自有生命
我只想勾勒，介于黑和白的
灰色是一片空旷地带。那整片的绿
和几点红，渐渐显现

词语中有缝隙。树叶漂浮
有些事物慢慢隐去，那株植物
隐约可见

酒 后

透明的酒杯中，有深渊

藏着火焰。在诸暨
被一杯同山烧反复品味
拂过的风,带着一身的酒意

传说让酒更醇厚,其实
在杯底,涌动着波浪
经历过的事,就是把日子
以及对日子的理解装进酒杯

"每一杯酒,都是领悟
如果不停地饮下,会发现
生活最真实的一面"

此时,宜静默。醉眼蒙眬
声音深深跌落
眼前的世界在不停摇晃

油菜花开

一夜春风,吹响油菜花的嘹亮
帷幕自此拉开

油菜花田,更多的是被镜头捕捉
每一块天空都有别样的美
山坡上,油菜花起伏勾勒风的形状

站立高处,看大片阳光泼洒
所有细微之处被涂抹
唯有蜜蜂的声音分外清晰

当你转身离去,目光触及不到的地方
也有同样的一片油菜花田
被即将写下的文字所遗忘

靠 近

一朵花用嗅觉触摸春天
杜鹃开遍山坡
阳光给所有事物涂上色彩

靠近杜鹃,闻嗅青春的秘密
与花朵分享战栗
微风送来记忆的气息

不要走进植株背后的阴影
某个经历在转折处停留
像一段难懂的文字

此刻,满山的红杜鹃
在风中点燃
见证着你的靠近,或离开

早春印象

花瓣落下,肩膀之上的天空
缓缓展开。在树下站立
感受春天的重量

孩童嬉闹,笑声惊醒身边的事物:
一棵树,探头张望的草芽
哗哗而去的溪水,玉兰花以及
优雅的蝴蝶

翅膀开合之间,呼吸着轻盈的风
远山静默着,呈黛青色

落日与天涯（组诗）

◉ 燕南飞

落日颂

科尔沁的头颅，亘古如槌，独坐
一颗心难舍它的恩主。孤山远，镇守日甚
　　一日的寂寞
怒目而视，大地上都是寻根的行者
荒原，大漠，依旧繁衍欲望
负重而行，一匹野马嫉恶如仇。喊出十里
　　烟尘
灯火急
这一粒种子，种下老鹰的顿悟

落日行走
一天就是一生
茫茫大野，上演叛逆、逃亡和救赎
残骸已被经卷救走
顺手给落日披上锁链：傻囚徒
你还是不肯说出小贼的下落么
一张状纸古色古香，有人说那是呈堂证供
也有人说是藏宝图

再给我一炷香的时间吧
我就是那个大病初愈的哑奴。纵有千言
　　万语
只需一捧黄土
就可将八百里加急的律令放生
身后是苍茫无尽，将浩大领土
赏赐给它的臣民
东风慢
蹄声紧

我要歇息去了，快率领你的残兵败将
趁机收复旧土

而我无需辩白
这世上只少一个恋人相拥而泣
相遇是危险的事——
去山后面摸出一块石头，只当是一封信笺
上写着
落日落处，私藏一只空盏
方醉一日
你已等了千年

等一声鸟鸣来救我

一

那些年，我们亲眼看火车驶走落日
等一声鸟鸣来救我
读不懂一枚脚印，覆盖另一枚脚印的孤寂
从旧车辙上寻找指终：童年
已在鞭子的脆响中溜走

"某些片段，都被镰刀
从青柳身上削掉了"

如同你拽着我的衣角
喊哥哥

二

听你弹琴时不知所措，手指轻点音符
光阴已化成蝶，化成雨
等执笔人犹豫时，潜入

"曾经有个观棋人,弄丢了自己。据说
山中一日,便已将身世逼到万劫不复"

当你的故乡从纸上跃然而出
几尾小鱼儿
便游进山谷中,云深不知处

三

那手势又一次修改情节:小妹,请将十月
  的炊烟
燃得慢一点,再慢一点。它们从魏晋飘来
要赶在天黑之前
将那只叛逆的蝙蝠抓走

——这一路的酒香和灰烬
这一个找不到故乡的人,抱着自己的影子
  在哭

——那鸟鸣,莫非是你故意放走的?
去我的童谣中安营
扎寨

"你不要试图
看到我衰老的样子。"

你笑。捂着胸口
将说过的每一句话再爱一遍

山 谷

斧痕太深,以至于隐约可见
大地的断骨。那些打家劫舍的贼
曾在此深居简出
他们对斩首也怕得要死

有老僧,也会有妖精
当它们从一座山顶上跑着碎步逃到谷底
听牧羊人吊嗓子,采石人
一锤一锤砸着自己的命,才知道最大的

幸福
莫过于成为一座山的首领

太深了
烟缕托着寂寞,黄花笑它一辈子也
没能从山谷中取走什么

那是一只花篮挂在半空,胜也好败也好
都是从重重埋伏中
抢出一颗落日,狠命地举过头顶

是的,滚滚雷声失陷
那是它迟迟捉拿不到偷走光阴的人
美人白头,忍一下自己的慌乱:那年杏花
  微雨
我弄丢了能打开一座山的钥匙

我想念山谷深深深得毫无道理
有人用钟声放牧石头,几万年只得过
一种病:大地张口
那么好听的曲子,也没能填满这只酒盅

老河辞

老河滩上,每只大鸟都行色匆匆
落日如履,将又黑又瘦的影子踩痛
有些树的心愿,高于鸟鸣,也高于炊烟。
  那些老屋的翅膀
替游走的河流守夜
所有埋伏都是提前密谋好的。它们
用水声一下又一下拍打泥土的脸庞。它们
记下一条河流挣扎的样子

空旷
静远
牧羊人已经白发渐生了啊,却不曾逃走
眼看着河水如脐带
把童年,荒凉,以及这片土地
一天一天养大

我和深渊是孪生兄弟。是大河手掌中一枚
　　不动声色的卵
有着一颗柔软心,被孵化了几十年。
岸边的老屋饿了
大口大口咽着哗哗作响的草香:你要用
一串摇晃的光芒收买它
爱它的一碰就疼,爱它的突然折转

再拐一个弯。温柔地舔舐泥土的断层
那是谁的伤口,无人认领
不断制造棱角,又狠心磨平。如同反复锻
　　打兵器
其实,镇压住体内喧嚣
也是一种快感

北风如老人踉跄而行。催促灰烬流动
用身体填着贪婪的陷阱
一身硬骨头的人,肯定是一个好父亲
他会领走一条大河
那水,洗白了他的腿骨

一条河流的脚步

我不会忘记你的名字
犹如你不会抛弃我。声声呼唤
就是河道上哗哗作响的记忆,步步生烟
不必再听弓弦惊鸟,一道身影扑入怀中
安慰亿万年贫瘠的月光
有你,就有了天下
有我,就不孤独

一条大河上种满悲悯:轻弹,春秋无恙
有多么沉重的读书声,铧片切割母语的断
　　裂声
就有多么沉重的渴望

船到渡口,像游进东风的眼眶
你听
等待摆渡的人们,肩膀上扛着故乡
你听
钟声亘古未老,一下一下
在不肯过河的将军额头疯长

你的胸怀装得下一座江山
却虔诚地伏在大地上。每一曲词牌
都被冲刷得干干净净
将鱼骨插在沙砾中,死守一条河流的霜冷
　　苦寒
我有一把好剑,乃是月光与涛声锻打
当它剖开大地一试锋芒
伤口里流出的是每一粒沙子的嘶鸣
才惹得那个捕捉月亮的行者
醉饮一壶狼烟,长醉不醒

流吧,流到一个民族的血管里
蹄音还在征途中
流吧,哪怕流到蛮荒之地
也会滋养一片泥土,郁郁葱葱
别问旌旗不语是谁的
醉卧沙场
谈笑风生
个个都是情种

冷水洗罢伤口,任它抚慰光阴之痛
我不要江山
不要功名,不要这人间一草一木
只想跟上一条河流的脚步
让滔滔大河水,淹没金戈铁马声
那个不肯过河的人
被命名为英雄

废弃的铁轨，不可捉摸（组诗）

●黄晓平

温泉或月光之水

温泉涌出，带着火气
与倾泻的月光之水相遇
拦下借路回家的桂花
在香囊里遛了个弯，稳住神

温泉流过皮肤，以痒止痛
而月光之水
像一个乐于倾听的修女
探身凡夫俗子的瞳孔
以流水的步伐，迈入肉身

在舒缓乐音的陪伴下
一路安抚五脏六腑的骚动
遇到骨头，顿了顿
添加了些钙，以及不定什么时候
可以用得着的磷

放纸鸢

明里在追逐纸鸢
暗地里，风与扯线的我
纠缠较劲，恨不得一下子
将唯一线索拧断

我扯线扯得手酸，眼神散淡
收线后胳膊垂落维艰
肘部违命，本意向外拐
不自觉地朝里弯

放纸鸢的我收获体面
出尽风头的纸鸢，收拢为纸
而风，收复了整个天空

西望

人在江东，梦里梦外站着
我站成一根电杆
抬眼西望

眼里越来越大的白
一个是母亲风中扬起的白发
一个是终年积雪的喜马拉雅山

西高东低的版图上，我不知道
有多少个与我一样让自己罚站的汉子
头顶暗流涌动，接力赛似的过电

因为白，我原谅这空洞无物

白云所担负的，是不食人间烟火
对涉及云朵的好话歹话
一概不理，自有乌云虎着脸
斜刺里冲到前面，顶着

一白遮百丑。哪怕
既无里子又无面子
使劲挤，挤不出一滴雨
也有赞歌"蓝蓝的天上白云飘
白云下面马儿跑"，那马儿

跑与不跑都是白云的托

空对空的日子如复瓣花朵
打来处问蕾,往去处求果
因为白,在天地间闲逛不惹尘
因为白,我原谅这空洞无物
早于原谅一字不识的白丁

这些年

路,依然在远方蜿蜒
白云不紧不慢在天空飘荡
这些年,就连大海
也不改与生俱来的放荡不羁
有时洒脱,有时癫狂

这些年,我像只沉潜湿地的蛙
尽己所能,不留迹象
喜欢摆弄的蛙鼓已搁置良久
噤声,只为扮足隐士模样

这些年马放南山,信马由缰
可南山的菊花一开
每一瓣都拍打心脏,秋风未起
看菊的眼神已透着微凉

南陵奎湖

湖面有声,似周瑜操练水师的口令
应者如云,唯黄盖不发一声
岸边他失碑的坟,已淹没
在起伏的油菜花丛

噤声,持长竿,甩钓线
我就是那个戴旧斗笠
压住眉心,在奎湖里钓鱼的人

迎面过来的人瞅见我
闻到鱼香,背后的迟到者
瞥一眼湖光山色

捞走我此前的倒影

玻璃刀

搁在玻璃上的一粒光
释放闪电的绳索,套住兴奋
以及不知轻重的雷霆

刀光一闪,把一潭死水
凭空撕出一道裂缝

封闭已久的深潭,深深
透出一口气,迎着风雨
打开一波三折的内心

他们已将春天送还给原野

被燃到眉头的野火灼醒时
我的胸腔里灌满了风声

脚刚落地,江水便涨到了脚踝
而浪花却在天边拍打云彩
这背景映衬下的少年
袒胸,撸袖,昂然从郊外归来

他们已将春天送还给原野
眉梢上沾染的草木灰
但等日落月升,慢慢冷却

桃花轶事

第一朵,开一半留一半
将往年灼灼记忆
遮挡,隐蔽,夭夭然搁浅

第二朵,蕊中插进了谁的吸管
露水稀释过的花蜜,一股脑儿吸走
将就的年份不在意以次充好

第三朵刚见面就说:对不起

我得走了,将我的小粉丝
一只迷路的蚂蚁送回家

谁愿意过来替补?
话还没出口,桃花们纷纷
在一阵哨音里出逃

哦,"大海将在这里死去
而水,至今安然"

它们的苏醒或许依赖听觉

它们的前身,是族群里的恩宠
譬如那悠雅怪异的金甲蜥蜴
羞涩的三叶草,以及曾把史前天空
砸出漏洞的恐龙蛋
它们是睡在石头里的石头
从发现地,辗转进入博物馆
越过许多石头,我去看它们时
路遇的石头不计其数

隔着玻璃罩,轻唤它们乳名
它们的苏醒或许依赖听觉
呼唤时,我恪守石头的耐心
我准备好了,倘若石头里有响应
我即隔着石头跨界行动
借着痛疼与快感并发之力
逆水而上,化作鲤鱼跳龙门

废弃的铁轨,不可捉摸

左右的延伸,指向
不可拿捏的苍茫
听觉荒芜,羞于表白方向

一根铁轨,或将减去另一根铁轨
得数出来前且保留等号

等不及的人,下蹲捉摸
右手摸到个破折号,左手迟疑

捉到一串绿皮火车的鸣叫

门　缝

捡急雨打落的青杏
听到院外狗叫
从门缝望去,是老叔
头戴斗笠,腰拴鱼篓
光着膀子披蓑衣,啪哒啪哒
赤脚走在泥巴路上

朝外看时,我眼睛平视
老叔形象突出,鲜明,立体
四周有水墨画般的留白
可题款,钤印,可添加想象
让画面节外生枝

有说门缝看人把人看扁
那门八成新打制的
缝儿留得窄,岁月的风雨
淘着,淘着,像老家这院门
借力用力,缝就阔了

暮色记

暮色还浅,像藕塘里的鱼
喊喊咬着荷叶边
游戏似的将路上人和影
打连接处咬开,像火车头拖拽着车厢
进入编组站脱钩换轨

暮色渐深,在深处打着饱嗝踱出
已与人互换位置
甩掉龙套,打开月光与灯盏
把行人照得失去分寸
一脚是颠簸的浪,一脚是翻腾的云

暮色是造化中慌乱的部分
有人醉笑,有人梦哭
哭笑之外的人静待黎明

待归来的影子,无缝衔接
暖暖的,支楞起腰身

今夜,月亮骑上马头墙

今夜,月亮骑上马头墙
人间停下驰骋的想象
换了个可亲的角度
以恰当的模糊,把犹豫不决的心事
一举定夺,不再改弦更张

养马的人给马儿添夜草
马打响鼻,后蹶刨出合奏的乐章
睫毛遮掩的眼神里,有简洁的言辞
已经过反复打磨咀嚼
将在上路时,丢在路上

今夜,月亮骑上马头墙
马儿趁势甩脱了蹄铁与绳缰
唯马首是瞻,非马上客
是送行人目光

这一季的流水好聚好散

这一季的流水敢作敢为
劫下临水照镜的花朵
落花伴流水,成就沿岸美谈

白天,流水听从堤岸
口衔花朵在起伏处响滩
在平阔处营造回水湾
入夜后收拢起所有表情
与怀中落花一样淡然

我以白鹭身份见证艳遇
伸展腿脚,即可探出水的流速
以及流水想要的深浅
无意中,破解了流水不腐的密码
得失荣辱都付与流年

这一季的流水好聚好散
给它堤岸,它就江水滔滔
给它秋天,便是秋水微澜

落 日

所谓落日熔金,是风的形容
众多看客的鼓动
由东而西跋涉,不经意修炼出真身

在恰好的角度,落日
浇铸了投宿所需的那枚金锭
而我,背上赋闲的风箱
回到苍茫的围城
落日腾出的位置,隙大生风

风箱,闲着也是闲着
在回收一呼一吸中
浪费了的表情

低就随它低,慢就漫不经心

一不小心的豁口,是意外
给陶罐开凿的一扇窗

凭窗望去,是些生疏的影子
积攒的半罐雨水
被阳光啄去一些,剩下一些
让月亮不定时潜来
沐浴,或路过时照镜

陶罐的碎碎念,不在意
这抬升江河行经日月的境界
只想大雪赐一床厚被
像修炼中的老龟
掩住脸面,低就随它低
慢就漫不经心

与风对饮(组诗)

● 吴继敏

风

我站在揽月桥上凭栏眺望
百米之外的叶元桥，桥墩
像两只脚湮在河里
又像一张明式贡桌的侧面照
一个褐色的微微拱起的平面
架在绿水之上的这条路
连接了南北来往交汇的步伐
倒影在河里的方言
随流水而去

水面皱起波纹的绸缎
没有限制，我对叶元桥绸缎般的遥想
暮霭沉沉楚天阔还是小乔出嫁了
我似乎看见，在两座桥之间
有无数的未来老成了昨天
今天，揽月桥上川流不息的汽车所对应的
往事，是叶元桥梁下摇出来迎亲的船
是岸上送葬的队伍
恰好穿行在新芽萌发的时刻
是否有一个历史的过客
像我一样摁住了所有贯耳的声音
然后松开，体会内心的静像月亮的
清辉，缓缓弥散

总是有无尽的风起水面
穿过排列有序的时间，散到田野
然而淡水，又何止于淡
所有的风都在腌制每一个人

弱不禁风的我却无法
像关掉风扇一样关掉风

与风对饮

八殿漾春水荡漾
连通着菱湖、石淙和千金
鱼儿跃出水面的声音
和樱花盛开的粉色
布置了这个被隔离了的早春
只有我一个人与风对饮
只有风无穷无尽地在八殿漾水面
划出一张巨大的围棋盘
而对手尚未现身，就像隐身的未来
却给予我们一个当下的问题
彼岸的白云庙里
藏着五百年的心事。现在关上了门
不再待见香客，我似乎看见
这个葳蕤的春天里摆出来的荒寂
像我路过的公墓，隔离却未曾开口
沉默地对着一条公路，我路过的
永福村，在自己吉祥的名字上
又加固了封锁的钢架。我知道断头路
对于一个外乡的行路者来说
就是即时的这一次造给明天的一个劫

怀 念

像龙溪的水流一样自然
我无法停止对你的
追思。一个聪慧的长者

停下了九十四年的步履
正像你给予人们恬静的朴实
那种简单的美学,极致到了
家。从黑夜到白天所有时间的
变更中,你能墨分五色
厘清尘世混杂的家长里短
就像你总是能把自己的麻将牌
游听,没有胡倒的时候
笑呵呵地对我说,大家胡才开心
现在你走了,安详如生

访凡石桥宋元遗址

凡石庙坐北朝南,闭着门
面对一条河,面对一张张路过的脸
不动声色

隔壁的平房,大门敞开
如塑的五六个老妪把麦秆念经
木鱼声的朴拙和铜铃声的明亮
同时抛弃了时间的腐蚀
让我们忽略了经文的真正含义

甚至更早,河水从北宋流到了今天
绵长而匀称,鸡犬之声的伴奏
始终相聚在凡石桥的拐角处

就在那里,有一个平静的大坑
我们走过去,想象着经过多少个轮回的
我们,也似乎成了出土的文物
洼在地下证明着地上的文明
而目击新生的这一刻
正是回填的土,就像我们自己
源源而来

公 园

我在被隔离的公园里
独自祈盼,立春隔离大寒

而此时,春雪起舞
白化了我孤单的呼吸。隔离
像雪花落在了公园的肌肤上
水隔离了凉亭,太湖石隔离了太湖
飞虹桥隔离了一个典故
那株高高的槭树隔离着童年
那丛蜡梅隔离了绿叶成荫的夏天
地砖的线条隔离着彼此的
距离,就像词典封面的坚实
隔离了词与词柔性的会面

公园里没有一个人
仿佛我也不是,而是树,是假山上的
石头,是凉亭的飞檐翘角,是草
是蚂蚁身上的一点尘埃,最后我成了
一个词的本身,隔离

我隔离了自己等于隔离了所有的人
隔离也让我拥有了这一切
到达了这个词幽秘的小径

隔离了的万物被关进隔离
然而谁也关不了一束光
要有光,就可以透过灯罩把隔离
变异成为囚禁的释放之时

土 庙

山顶下来的人说振天寺还在
上面,凭空不让进
要么去买他们的香烛
放下朝拜的钱币,然而
作揖一样弯下去的燃过的香灰
已经替代了香炉里早先的虔诚
这样的损益慢慢传到了山下的岕
熏黄了六都岕或者八都岕的民房
前后的银杏,一种忧伤的美
渲染了十里秋风,这样一个过程
忽略了另外一种存在。比如
接近振天寺下面的无名土庙

用石头垒起的墙身,那种不规则的
形状,交错后形成的三个平面
支起的一个菩萨的空间
抵达了一种质朴的信仰
没有门和门槛
挡住我的脚步,我的发现
在裸露的墙面上留下的
小缝隙里,飞出棕黄色的野蜂
迎接初冬的阳光,嗡嗡作响
仿佛是里面坐着的菩萨
发出的慈悲的心语,只要
凭空,就可以出入的空门让我窥见了
土庙里披上的光辉
和按在贡桌上香炉边沿的手指印

婚　变

黑暗里,一把剑的光
击中了飞进来的白雪
她一身红衣,坐到了自己的位置

像主教一样冰冷的脸上
游移着中世纪的忧郁,她的侧影里
射出的箭,穿过了我的肉身

我们两个人分化成的两个世界,都在发炎
肿瘤卡在了家庭的咽喉上,已经病变
在不愿收场的电影里
一艘小船正在沉没,装载了年轻的
各自为心的居家过来的日子

布道的圆尚未合拢
喜欢或不喜欢的东西就随时
交换着位置,内心的
欲望被风撕裂着,要吧买吧丢吧的我们
陷入了越来越丰富的单调里

只是过了一个夏季就跳进了
冬天,仿佛这是选择的一场电影
最后一片落叶的最后一束光

只有在伤感的音乐响起之时
我们才能听懂土地原始的召唤

此时的分离已无法挽回
就像长辈们日渐死亡的期待
就像之前我们的欢喜佛
不再回来,我知道此时抓住的
你的手,其实就是我们的分别

电影已经散场而风雪浓烈

橘　树

我看着你长高在路边的石缝中
每一年　都想认识你的孤傲

我知道你身后的窗里
主人总是不在,掠过的猫影
在里面塌陷的残垣上
留下像我一样惊悚的眼光,注视你
身边路过的众生潦草的脚步
表面的水泥地拒绝了你内在的扩张
而你的绿叶告诉了我,你的根
扎向地下的深度,你皮肤上呈现的纹路
令我肃然,身上的刺却给予我安慰
帮我刺破了不明真相的水泡

在得失有序的缝隙间,你自然而然
长出了橘子,传播了爱

塑像记事

那年,桥盘山身上还没有采石场
青云寺也没现在阔气
我路过山下的村庄,停在炊烟里
看一个人匍匐着塑像

他塑的不是自己的祖宗
手上的泥加到塑像脸上的时候
犹如祭祀时的添香、续火

他告诉我这是他的饭碗

三十年后,我再次路过他塑像的棚
他告诉我生意红火,传给儿子了
弯腰的人就是,屁股朝天
我记得膜拜的人也没有膝盖

现在采石场愈合了,青云寺光大着
他造的神走出了本地,像鸟屎
带出的种子分布在各个山坳
为此而起的庙宇我都路过

密　语

从一张纸条的突兀现身
天就暗了下来,纸条上的四个字
爱你到死,像一个天问鞭打着
在峡谷中的我们,那些峻峻的乱石
宛如挤压在我们内心的浊流
我们在其中沉沦或起伏,愿意或被迫
爱或不爱,从生到死从不停顿
十七个小时仿佛是一张试纸
既是婴儿也是龙钟的老者

显示的也只是神秘的排序
那里有黑夜的密码和白天的诠释
要有光,便可彰显羔羊的血
彰显亘古的隐忍和为爱而死而生的箴言
这些密语是永不枯竭的小溪
来自洪荒的人性之源

注:观电影《密语17小时》,有感。

雾

我们走进了雾里
彼此看不见彼此,没有面孔
似乎多少年来都是这样的
不需要面孔,如果此时
你面对一块像始皇帝一样的
大石头,同样没有面孔隐遁在雾里
却挡住了你的去路
我就敢肯定我的肯定
好端端的一条人生栈道
成了所有人眼里的白内障
开刀吧,去剥出一个
像人影子的太阳

印 象(组诗)

◎愚 父

胡杨说

命运让我站在这里
任由朔漠的风
把我塑造成蜷曲暴筋的模样
看风景的人们路过
点点头说,这就是坚强

却有谁能够明白
我的梦里
尽是春雨如烟的
江南

我要去比利牛斯山中牧羊

我要学会做一个牧羊人
自由放牧在比利牛斯山

忠诚的牧羊犬四处游走
空气清洌如水在山谷中流淌

棕熊臃肿如球
昂起苏醒的头颅在山崖间眺望

野草噙满露珠在曙色里醒来
轻柔的山风饱含花草的幽香

鹤群启程飞往茫茫北欧
紧随其后的是春天的芬芳

缓缓游动,缓缓游动的流云呀
就是我在比利牛斯山走散的羊

预 言

鼓动想象之翅
在高邈的天穹下飞翔

幻化而成的绚烂花雨
扬扬洒洒于河流,远山

人们在梦境里雀跃
相信已经知晓时光流逝的方向

我却远远望见
浓黑的乌云蜂拥于山之背面

一场残酷的暴风雪
正启程于遥远的北方

克拉姆斯柯依的无名女郎

我徜徉于荆棘之地
叩问河流与高山
寻踪寂静无声的古战场

我踯躅于喧嚣闹市
目送人流如潮
坚守着异乡的一份孤寂

生活渐渐陈旧

尤如秋收过后的玉米地
衰败而又安详

也许某种神秘的因缘
遇见了一股风,那一瞥
竟赢得了我的欣喜

蛰居江南小城

我蛰居于这江南小城
尤如一枚蟋蟀蛰伏于草丛歌吟

静好的岁月漫过斑驳的城墙
夕阳西下人们耕作无声

沉醉于一种传说是一种幸福
谁也不屑于真相的聆听

于是我蛰居于这江南小城
任穿越千年尘霾的小河依依前行

夜宿深渡

昼间的炎热渐渐散去
暮色悄悄漫上村前的山冈

憩息着夏蝉的河柳已经老去
梦中无法追回昔日捣衣的身影

那片连绵生长的绿篱呢
牵牛花曾依依攀援,菜园溢出豆瓜的清香

而今镰刀斜插檐下任凭锈迹点点
农家柴炉炊烟,成了过路人的观瞻

我抚摸着这愈近愈深的夜色
独倚窗前,回首昨日故乡的景象

印　象

我匍匐在这片沟渠交错的土地上
沉默的石头任风吹雨打不吐露千年忧伤

城市高耸入云,伸延出条条道路
犹如庞大章鱼扩张的触须

一个个乡村无可奈何地老去
哪里还剩昨日的牛嘶马鸣,薜荔满墙

燕雀寂寞地穿梭于萧萧竹林
恶毒的蘑菇正发疯似的生长

缤纷如花的谎言谱成温柔的摇篮曲
人们在碎梦中回忆往昔璀璨的荣光

唯一能够的,是任凭花开花落
由檐头的风在星空下诉说衷肠

我回到这片沙尘浮起的土地上
任荆棘的根须肆无忌惮地扎进我的血管

等着你

我是在等着你,暗暗地等着你
在这江花似火,烟柳依旧的江南
村头的乌桕林白了又青
缓缓退去的山坡绿了又黄
等候之心犹如一口深深的古井
紫藤绕了一圈又一圈,乱花成云

我都在等着你,默默地等着你
让晨曦洗尽夜色,星河无光
即使是所有的道路都已经关闭
即使是所有周围的朋友都已经绝望
就算一切的一切都成为遥远的传说
就算无数的无数都化为烟云苍茫

我也在等着你，静静地等着你
任肩头的风自行滑落，雨暗前山
你没到来，我怎敢与岁月一同老去
无论秋去春来曾经几番风雨
你没到来，我怎能与山河一同沉沦
无论沧海桑田，万里几度夕阳

秦陵铜车马

站在这里，纵横的江河犹如静脉鼓胀
蔽天的黄土让人不敢仰望

唯有阿房宫里驶出的铜车马威武依旧
一路千年，让凝固的空气辚辚作响

那些铜车马制作的工匠呢，一绝红尘
任凭田野中劳作的人们无尽地哀伤

我等待着，太平洋上自由的风吹向这里
仿佛佛陀的手，拂尽那布满铜绿的恐慌

从那刻起，空气像清澈的河流轻盈而动
劳作的人们望见天空无限的宽广

塔夫茨教堂
2017.5. 王峰

在梦与醒之间（组诗）

◉ 谢克强

又一次，等你

又是月上柳梢头
我忐忑不安地走进树林
这是你我初约的地方
又一次，我在等你

暮色，好静好凉
好静好凉的暮色勾起记忆
那时，这里只有几棵树
当我从梦的外面赶来
你早站在树下等我

流水经年，如今这里
早已是一片葱郁的树林
是谁，在你我初约的地方
栽了这么多的树
数着一棵一棵长大的树
怎么也找不着你

是不是，所有的故事
没有结局才会令人难以忘记
也许，等待就如这林中的小径
蜿蜒曲折伸向远方时
水也迷茫，山也迷离

夜，不慌不忙地深了
这时风轻轻拂着树枝，似在说
岁月逝去了就不会再来
追求，有时也需放弃

红豆

是个桃红柳绿的春天
孤独的我骤被初绽的花唤醒
且幡然醒悟
这样的爱，对于孤独的我
恐怕只有一次

何物最相思呢
不知寻觅了多少日子
我才找到这一颗颗红豆

于是，我采撷一千颗红豆
倾心串一条项链给你
并把你写在梦的黄昏
又怕项链装饰了你的俏丽
却锁不住你的心

（信守的爱情
其实不就是一颗心
紧连着另一颗心）

锁不住就锁不住吧
纵是落花流水
我也曾用红豆遥寄相思
也还拥有一段回忆
没有经历又靠什么回忆呢

XINGHE

星河·春

相　思

思念,总在寂寞难耐时
不期而至
是呵,有些事想要遗忘也难
醒,是更深的梦

许是错过了一个季节
这个季节,你只关注花的绽放
面对你羞涩而缤纷的美
只好望着季节远去

如今,那些摇曳心旌的情节
早已随昨天的故事走远
我才幡然醒悟
爱,不能承受之思

是呵,走得出你玫瑰色的诱惑
无奈却走不出痛苦
我不知是不是所有的东西
只有失去才弥足珍贵

从此,这一生不绝如缕的思念
注定统统交给了你

雨

是的,细雨以一种淋漓
闯入你居住的那个城市
闯入夜的卧室

细雨淋漓
你知道么,那是我说给你的话
压抑太久总不敢说出呵
不想风起云涌之后
竟淋漓成雨

在这个世界上
除了你,还有谁会理解

这雨的旨意

曾经,我怕淋漓相思的雨
创造一种湿淋淋的情绪
会让你更添孤寂
可是,不让雨替我诉说
相思,又让谁来传递

与你雨里相识
也许是一种缘分
认识你,也认识了雨

窗外又下雨了
是雨显现的一种魅力
让我听到雨声就倚窗想你
想以雨的明净与细腻
潜入你的灵魂

对　饮

此刻,我仍然端着茶杯
望着泡软了的相思
缓缓消化背影沉重的日子
你呢

淡淡的苦楚之外
蹚着月光,你从哪里来
今夜月淡风轻,那就请你
与我坐成两只杯子

不说往事
往事早从时间的背后溜走
而今夜,有清风明月相伴
夜,还是你的我的

只是今夜的月光不是那夜的月
在爱与忘却之间
我们坐着,在岁月的旋涡上
静静地互望

（那夜
猝不及防，我偷吻了你
还说你那红润鲜嫩的嘴唇
是一片鲜嫩的香茗）

时过境迁，隔着只是时间
身在咫尺，心却远在天涯
我与你对坐对饮。其实
饮的只是日子

梦断的日子

比星星更远的还是星星
比夜更黑的还是夜
坐在离星星很远很远的夜里
我躺在夜的一角
静静想你

墙上
石英钟的足音渐行渐远
走向黑夜梦的深处
咖啡不甘寂寞在壶里自言自语
欲要探测我的心思
静坐于斯，我的眼睛凝视成夜
默默守望

时光如水
一天天，浓烈着我的诗情
幸福的感觉，或沉或深
这不，我将你的芳名含在嘴里
欲品尝你的柔情蜜意
谁知，越品越苦

无奈中，在这谜一样深邃的夜里
我撕下一片一片夜天
给你写诗
（生活，注定我热爱诗
何况爱呢）

不知那星星一样灼人的诗行
是否落进你的梦里

梦断的日子
我总爱躲在夜的诗里想你
你愿光临这夜的一角么
用你一瓣一瓣红唇
吻我的相思

开始或结束

那一刻漫步黄昏的东湖畔
世间的纷扰，伴着你我的笑声
沉落碧波荡漾的湖水里
命运给你我开了一个玩笑
让你我坠入爱河

如今，像随意接受一件礼物
我坦然接受了别离
而把忘却看作上天的赐予
但这刻骨铭心的伤别呵
相忘，也不那么容易

这不，醉在梦里
多想躺在你幽情的峰谷
再唱一支初恋的歌
将闷在心中的许多心事
缀在你的发髻

或许我不该如此奢求
望着你渐行渐远的背影
岂只是读人生的遗憾
而你温情脸上闪现的冷漠
让我留在黑色绝望里

莫非命运真的给我开个玩笑
让开始就是结束

流水，至今没有归来(组诗)

●袁同飞

雨，是神的孩子

雨，像一滴滴汗水
顶着烈日行走，完成一次次跋涉
雨，像一粒粒种子
落入大地，成为神的孩子

雨，在成为雨之前
是一阵风，闪电照亮了我的行程
雨，在成为雨之后
是一片海，记忆了我深蓝色的梦

雨，注定是一个泛滥的词
其实不需要倾诉
她在任何一个时辰，都会将爱一寸寸珍藏
然后把你的深情拥入怀抱

雨，在恣意的幻觉里
一切的浪漫，都只是迂回的假象
为了种植那片思念的雨声
我愿意为你再哭泣一次

万物融化在时间里

在寂静中入睡，在雨声中醒来
万物落在大地的怀抱
只有泪落在心上。只有雨水在天空中挂着
只有我的思念与空气隔着一万个光年

在雨声中入睡，在寂静中醒来

一个又一个落日
把通红的炉火，印在心上
我只有在菩提树下独自感伤，独自眺望

亲爱的，万物已经融化
一切湮灭已没有痕迹。向左还是向右
如斯芬克斯之谜不再需要答案
此刻，我只做一个神的孩子在玩耍

流水，至今没有归来

堤岸，在呜咽。尘世中的每一朵水花
高悬着死亡的寂静。浩瀚的涛声
似乎在向你描述一场虚构的梦境
或将自己酿成一杯酒的醉意

流水，把留下的足迹一一擦去
至今没有归来。更多的激流不动声色
把经过的每一块礁石，收藏在血液里
使全部的热情隐去了光阴的距离

我无比热爱的亲人们
在日复一日年复一年的眷恋中
像是潺潺的水流，颤动着率真的方言
期待在一个无风的夜晚，越过最后的栅栏

我不能再退了

我退到故乡这一边
就不能再退了
再退，就退到荒野，退到坟墓，退到另一

章节
与传说中的白蛇和青蛇相遇
与一群乌鸦或秃鹫叫嚣
与一把生绣的器皿为伍

我退到大海这一边
就不能再退了
再退,就退到潮汐,退到旋涡,退到另一
　　世界
我在简单的告别后
心的颜色,也渐渐有了恰如其分的表达
或者说有了更美好的阐释
修补的葱葱诗意
是从一个露水的早晨开始的

生活允许停顿

有一朵花,稚嫩。清香
长在曲径通幽处
如漫延的生命。微微的苦,但释放心灵

天空温柔。鸟儿又一次陷入沉默
生活允许停顿。但正义,从来都不会缺席
幸福,总在不经意间来临

其实,这一切都可以不发生
但,在风雨到来之前
它在人间,可以绽放一个更美好意义的梦

你是人间最好的良药

只有你,可以让我慢慢地渲泄
心头的悲哀。也许我可以在一个午后
读一首诗。读一条鱼的伤感
并沉浸在煮沸的茶香里,说着比落日更深
　　的话

也许我是一个疲于奔波的人
但我无法离开枝头,从内心把我轻轻剔除
　　或掩埋

我只享受颂词里的寂寞,在黑暗中抵达
最终成为落叶的一部分

其实,我还可以把自己当成一阵风
也可以把自己当成一个与世无争的铁匠
没有什么可以让我羞愧的,忧伤的,脆弱
　　的,彷徨的
因为你,我的心里:装着人间最好的解药

风,在追赶一头梦中的白鹿

有时,我会慢慢想起那条街
有时,我会慢慢想起那条街上闪烁的灯火
风,在追赶一头梦中的白鹿
我在灯下等你,眼里已没有暴风雨

风,在追赶一头梦中的白鹿
迷离的月色,承载着往日的虚空
这么多年,我在这里把日子一寸一寸变瘦
风张着耳朵,而我在等烟雨

我看到了明灭的灯火里,碾压的尖叫声
更多时候,我看到了硕大而圆润的灵魂
我在这里沉默,我在这里坚硬
我在这里祈求,我在这里叹息

我已经很久没有梦到故乡和明月了
在一个个回忆压缩为尘埃的日子
我与这里的一切和解。让一个个挣扎的我
从这里运走每一颗星星和离别

我的身体里有一座爱的森林

一千种疼痛,抵不过一滴梅花泪
闪烁的星辰,在夜色中荡漾、迷离
人间的旖旎、喜悦与幻想,在词语里
独自失眠。并以寂静的方式,奔向爱的
　　村庄

穿行在繁华深处,我的身体里

有一座爱的森林在蔓延。花蝴蝶忧伤地
　嬉戏
如报春的词语,鲜活人间的爱恋
更像天上的流云,失踪多年

风摇曳花影。像极了我身体里的潮水
无法相见又无法抹去。只有沉默的森林
代替我们继续挣扎。继续铿锵。继续沦陷
继续在我的身体里绽放最美的舞姿

记忆,或倾诉

和我一起走吧
走出城堡,走出迷惘
去会一会风,见一见雨,晒一晒阳光

苦楝树下
我听见花开花落的声音
我们一起等待着——爱的暴风雨来临

随风而逝的,都是
败叶,残花,以及一颗疲惫的心
——有多少滴泪水,就有多少粒苦果……

那一刻

那一刻,有鸟飞过
风不确定,但情绪饱满。细密。完整

忽想起,我们曾经的誓言
被久远的年代风干

那一刻,除了崇高
我只剩下背影。但心中的梅花不会凋落
枫叶,多么鲜红而浪漫
闪电,像一个早该发生的醒悟

那一刻,疼痛也不觉得
多少静默,穿过子夜的桥
走过千山万水,只有滴滴答答的时钟
被记忆甩出水纹,吹散心底的苍茫

一个影子

夜色沉重。星空迷离
一个影子,频频回首,咀嚼往昔
似梦似幻,在黑夜里飞翔

一个影子,摇摇晃晃
像经历一场劫难,以落叶之姿
跃入虚构的词语里,又消失在夜空中

一个影子,不言不语
与黑暗对峙,突然挥舞起一把明晃晃的
　刀子
气拔山岳的呼喊,似乎留下雄壮的证明

清晨，等你醒来（外三首）

◉ 赵幼幼

你说——
嗨新月
森林，湖泊，幽蓝银河
恋慕的眸光
波澜不惊的水面

我说——
是碰撞是燃烧是激荡
是毁灭
是诞生
是不……朽……

两个天体
山崩地裂

清晨，等你醒来

哥哥，我需要你爱我

哥哥，我需要你爱我——
午睡里梦着你

醒来微醺的窗帘
大漠落日的颜色
窗外乌云滚着乌云
雷声轰隆隆着雷声

往事随风么
如今——
她倒像是
我手里交织错乱的掉发

狂风暴雨
席卷而过的残稿

多么有力
多么危险

我肯定又会被妈妈狠骂
在这样风起云涌的日子

收了衣服
忘了关窗

咖　啡

春天谢了
一个人的假寐
千里之外，有没有花开？

暗夜柔软，潘多拉
开启魔盒
谁能倾心于奶泡之后
的卡布奇诺

如熟女三十，苦涩
或醇香

你说不懂咖啡，却试图
研磨女人，以毕生的
温热
让心爱的她，在杯子里
了无遗憾

一直唱

我们一直唱歌
一直唱歌
我们没喝酒
没喝
太多酒
喝白开也醉的夜晚

想一直唱
一直唱到天更黑
更黑
唱到天更亮
更亮
我们都是
一伙孤独的孩子
只有
神知道

山腰私等（外四首）

◉蔡启发

冬日烟雨朦胧的布袋山
我因你而来
来后,唯发现半山腰有空旷
这空旷
因接近傍晚显得有点清冷

我因等你,移步坑边
忽见一对情侣鸟
自上而下,仿佛穿越千年一遇
又忽然钻进一处岩石缝
这是爱的归巢吗?

而我听到了有车上来的声音
随风带上来的感觉
在车窗摇落之际
看到了你脸上的笑容
就像早晨,太阳下的向日葵

车折上山路,树木被风摇晃
山路十八弯都因你的来到
荡漾着热情
我的内心情愫孕生
泛起一阵阵激动的潮汐

坳口风物

车到之处,风也紧随其后
眨眼间,越过了林谷

村口的石板桥
湿漉漉的挽起了半爿街
这石砌的老路延伸出旧石器文化
把山乡的风情,都款待了出来

鸡学着鸟儿,用上树的方式
鹅与鸭,则以游动的姿态
在风中尽情注视着。

几只狗,
在坳口也有风的异样目光
仿佛吮吸到了亲熟

清澈见底的溪流,此时
正在思考:如何流向江河
或者来到大海
看山里的月亮,在海上冉冉升起

空蒙山色

山酿的米酒喝不醉我
看你脸的时候，
我一醉方休

在布袋山，峰岩以下的海拔
我摸索到了很多爱的理由
比如，我爱江山
江山就在布袋山
我更爱美人，诗人就是美人

特别是你抚着头发，一种
夜的束缚，开始慢慢舒雅
像时间穿过了荒凉

我们谈论诗歌
云雾缭绕下，四面通风的屋里
唯你最美

篝火飞翔

尽情旋转，是你的一个回眸
着红溪边的炭盆
持烤的火堂，燃透夜的
黑。滑落在石级的阴影中
热的情，也是盛情
在一点点升温

看你的舞动，我欲说又止
将心中的晨露
不情不愿地抹去
你可能不知道。为什么
毛竹燃烧的火焰像龙喷的水
都说竹子腹空，但有
高风亮节，此刻
我在飞翔的篝火旁
体会到了，仿如牵手相伴
爱或者
这样就是一种私奔

曾经合影

一些叶已转红，一些叶原封不动
冬日的布袋山仍在
绿色的映衬中
有黄叶落下，也是在所难免
但这黄不是段子
只有夹着记忆的故事：我们曾经从
这里走过。那个熟悉的平台
缆索骰子一样撒娇
任性的山花，沿途开放
有些越开越红，
红得好像脱下的外衣，在我
心中燃烧的火炬
廊棚的湖塘，合下了原位观察的
风景。就是这个风景
我嗅到了寻梦回味的干香

守夜人（外八首）

◉ 徐锦绣

微风轻轻拂过花园　　　　　　秋风轻而易举翻起
浓密的黑色，流淌　　　　　　树叶对大地的依恋
白天沸腾的阳光　　　　　　　那些埋藏在经脉
在血液里蛰伏成传说　　　　　深处的红色汁液

花朵承载梦的重量　　　　　　肉体渐渐虚空
缓缓打开夜的耳朵　　　　　　一粒词语噎在喉咙
他　　　　　　　　　　　　　纸上的欢乐和痛楚
独自凝神谛听　　　　　　　　在黑暗中慢慢丰盈

雪　语

为你，我已
飞过前生的空寂
为你，我已
掠过今世的沧茫

当你从月色中走来
清澈目光落在我的纯白
我将以最明媚的姿态
坐化在你的心怀
为你，我已蓄下
一个春天的温润

水中花

我要不停收集
被雨点惊醒的文字

总是不断设想
当我来到你面前
递给你这水中的花朵
你会是开怀大笑
或者微微一笑
看着我，不语

而我，只是
低着头，一脸羞红

虚拟一种爱意

没有星光，岩石
坠入大海的梦境
鸟儿以飞翔的姿态
丈量云朵的高度

一个蓝色的清晨

一颗露珠
偷服了一只白鸽的梦
跌落在花瓣的呓语中
一只蜘蛛

收起夜晚的足迹
悬挂在白云的投影里
一个蚂蚁
在枫叶的经脉中
细数曾经的浓情蜜意
一朵牵牛花
对着天空鸣响号角
一种声响
渐渐蔚蓝、升腾

滴水世界

一滴水,想要
丢下自己的前生
多么艰难

风不停拨动琴弦
在黑暗中
光芒渐渐苏醒

无数奔走在时间刀口
丰盈的躯体
渐渐消失在固定的场景

如此熟悉,又如此陌生
一滴水,如何参透
埋藏在大地深处的生命密码

一滴挂在岁月麦芒上的水
守着划过身体的尖锐和疼痛
她,守住了安详和幸福

仿佛春天

走进一片素昧平生的草地
不知名的小花遍野开放

一只蝴蝶从我头顶飞过
又回头看了我一眼
两只蚂蚁在一片草叶上
不停交换位置
坐在芳香弥漫的大地上
这一刻,我想
我也是大地的春天

中秋月

走了那么久,今晚
总算圆满

要穿透多少浮云
你才抵达我的窗前

月光如水,不用回头
就照见自己的前生

因为你,我将接受
这人世间所有的赐予
在时间之外
以平静,以欢喜

练　习

从今天起
认真储存
洒过窗前的每一片
月光,星光
有节制地挥霍
学习用它们来缝补
被风雨剥蚀的身体
学习用酸痛苦涩过滤
杂质,还原
生活的甜蜜与美好

溶入这片土地（外三首）

●黄远清

时间碎片已经把我想要的
诗句堆砌出来了，有些骨骼清奇
有些如流星洒落于笔端，宣纸
我握紧笔杆，风吹不进来
掌纹交错，已预知下一场命运
粉衣少女，飞上木棉树顶
最后一班叶子仍在站岗
直到寒露敲门，我的诗意
仍在云端张望，很多秩序没变
明明知晓，该沏杯热茶
添半缕云香，听蜂儿嗡嗡采蜜
该和街边橙衣者、流浪狗相伴过冬
听说，报春花已在途中盛开
冰雪松开了双手，我所握住的
一切，已溶入这片土地

和芒萁谈谈

从坡地经过的人，都爱上了
我举着问号，仰头的样子
我喜欢扎进黄土，又喜欢
在沟渠里攀延，如果愿意
每个人都能遇见我
谈谈彩虹，风筝和渡轮
谈一棵蕨草被人浅踏
却一直仰望星辰，月亮
所有笑容都是善良的，母亲说
杉树离天空最近，我离杉树最近
我想爱的人，离我最近

和月色说说话

和月色说话，蕨草芳心暗涌
银光细碎，溪流已醉
我仰望这圣洁之光
倾慕她如少女矜持，和人间保持距离
粉玫瑰尚未溶入尘世之前
湖泊是婴儿烙在大地的小脚印
我喜欢烟火更喜欢月色
我愿意聆听万物叹息，愿意
泼开大墨，渲染河流和峻岭
月色未曾去过的角落，有着更深遂的
愧疚，不安和恐惧，我包容这一切
就像我从容地接纳：丁香树上的繁花
果实落尽的苦楝，被海潮赶进岩缝的
锥螺、海藻，我掀起月色衣裙
如水拂过，那些颤抖的天凉

祖国，我有未知的喜悦

东方，一缕晨曦拨开雾霭
鲜草和稻谷从大地站起
荷莲上，凝露开始闪光
阳光还在海里沐浴更衣
那龙河水呀，像我恬静的祖母
我的神思披上了祖国千山万水
骨骼长出了黄山松柏的傲挺
我的希望比凤凰花树火焰更高
看，赤桐树上画眉多么欢跃
启航吧，远方有我未知的喜悦

啊,是谁把我的祖国唤醒
母亲阔步推开大门,自由
和空气送给田间忙碌的农民
尊严和神圣还给医生和师者
知识和善良传播给我的孩子
笑颜和赞赏留给工人和警察
英雄的名字刻进历史丰碑

温暖和慈祥溶入祖国大地

我终将老去,却阻挡不了
祖国繁荣昌盛,更阻止不了
一枝寒梅出雪来,我深爱
平凡人家的灯火,最好
每个亲人都简单幸福,像我
祝福我的祖国一样,健康美好

树的心事 (外四首)

●冯瑞洁

楼与楼,单位与单位之间
保持友好的距离
在叫行政服务中心之前
有那么多树先于我们到来
白银树凤凰树高山榕木棉木菠萝
还有后来种下的
火焰木白兰樱花香樟紫薇
仿佛要填满孩子们离开后的空隙
它们哑默地站着,长着各自的心事
那些填不了的,譬如欢笑譬如奔跑
是否在夜深人静时
替我们排演曾经的风景

火焰木花

冬阳的火焰落在叶子乌青的树冠上
不为我们注目的火焰木开始喷火
于办公楼十米外的绿篱带边上
一团接一团在泼墨的树冠中
从冬天到春天直至初夏不倦地
捧出,一颗乌干达女子的心
一团追寻英雄杜图的生命之火
乘着阳光抵达的永恒
以生命陪伴从泥土里开出花

孤单的人站在树下沉陷它的来路
当你叫它爱情树时
沉潜在心底的蝴蝶飞出来
融进了太阳的光束中

白玉兰

报纸电视台轮番播放
海选后白玉兰最终成为市树
那光秃秃枝头上团团的花儿
无端地沾光了你的芳香
纵使你身上挂着"白玉兰"的牌名
又有什么关系呢,悄然地开放
直到芬芳在窗外飘溢
我长久地站在窗前
看宽大的叶片上
一朵朵象牙雕刻的纤纤玉指
安静地演绎兰的优雅
直至沉静地飘落
带着怡人的幽香皈依泥土
这迷糊的南方人哦,脚步匆匆
就差了这份闻香识花的心思

桃花心木

木棉花落尽后
桃花心木上演生死蜕变
四月底黑云般的树叶瞬间变黄
仿佛一夜间回到深秋
叶子黄得饱满不枯不萎
然而是轰轰烈烈地往下掉
百米长的大道我们的必经之路
成千辆车碾过它们铺盖地上的经书
加班的夜晚，我独自走在树下
听落叶私语，白炽灯下
黄蝴蝶决然地扑向我
"哗啦啦"成群结队唱着祷告
风来，树上的地下的打着旋儿
粘着我作几秒停留再次坠落
时光的刀片贴身掠过
望着枝头啜饮星光的簇簇新绿
我试图把所有掉落的叶子抱在怀里

樱 花

我们在春天等春暖花开
等珞珈山上樱花如雪的邀约
等黄鹤楼人来人往
当远方捎来樱花的妩媚
办公楼前的七株樱花
依然黑铁棍一样不见生机
然而，在你的根部
有声音拱起泥土，你暗自攒着劲
四月初长出了小拇指大的花蕾
顶着一层毛茸茸的白霜
五月初花开了，三五朵
然后是一株接一株
珍惜着那样的漫时光
每株只有八九朵
然而每一朵都那么饱满
花瓣层层打开
露出少女浅粉色的羞涩
晨光中，蜜蜂温柔地对你说话
这迷人的早晨
我拥抱远方的祝福和希望

栀子花开 （外四首）

●陈修平

栀子花开
陪你看花
你躬下身子
鼻翼前倾
紧贴着纯白的花瓣
我盯着你如花的脸
你羞涩地
闭上了眼睛

栀子花开
开在你的心里
开在我的梦里
岁月的陈酿
窖藏的芬芳
多年以后
那份独特的清香
还时常引渡我的回忆

刻在心里的夜晚

月光透过窗棂
你的周身,浮泛着
月光的圣洁
月色溶溶,如潮水般
一圈一圈地晕开
我情不自禁地沉溺其中

蟋蟀的叫声,自窗外
一声一声,执着地传来
你却停止了绵绵的呢喃
恬静的面容下面
似乎涌动着无穷的话语
而此刻,所有的语言
都显得笨拙多余

缠绕的眼神
相通的气息
那一夜,那间小屋
就是我们的整个世界
其余的一切
都在我们的世界之外

时光流逝了虚妄
岁月沧桑了容颜
风雨冲淡了过往
那个夜晚的月亮
始终高挂于记忆的天宇
照着我们,一路向前

为你守护

大雨滂沱
我擎着雨伞,冲进雨幕
迎向路旁屋檐下的你

骄阳似火
我为你规划外出线路
期望一路绿荫相伴

寒风围堵的冬日
总想让你围着炉火
将风寒拒之门外

春暖时
总想陪你欣赏花开
看着你如花绽放的模样

每个夜里,总在默默祝福
你睡得安稳
我就梦得香甜

灯光,你的眼睛

出了家门
我没回头
也不忍回头
担心不争气的泪水
会簌簌地往下落

窗口的灯光
照着我前行
我知道,窗前
还有你牵挂的目光
紧随着我前行的背影

列车于深夜出发
你为我反反复复收拾行囊
要送我去车站
我执意不让
有窗口的灯光
有窗前的目光
已经足够

你用灯光告诉我
要是想家,随时回来
我托月亮告诉你
回家时,一定要

送你满天星光

幸福的感觉

一起爬山
我正口干舌燥
你从背包里掏出瓶水
旋开瓶盖,递了上来

你踩着椅子
擦拭厨房的吊顶
我赶紧上前
扶着椅子,也扶着你

我爬上梯子
更换客厅的顶灯
你跑过来
紧按梯子,叫我小心

你洗着衣服
额头汗水涔涔

我马上拿着纸巾,拭去
快要滑进你眼眶的汗水

我曾经承诺,要让你幸福
然而,直至如今
依然未能,让你享受到
众人眼里的幸福
而你却说,你希望的幸福
并非短暂的虚幻
而是平凡的真实

身处异地
最幸福的事,莫过于
我正想着你时
你打来了电话

我们的幸福
犹如一条缓缓流淌的溪流
没有大江大河的汹涌澎湃
有的只是,平凡日子里
点点滴滴的滋润和交融

漂泊者 (外五首)

● 王 冬

离家之后,我奔跑在寻找遮蔽的途中。
后山,一片油菜地。
午间突然大雨,流淌在这些青色叶子和金
　黄色花朵间,
在我和群山之间。
雨滴落在褐色岩石上,像文明的入侵者。
众人从未见过的雨后天空,
新鲜的蓝,洁净的白,一个短暂消失的
　太阳。
重新出现,我停住脚步,移动是徒劳的。
在我的黑裙子上,粘草子紧紧贴着。

我一颗颗缓慢地完成分离
这些陌生的外来物,它无果的依附
和怯弱者的摘除。
仿佛相似的事在发生:它们预知了漂泊的
　命运。
远观都已不足够,为了一瞬的交汇,
一瞬的交汇,永久的隔离。
在我的脚下,岩石上青苔的印痕
是漂泊者不宣的秘密。

玫瑰书签

节日舞台上,首次献唱
单支玫瑰就是嘉奖,夜灯下:
掰开,它成为日记本的分页
将思绪截停,从故事开始的寒冬里
抽出身来,花瓣湿润,起伏的形态
合上后被压平,有了淤青
"没有治愈不了的童年?"
南方,潮的天气像毁灭性的东西
再翻开时已经发霉,包括在那
泣中的文字,那时,苦难太沉
像父亲车祸时的坠落
枯萎的并不惋惜
它的盛开我已见过
沾满泥土,长满尖刺
防御式,把修剪的手指扎破
在密闭纸页中腐朽着
无法探究的心理,要多久之后
才会有光进来,
"它以最初的色调定格。"
会有他人翻开,这布满心事的笔记
干的叶片,他有敏锐的嗅觉
吹开木窗的灰尘,可以嗅见

她骑车的姿势

沿着一条白线,
在宽阔的路上
骑行,她想象出悬崖。

秋雨下着,俯身
像起飞,树影飘过
短暂映照,像触到一棵树的
晚年,多么斑驳。

叶状的影子,在夜灯下
和出走的叶片重逢
它平躺着,将自己敞开

穿过暗黑的长廊,被照亮。

最后一日的诗

我和你,不再说起群山、竹林
以及玉米地里的飞虫,
樱桃树下两匹马追着我,
我在坎坷不平的石块之间奔走、失魂。

你我命运多舛,像两条曲线,
这一瞬间相交,下一秒又分离,
短暂获救且欢愉,
我开始怀念咸的汗水滋味。

那么多我们丢失的时日,
都被浪费了,
我遥望繁星万千的时刻,烈日将你灼伤
什么时间开始,只剩下噩梦可以分享。

我感觉到冷,还有疼,
于是抛硬币决定,碎了就演下去,
硬币不像我,不易碎,
第二天来临,我假寐,躲避清晨日光。

我突然预感到我的一生就此结束,
在清冷的冬日午后,我依然躺着,
鲜红色血液凝成了罂粟花的形状,
可能有风,听到窗外有事物相撞。

很多东西在消逝,就像时间,
如果我不醉酒,就不会想起沉在海底
    的沙,
如果我不点烟,就错失了羽化升仙的
    幻想,
可能我的岛门槛略高,有人准备好逃跑。

最后一日,他们都到人群中去,
在河沟边种一棵柳树,也可能不是柳树,
是别的什么树,我在日光下远观,
只看到密密麻麻的黑点。

建 设

在我这儿,你安静睡着,
冬日无暖阳,饭后疲倦感,
你的呼吸,轻而缓。

从燃烧的旧居回来,我记住了,
那烈火焚身的滋味,它在我身上留下
　印记,
似乎告诉我,属于我的标志。

过氧化氢,是温和的,
我腿上吐出白色泡泡,
结痂时,一种愉悦的疼痛。

某一刻我像寒夜里的灯,
把你照亮或者引你入迷途,
你将返时却依恋,憧憬的真理。

你想要逃脱,却抱紧我,
一个简单句子,反复敲击心脏,
我们都受困于此。

我——一个年幼的造物者,

企图在断壁残垣中建设,
还忘不掉纯与洁的揪扯。

环游光景

在镜中,对身体的细致观察,
缓缓抬左臂,喑哑的断裂声,
现在放下来,用你的右手去摸,
左手手臂与肩膀的连接处,
是否有一块坚硬的骨头?
反复比对,是违和。

间隙依然存在,
高的空间分辨力,
低噪声率,避免散射,
清晰曲线由此生成,
可存储、调阅、传输,
不像悬浮着的,腥的鳞片。

肌肤之下,骨骼无迹可寻,
"手臂的弧也是美的",
像环游时的光景,
如同平坦小腹与其下形成的沟壑,
如同粉红的蜜桃,它是那么软,
按压之后得到的真理。

让我站一会儿 （外四首）

● 应佳依

让我在阳光和林荫的缝隙里
站一会儿
就站一小会儿

早晨刚下过一场雨
有些青草还在水里
布谷、麻雀、百灵鸟唱响交响曲

春天是属于它们的
也属于我们
人是自然的一部分
我深信不疑

山茶花一半落在泥土上
一半还在枝头绽放

玉兰花落在草地上
一半白色，一半褐色

我站在春天一场花事的尾声
我知道这也是另一场花事的开始
美好的事情一件接着一件

有风吹来
它是温润而柔和的
我站在树下
在松柏、山茶和玉兰的中间
行走是必要的
而站一会儿更有意味

发　丝

头发长了又短
短了又长
就像月亮圆了又缺
缺了又圆

丝丝缕缕
写的是谁的故事
把岁月一寸一寸藏进发丝里

如柳条等待春风
如荷塘等待夏夜
如枫林等待秋雨
如红梅等待冬雪

思无涯
月光浅唱低吟
发丝短短长长

雨　水

玻璃酒杯盛满了
南方丰沛的雨水
向一个女人的年华致敬
泪水，汗水，以及其他

她的生命与水密切相关

燕子的羽翼剪碎雨帘
穿过桃花、梨花、油菜花
穿越雨水、春分、清明

春雨不歇
不知等在雨中的人
是否等来了他要等的人

自画像

挨过现实的铁锤
内在仍然柔软

与生活交手多次
依旧兴致盎然
随时准备上场

即使了解真相
也保持一颗童心
和对世界的十万吨热爱

失恋是一件诗意的事情

你可以站在雨中
和雨一起哭泣
谁会说你呢
你说你失恋了

你可以喝醉酒
不省人事
嘴里不知道嘟囔着什么
谁会怪罪你呢
你说你失恋了

你可以一个人去看场电影
等电影落幕了还不离去
谁会赶你呢
你只是留恋短暂的余温

你可以买张机票
躲到一个谁也不认识你的地方
慢慢地舔舐伤口

你可以感谢那个让你失恋的人
因为你毕竟恋爱过
爱是一种能力
你并不缺失

傍　晚 (外二首)

◉朱峻青

1.七月将暮

残留的夜雨薄薄打落
我身似香樟
入眠中蒸腾
敲开湖中波纹
一片叶碎石上

我身似笛
音绵绵如月
照山谷,渐白于天色渐落
暗去百日菊,将风作土而稳如
一声细筝
止息之间
山前雨点两三

2.安息时

冬夜七点如一只白鸟坠落
市声涌进房间,推搡
窗影渐暗掠过。
身体在被子里安详
如奶奶铺在泥床的双腿。
我可以现在死去,
最好在妈妈怀里。

3.夕阳

蜂蜜的夕阳粘在枯枝上
不觉睡去

不觉醒来
枯枝冷且暗。

夕阳停留了多久?
——你不必回答。

金刀的夕阳割在枯枝上
不觉睡去
不觉醒来
枯枝冷且暗。

在梦中停留了多久?
——你不必回答。

重庆六月

1.月亮

今晚的月亮是一个圆满的时刻。
如已去不远的春日
午后空气轻轻振动
微风平展,你融于暖意
而金色的笑意将碎。

月光照亮浮云泛白
投下完美的影子
于惴惴不安的世间生活。

2.雨水

下雨,她取来雨水一把
数水声中的你,市集
院落自暑热中消隐。

贴上雨水薄的皮肤,
轰然滑落它的身体
如那一轮脆白月亮。

如她种下你在屋角瓶中
日日相伴,等你
一朝悄然跌落。

3.王先生在六月

王先生的下午四点装满了雨
水雾送到竹席
宝宝睡在身旁
未曾得知赤脚拙稚
愿意日日下雨
躺在雨声中听雨声。

他曾默对青山
理不清"食色,性也"。
试炼场里终见身似青山
不为风动,
也无心能引诱。

六月他入梦中,见前世为农妇
坐在树下数掌心谷物
日头将记忆的墙茫茫了,
也不用知何时。
梦中下的雨,也隔着梦的皮肤。

一根树枝落入夏夜的香
他俯身拾树枝
抬头便见云的水纹。

允 许

梦中,我还是将轻放在手中的露水打碎了

一

夜里你去看湖水
湖面是一张面临失去的表情
陷落在月光的神迹中。
你的村庄在这里熟睡
在山前水面的黑
夜晚总是充满秘密
村庄是一只水中的瓶
波声遥远涌动
只有木门伤口一样敞开,月光得以生长
干涸未及床前的泥鞋。
你只是旁观
熟睡的脸庞未觉深暗
如旁观自己一再赤身裸体
嫁与燃烧的时间
永恒的破灭将你驱向完成

二

我若恰好走进树林
树冠间落下阳光,在暗灌木上燃烧
叶脉透亮,放置在广袤的哑。
我必不使用语言

折向阳光
沉甸甸的绿就从皮肤剥落
我用遗忘亲吻这条界限
对我的铭刻。
我必不占有

我着迷于——
鸟群在树梢折向右侧时
片刻的滞重
与轻盈的天空在我眼中恰好的相遇

那是必须放弃的时刻——
就像允许遗忘
我曾恰好走进树林

音响（外三首）

●祝　锐

它在夜里开启了，开关
打开了尘封许久的月亮
你眼里跳动着火焰
耳边的树叶开始沙沙作响
你的楼下，停着一辆自行车
丁零一声的车铃比生锈的链条
要悦耳动听
你习惯了在人多的地方戴上耳机
音响爆炸出一片海洋
带你没过了人流，逃离了闹市
你手里演奏着的小提琴
牵着风，回荡在大厅里
你坐在位子上，就能听见它再次回来
声音汇聚成音响，在现场
感染着台下的观众
今晚他们不问政治
不再吃酒闲谈
在灵魂世界里融入节奏

当我翻转以后

一个九十度的倾斜
风开始流淌过身体
伴随着你每一次呼吸与起伏
它滑过从身体周围长出的树枝

绿色的海洋滚动着
泛着金色的光晕
传来了潮汐的声音

海浪拍打着云朵

云朵逃也似的避开这冲击
海的根茎长在云里
没有水，也没有鱼

偶尔飞过的几只麻雀
它们不惧风力逆着风也能自由地
游着，抒发着愉悦与欢快

它们都是倒的，是违背着认知的
存在着的不缺真实，不缺灵魂
神秘的力量旋倒着一切，
我闭上了眼睛，月牙弯驶过了枝头

归　宿

你好像来自宇宙
是星星点缀的月亮
我扑倒在你的怀抱里
没有阴晴，没有圆缺

你好像来自夜空
星空里最不起眼的那朵
燃烧着数亿年的光泽
带我躲过孤独，适应黑暗

我想
一切都是注定好的
命运的齿轮转动着一颗颗星星
在某一天终于相遇
化整为零

太阳以西

滑落下的溧河河水
拍打着岸边巨人的脚趾
试探着几千万年里
它与岛的关系

是否
处在一个平衡的状态

日出东北时
带走的土壤和沙砾
在日落西南时
慢慢地放在一个角落

连带着少年时扔出的玻璃瓶

被寄到了同一平行时空的自己的手里

当雨季停止下雨
当人们停下了脚步
当耳机里的歌曲戛然而止
时空畸变得难以修正
你手中时光书流淌着的必定是难以忘怀的

里面记载着
"我总是冠冕堂皇地找各种理由
陷入了某种恶性循环
周而复始
伤害别人
摧毁自己"

只是为了
寻找一个空洞

东极岛（外六首）

● 储　慧

披上海浪铸造的盔甲与神勇
穿梭在经久未衰的潮汐里

天幕被一只海鸥层层揭开
它用自己的妩媚完成了梭子一般的穿越
像一斗米、一弯腰频繁地养活了众子嗣

唱起拉网小调
水鸟们纷纷挺起高傲的胸膛
劳作与死亡
都是为繁衍生息所做的铺垫

值得庆幸是一座小小孤岛
还拥有这么多赴约
曾经的怨艾可以用来析释和解除，如今

用一顶破网来虚构屋檐
我们都是进出自由的鱼儿

世界多么喧嚣
而东极却如此安静
它要赶在潮涨之前
让沙滩与礁石充当陷阱
完成自我的一次泅渡

注：东极岛位于舟山市普陀区

情人岛

如果用对峙的方式能解除
何必又要把自己孤立于此

是什么导致大海长出谜一样的骨质增生
我终究只是你用来剖腹的斧子

当戕痕漂在水面,你是否
认出了我的锋芒

也许,一场空前绝后的谈判在所难免
透过涛声里的皮影戏,我五花大绑
情人呀。几点泪
现在我要用结晶的方式托付于你
也给湛蓝色的婚礼添一些别样的滋味

注:情人岛位于舟山市普陀区朱家尖

桃花岛

我不在乎
我是你的第几朵桃花
我只想知道在银色月光下
你是否一直喊我的乳名

离开只是一种形式
拥有才是目的
一朵桃花与另一朵桃花相爱
有千万种理由

把昨夜温湿的羽翼
大胆交付给过往的船夫
绝对是个妙招

邪不邪、甘不甘心
就在小龙女的一念之间
但一瓢水抛弃一条会排比的鱼
是个最低级的错误

注:桃花岛位于舟山市普陀区

花鸟岛

花再次成为你身上的标配

海鸟经过此地都喜欢雕琢一番
然而,你总是笑笑
手提一盏隔夜的灯悄悄走开

如果有人问起或靠近
你总是谦虚地挥一挥衣袖作别

乌云在你眼中不再是乌云
是一匹骑着白雾的骏马
而你始终被挤在风暴的中心
这辈子别想脱身

注:花鸟岛位于舟山市嵊泗县

蚂蚁岛

有时候排比比梦境更汹涌
没有疆域
就像一只蚂蚁在一座被遗弃的小岛上
捧上了天

桅杆是用来招安的
它是渔夫和水鸟漂洋过海的一张王牌
从记忆的内部出发
交出身份。红色是主流

锦旗是一列正在向前行驶的高速火车
穿越海峡
需要更多的耐心和勇气

注:蚂蚁岛位于舟山市普陀区

秀山岛

有谁听说过,一个秀才会独自跑去东海
　洗澡
皇榜云:凡能捉拿此人者,大赏

他有通敌的嫌疑。白天丈量城墙的厚度
夜晚又去检测海域的深浅

他有宿醉的行迹
用身体排比,把梦境筑成暗道

人们在猜测他脱下铠甲时的模样
交出肉身是否如失明的桅灯已无法用来
　招魂

贫穷者有良好的修为
蚍蜉撼树,今天他只想用帅哥的身份
搅乱局势

海有多深
他的威力就有多汹涌

注:秀山岛位于舟山市岱山县

白沙岛

今生我遇到过许多纯净之躯
有的来自内心的荡漾
像从骨髓里抽出的嫩芽
只有鲜血才能成为它的养料
有的来自大海的漂移
比如:那些细小的白。干净得已无法淘洗

这分明是我的处女之身。原来是时光的
　魔法
我却不知道拿什么来赎回

如今,我已像年迈的叶芝
希望你取走梗塞在心头的那根刺
用你的白来粉刷
那里有许多细节可以用来端详
那里有许多时光可以用来厮守

注:白沙岛位于普陀区朱家尖

春 天 (外五首)

●卢艳艳

在我们通话时,窗外
不知不觉黑了下去
我怀疑世上,存在许多不同的天空
当你为五彩斑斓的焰火欢喜
我看到的,却是满天灰烬
当一个人用旭日初升的心情致意
另一个,而他站立处
可能是倒伏的草木,正无声挣扎的
风暴中心
墓碑上有鸟鸣,人群里有死寂
我的天空绿意盎然

并不代表你那里,春天已经来临

西 湖

桃不红柳未绿的西湖
是不是,不值得探访
水波荡漾的岸边
人与人蒙着脸,树与树裸着肩
曾经那么精心装扮的世界
现在成了同一模样
我停下来,问自己,不经意间拂过脸颊的

算不算是春风
阳光照在"平湖秋月"
曾经一起望月的日子沉积在湖底
很久没有跨桥而过的人
看到船，从这岸划向那岸时
漂在茫茫的人世中央

黄　昏

鸟的翅膀
在黄昏黯沉的枝头煽风点火
阳台上无人收拾的衣服
渐渐冷却

猫竖起耳朵，不知是在听
广场上空悠扬的歌声
还是，消防车穿越闹市时
急促响起的警笛

总有人暗自庆幸，火不再蔓延
情尚未，难以自禁
燃烧和浇灭都不需要长篇大论

天空让我们若即若离
一切似乎还来得及
内心啊，总有什么在静静等待坍塌
有什么，在废墟上慢慢重建

宫斗剧

把衣服洗好，晾干，收进柜子里
或者直接穿上
期待从一面镜子里
走出一个，新的自己

像宫斗剧里的女人们
由门第、五官、身材、命运……
剪裁成不同尺寸和式样的寂寞

等着被摩挲，试穿

继而被认同，或者丢弃
赞美和遗憾，不是二者选一
遗忘才是培养长久承受
孤独的忍耐力

这时候，你不必走出家门
也不再等待出现
某种奇迹
镜子里的你宁静而安详

感觉"自我"也只不过是
一件衣服——
脱下或者穿上
都是季节对尚未遗失的时光
一种对抗和响应

打水漂

漂在水面，或者沉入水底
只是时间问题
已经来到河边：
或深或浅的水，精心构筑的堤岸
还有满山遍野的石子，以及
和我一样跃跃欲试的同类
狡黠的人善于虚晃一枪，管它
是何种石子，只要来到这里
不妨，用最舒服的姿势，把手中所握
隔着横亘的水面，一件件向彼岸抛去
又沿路不断拾捡——
我手里也有一块石子，捏了很久了
却迟迟没有抛出

一天伊始

阴雨天散发着潮湿气味，
在卧室里，与绿萝油光锃亮的叶面
碰撞出又一个清晨。
这是近年来少许几次，
一天伊始感觉仍有目标。尚可期待。
打开水龙头，第一滴水

落进手心的丝滑
滋润着松弛的皮肤。照照
镜子,脸上的皱纹幸未增多。
灯光下,化学物质涂了
一层又一层。更深层修复和补水,
是心理学上的事。至今无法做到
像绿萝一样随便剪下一段枝条,
就能以崭新之姿,
在陈旧的世界里,重来一次。

阳光无处不在
又似乎散落着什么都没有
包括时间的提取,依然不知
何时开始透支,并用于何处

清单上没有库存
每次归零后重新出发
依然感觉到,诱人的陌生

有时候一天
比一辈子还要漫长
而劫后余生,比起顷刻间的
怦然心动,更显短暂

以至于清晨醒来就走向落日
你的年轻,遇见了我的衰老
黄昏驶进了换乘站
人们习惯在这里辗转,并去向
深浅不一的黑暗

瓷　片 (外三首)

● 石　人

那些不能重合的纹路在相互问候
没有身世的籍贯。它们雪白的豁口
尚存虚弱气息。卧室堆满了旧书,
从秋雨开始,夜鸟停栖的水渍日渐明晰
一次持久的修葺发掘出歧义丛生的足印
在通往故国的驿站,横陈无数皂靴。

昨天,逃亡的回声已经棱角光滑,
可以把耳朵和眼睛的空格重新填充,
像传说的哑巴,整天在大街上飘荡,
明睿地读懂意义深远的要闻片段
和流水切割的危险对话。在混凝土
浇灌的城市,它们的喘息贯穿钢筋丛林

甚至继续下沉,一些枯槁的身影
依附在巨大的镜前,薄如记忆的糖纸,
包裹一撮死亡微甜的回味。整夜,雨声

在蓄意等待无边的号叫再一次摧毁
金戈铁马的美誉,奔腾在长夜的洞穴,
即便十指缠绕,给予的仍是惊恐畏惧。

仅剩的信念,似乎还有丝毫余地
不会扩大,也不会覆盖,还有待于我们
嘶哑的声音在持续的愚化中亮出锋利。
更远处,陌生的帝国仍然青花蔓延,而
一杯水的容量早已在时光中被打破极限。
破碎的,只是在雨水中发出幽暗的光。

富阳黄公望隐居地观
《富春山居图》

暮春在深陷肋骨的白色中发出脆响,
呼叫着滴落一个年轮的水印。推开窗户
撑开这一点空隙,比限制的日子还要狭窄,

谴责自己一生的遗憾如折角的书页，在清
　　风中
因为颤抖着摆动单薄的身体，他回忆的
　　沼泽
已经被这巨大的苍茫笼罩，寒暖自知，无
　　人可进。

在水天交融的厄运边界，身穿褴褛青衫，
独行的侧影只是丛林深处最黑暗的预告，
不会让任何人回头巡视走过的路途，从身
　　边失散
众多的同僚，还在为过去的事情隐瞒流浪
　　的身份，
得到圆满的结局，像垂钓者喜悦命运的
　　孤寂。
对重复的承诺有着无限的期待。

这种被画笔随意勾勒的线条，美人也许会
　　叹息
破墨的蔚蓝，漂荡一叶扁舟的来世，
能够垂怜行囊是多么沉重，把开始的裁处
　　一直忍受
得到一条大江的肖像，不！就是这一个囹
　　圄的天地，
也逃脱不了留下的踪迹，洒满污渍和
　　斑点，
收集凡世的咒语，抛弃人间事，复归燃火
　　之中。

像日常一样熟悉，富足欲烬的春天剥落了
最后一层灰垩，有些东西正在慢慢死去。
谁也没有想到这渡轮的突突声，侵袭一切
　　之后
把成群涌来的人们静静地汇聚在这里，
他们钟爱这样的山水之间，并不等待来世
我看到的这一幅漫长画卷，已经被精美地
　　复制。

碧浪湖

炊烟散尽，沿着冬季的堤岸，
能看清楚几百米以外，被五个巨型白色储
　　油罐
阻挡的微缩的山岚，消弥了最后的内
　　营力，
在我到来之前，已匍匐于地平线，
脱落的玉质指甲，依然扣紧天空灰色的
　　盆底。
纷乱的枯枝切割着众人回忆的风景。

留下这唯一的魁星继续向上升浮，
照耀苕溪东流，依旁桃园。
它们被改变的实质难以逃脱贫瘠的命运，
与此平行的沥青道路，通向
暮年沉静空乏的农舍，幸存的基座
向谁去询问御碑的踪迹，一张被毁容的
　　面孔，

有着猪圈一样肥沃，滋养了一个年代的
　　神奇。
四十多年了，轰然摧毁的震荡瞬间填埋
松雪的风姿，如同一幅赝品字画，
千帆白云已成怀古的时尚。囿于激情的
　　挥霍，
尾随一个真理的利益，这些不停走动的
庄稼的成熟期，会比一场浩劫更漫长，

鱼钩和碧波同时在腐烂，
而我并不倦怠对于湖光塔影的追寻，
从一个浪尖翻滚向另一个浪尖。在湖州
可以让我祝福自己的仪式只剩下清晨摁掉
　　闹钟
那刺耳的铃声，像关闭一次防空演习警报
看麻雀成群地从众人的梦中飞向南郊

万寿寺

这名字从云峰传来风铎之声。
庞大的身躯并没允许有任何赞颂，
可以无节制地宣泄，如坍塌的垂光，
在蜿蜒的山路上卷起凌厉碎石，
一个佛指弹出的暗号，截断它们
喑哑的弧线，这些松绑的囚绳，

终于解脱了。更多时候我只是匍匐着，
在窗口远望着它，却不限于聒噪
而琐碎的工作，用无以回答的问题，
寻找辞别他乡的意义，不能怀疑
是在同一个高度，等待巨石滚落，

再向上推举，像一架惩罚的永动仪。

仅仅是挥霍一些忠诚，那空洞的轴心
充满炼金的余烬，曾经被信仰的
也将含笑而死，成为焚烧的助燃剂。
在失忆的纪念日，喧哗如期而至，
每一句话语都穿着一条褴褛衣裳，
沉默如旷世的骨架，与翼角同样显赫。

围绕它吧，成群的夙愿多么像飞鸟
低回盘旋，无法离弃自己的阴影。
虚度只是时间不安分的借口，
护持盛开的莲花，它限定的距离，
是多么严肃的谬论，坐拥如此胜景
我从山水窟中来，仅是欢娱的挽留者。

相对无言 (外四首)

●孔庆根

渐渐地，我们连成一座山
山峰耸立
风从峡谷穿越
一路的长歌行
花开花谢
流水带走的故事

各自占据着山峰
天在我们的头顶
底下奔流的行影
世界不曾寂寞

然而，我们正在收拢双手
正在摆脱言说
正在眯缝着眼睛

狂醉帖

醉后，狂吐
倒出昨日的夕阳和云彩
刮过的风，蝉的鸣叫
玻璃杯清脆的触碰，扑面而来的热情

倒出烧心的高粱
身体里游荡的不安定分子
积压的苦
腐烂在泥土里说不出的那些话
那些不能爱的人，那些不敢恨的人
那些远离我控制我的灵魂

倒出我的少年、青年和中年
像倒出一堆东倒西歪的叶片

我只有一口空瘪的袋子
一点可怜的希望

倒出持有的骨头和鲜血
像泥菩萨消融在水里
清兮,浊兮
游过一条鱼

乌鸦振振其羽

乌鸦振振其羽
他的身后,愁云惨淡
最后,他落在了白桦树梢
我们来晚了,金色的大火燃尽
一杆杆白色的树木插在地上
下面守着缄默的灵魂

我们赶赴下一站
与前一站一样的陌生
圆穹顶的教堂,容纳着肃穆的面孔
他们轻声祈祷,诉说所犯的错
我不是教徒,我的对错等待裁决
等不及的人早已逝去

乌鸦振振其羽
一首传唱千年的歌谣
冥冥之中,我们被谁注视
又有谁被我们遗忘

养蜂人手记

一个年过花甲的人
他的身体里藏着千万只蜜蜂
寻找花朵,施放暗镖
风吹动花海,如旗帜飘扬
他是蜂王
他的眼里分泌金色的蜂蜜

在星星低垂的夜晚
蜜蜂振翅,跳起忠字舞
撩拨着他昏睡的欲望
他的江山,像花儿开放

睡前的萤火虫

睡意是一面墙,爬山虎的绿衣撑着。
我将入眠,
我不能入眠。
有一个角落,等着萤火虫去照亮。
萤火虫在哪里? 那一闪一闪的光明。
在哪里?
我想它在草原,离我还有千里。
我想它听着马头琴的低语,
在草丛中播种爱情。

还是合上眼睛吧!
也许会有一颗星星,探入窗户。
无数光的细芒,织进梦里。
那个暗淡的角落,度着良宵。

爱你一遍，春天就回来一次 _{（外六章）}

●武　稚

爱你一遍，春天就回来一次。

这个春天，是谁对谁的感天动地？富有的心灵，柔软的气息，看得出那么多人，又打算安宁幸福地生活至终。

那个领我走过一段路的人，此刻却跌坐在街角的长椅里，健忘歪嘴，滴着口水。

这个春天，一些深层次的事情正在继续，用旧的皮包，越来越低的鞋跟，放慢的步履。

父亲，让我们和别人一样，小声地喧哗，吃饭，喝酒，然后回到自己的家。

父亲，爱你一遍，春天就回来一次。

你不能让一场雪一直鲜活

你不能让一场雪，一直鲜活。遇履成疾，遇雨霉变。

在不断地铲除中，你还会看到生活的枯枝败叶。也再寻不到过去的体温了，那些埋藏在雪地里或红或绿的故事。也再没有人说它们柔软、散发神奇的力量，也不再是日月的反光、水晶的折射。一场繁华之后的退潮。

一个人的一生，倘若最后交出这样一份履历，那多么糟糕，他再也不能把自己洗白了。

一场雪，从天上来，又回到天上去，它到底想要表达什么？

从冬天的深处，跑回来

看见一束梅，从冬的骨缝里钻出来。疼啊，疼！那些花，那些字，那些情。

我总是很惊奇地看着这一切，看着它们平静地出生，并且在出生的地方等着你。

那边到底有什么呢，应该有冷风纠缠吧，应该有白雪拍打吧，应该有枯枝不堪重负的断响吧。也一定是把沉默抱得更紧，把汹涌藏得更深，是非曲直，也一定更加有序分明。

我始终相信美好的事物，比如怀揣生命的暖意，坚守淡洁高远的诚意，还有幸福地交谈，坐在阳光里。

又比如，死亡也许不那么可怕，死亡里，仁慈的阳光抚摸着莫名的惊喜与战栗。

我为什么会这样想呢？那些花，从冬天的深处跑回来，就是为了昭示那令人兴奋的一切啊。

人生不过是一场虚惊的凉

风在夜里，用足了力气在吹。我不想说，这么多年风声很紧。

这么多年，日子很难说过得生动，冬天让人变得老态龙钟，我所能做的，就是尽量让自己不那么精疲力尽。

这么多年，我克服了悲郁、焦虑、恐惧，我还克服了无止境的追问和倾诉的欲望。

岁月越来越干脆利落，岁月带走了远大的理想，岁月还带走了风中的情话，花朵里的香。

这么多年，我体味了岁月，也体谅了岁月，人世间最寻常事，莫过于花开与死亡。

捆绑自己的绳子，终于烂掉，人生不过是一场虚惊的凉。

人与草

再大的事儿，遇到这块草地，也只能戛然而止了。

好像没藏什么事儿，好像随处都是我想要到达的境界。

短暂的停留，让我精神一振，此刻，我想到的只有忘却和狂奔。

明明是海量的信息汹涌不止，我想要打探的，却只是童年和天堂的有关事情。

如果我说，草与草之间，也曾想保持距离呢；如果我说，它们也曾挖空心思，想寻找出路呢；马蹄、朝露、凉风，如果我说，它们也是坐以待毙呢。

多么复杂啊，多么短暂，人与草，为什么不能是寻欢作乐的一生。

相信自己，还有远方

又或许，身体和心情都需要平复下来。

总有一些事，让我们感动，比如日落的瞬间，怀抱的婴儿，意外开出的花。光阴过于珍贵，每一天都应该搁在明处。

可是，她还是准确地泊在暮色里，缩着头，谨小慎微，被岁月禁足。岁月又一次迎来了奇迹，她却迎来了空洞、失忆，和更多的夜里未眠。

三千仞桃花，一望无际的安宁，我无处不在的想象，穿不透天光云影。唯有顺从，顺从，就像流水穿过繁花。

我是多么地需要远方啊,我真的相信自己,还有远方。

谒李白墓

和我想象的一样,一座不大的坟,至今还青着。

安静地各就各位,坟包、青山、沉湎、倥偬。

此刻,我必须刹住一些什么,刹住一些风,和时光里的一匹青云马。很多年了,我都没有想过,要和一个死去的男人说一说心里话。

说一说私订终身,和诗。说一说无论悲喜,大唐有幸。说一说青山迢迢,它的幸福无声无息。

哦,我们要不要远远避开,潜伏在诗句里的江河日下,老气横秋,呼儿唤女,炊烟细廋?

这厚壤之中,亲得不能再亲的那一堆土,让我想到的也不是枯骨,即便是枯骨也没有关系,我想到的是风雨,落花,桃花笺,把酒言欢。

远离家乡,就不要再回去,这里也不会再有流放,坟的后面并无小径通往他方。

就此打住吧,写过诗的手摸一摸你的名字。忘了告诉你,世间已被另外的风物所替代。

我以为向往就此消失了。

闭上眼,你的莲池正开,你的揽月桥正淙淙以待,你举杯望月,一如传说中,看不清眉眼。

想着你,想着你的世界,念一遍你的名字,大唐就重生一遍。

酒楼茶肆,环佩叮当,云鬟高挽,天蕴奇香,你把别人带入未知的境界。

别样的风流,别样的儒雅,怎么藏也藏不住啊。长风破浪,云帆沧海,却又注定是沧海中的神话。

坟上的草在清风里摇曳,昔日的味道就这样慢慢地传递开来。真正的英雄,又何惧岁月。

这里显然不是朝圣之地,青山万里,你只占几尺,但这简单的墓园,就像你简单的几行诗,它归拢了漫天的格律与诗意。

我也不会久驻这里,我来过,我看过,我安静地走过现场,我恭敬地低下头,埋下这千年的爱恋。

词语和它的影子（组章）

◉ 陈劲松

孤　独

孤，少年丧父；独，老来失子。这是人世间最悲惨的两种事了吧。

孤和独，每个小小的字，都有着巨大的阴影，被它们覆盖住的地方，似乎都愁云惨淡，冷冷清清，凄凄惨惨戚戚；每个字，都紧锁着双眉，它们体内弥漫的酸涩用一万倍的阳光能稀释掉吗？估计也不能。它们的脉管内，还有着世间最浓重的苦，它们就像一间最古老的中药铺，不卖别的，只有苦！那可是苦中之苦，是十万吨黄连浓缩成一滴的苦！

孤和独，像是两扇沉重的泛着潮气的木门，它们漆黑如墨，紧紧地闭着，如一个人抿紧的双唇。在这门外，却有人群排着望不到尽头的长队。每个人或轻叩门环，或直接推门而进，或破门而入。沉闷开合的门后，是漆黑如墨的噬人巨口，进去的人，很多都消失无踪了。也有很多人出来了，步履比进入时轻快了，手捻着一朵白莲般的阳光。

孤和独，如果合起来——孤独，就是大剂量的毒药，但毒性一般不会致命，有人避之唯恐不及，但也有很多人却甘之如饴，有人用高脚酒杯一小口一小口地啜饮，有人用粗粝的大海碗无声地豪饮。饮用时，都是独饮，饮用的场所，也绝不可能是一场熙熙攘攘、笑语喧哗的大party。

孤独，有人视之如耀眼的冠冕，有人弃之如敝履。

熙熙攘攘的人群中，一个沉默的人，正逆流而上。

绝　对

不苟言笑，有着一张不容置疑的脸。

板着面孔，犹如石刻一般，目光中有着凌厉的威严，有着王之蔑视的神情。

不容置疑，不容反驳，不接受反对，只要求无尽的顺从。

睥睨的目光环视之下——

众词噤声……

白　纸

一方被大雪覆盖的大地。

白茫茫一片，没有内容。

还没有被写上标语，还没有被胡乱涂鸦，还没有被标注上条条框框，多么自由啊，白纸，有着自由的呼吸！人之初，性本善，纸之初，性纯洁，犹如刚出生的孩子，眼睛里还没有一丝荫翳。

一张雪白雪白的纸，在你落笔之前，它一直紧紧闭着嘴巴，在你落笔的那一刻，它就已经开口说话，是真话，还是谎言？是甜言蜜语，还是黑色的谶言？

是海誓山盟的情书，还是义正词严的判决书？

抑或是口蜜腹剑的呈堂证供？

在你落笔的那一刻，一张白纸，有了摇摆不定的属性。

一张白纸，它的出身，是来自一束摇曳的草茎，还是一棵大树的枝丫？或者是，一棵思想着的芦苇？这些，不用去计较。现在，它那么白，而所有的白，都像是一种无辜。

一张白纸，在阳光下，它是白的；在深沉的夜色中，它也是白的。它的体内，一直亮着一盏白色的耀眼的灯。

寂　寞

一种感觉，或是一种情绪，如同钟摆般，在孤独和落寞间摆动，它有可能把孤独沉闷地敲响，也有可能让落寞发出金属的声音。

并列式的词语，没有从属关系，犹如夫妻，一个寂寂无声，一个落寞无语。寂是寂寞，寞也是寂寞，绘画一般，把浓重而沉闷的色彩涂了两遍。

王国维说，古今成大事者，必经过三种境界："昨夜西风凋碧树，独上高楼，望断天涯路"，"衣带渐宽终不悔，为伊消得人憔悴"，"众里寻他千百度，蓦然回首，那人正在灯火阑珊处"。

寂和寞，可是王国维先生说的前两种境界？

达摩面壁九年，姜子牙独自钓鱼十六年，他们没有说寂寞。

那个说寂寞的人，一开口，他的寂寞就已经被消解，被点破。

青 春

写下这个词时，你能想到什么？

爱情？朝阳？花朵？梦想？友谊？挥洒过的纯净的汗水？十八岁时牵过的手？写得工工整整的情书？结结巴巴的表白？……

不需要举更多的例子了，跟青春相关的，多是美好的事物。有人可能会站出来反驳，不不不，还有失恋后的酸涩，还有失败后的苦闷！

但若干年后回想，那失恋和失败中，除了酸涩和苦闷，是不是还有一丝甜？对！那甜，才是青春的味道。

年过四十，青春已经慢慢走远，摇曳的葱茏的绿意已经慢慢转黄，那绿意还可以返身回来，但青春，只会渐行渐远。回望中涌起的酸涩和苦闷，才真正是岁月赐给你的毒酒，你无法拒绝，只能饮下。

诗人杨炼在写夸父的一首诗中写道：

他才一上路，便已老了

因为，青春就是太阳

晚 安

这真是个温暖又柔软的词，无论是虬髯豹眼的大汉还是弱柳扶风的女子，无论是粗犷还是细腻的人，无论是黄皮肤还是白皮肤黑皮肤的人，无论你用何种语言，在说出这两个字时，都会放轻了声音，让自己温柔下来。

鸟兽之间也说晚安吗？我认为它们也会说的。狮子与斑斓之虎收敛了眼睛中凌厉的光芒，跟它们的妻子儿女轻声说晚安；百灵鸟让自己婉转的声音再美丽一些，跟它的妻子儿女说晚安；惊慌的猎物暂时停住逃亡的脚步，跟徐徐落下的夜幕说晚安……

夜色温柔，星光如露。

流浪的人已经向梦境说了晚安，接下来，

请子弹向猎枪说晚安，

请炮弹向火炮说晚安，

请战争向政治家说晚安……

结 庐 （外九章）

◉马东旭

雾是自然的。

盲目。

是时间的绳索,绊住了我的双脚。十二月灰白的大雾追撵着大雾,它裹着村庄、河流和冬小麦在蓄积力量,这皆是我一生所珍重的。车马缓慢。

我听不见车辚辚和马嘶,侧耳也听不见人的语言。天地宁寂。我结庐在人境,在豫东平原阅金经、弹素琴,遥想古来圣贤皆寂寞,皆死尽,皆复活,并抵达我的体内。他们七嘴八舌,口授着出世入世的奥秘和不可抗拒的自然法则。

我一个人独坐无语,凝视古老的洋槐树。

若隐若现。

它是一棵真实的迷人的洋槐树。但,我既不真实也不迷人,仿佛一具外壳。

论葫芦的作用

一只葫芦里装的什么,我看不见。

有个成语叫悬壶济世。

多么美好的词啊,但它里面到底卖的什么药,我不晓得。我左右摇动,籽粒有任何想法等于没有想法,怎么也转不出它的圈套,如果我不在上面切个洞口。

我把葫芦劈开,一半做成瓢用来取水,另一半做成面具,请匠人以烙铁精雕细琢,飞禽走兽花鸟虫鱼皆成为我的面具的一面。有时也烙上像君子一样的人物,涂上粉墨。

然后再登场。

面具遮住真实的面。

真实的面隐在面具的壳里,当他人想抓我时,它又圆又滑。

嘴 巴

每个人都有一张嘴巴,如臼。

肉嘴巴如石头臼。

捣着语言,不是词语。不停地把语言捣碎,把翅膀捣碎,把梦捣碎,把梦中往外跳的伞捣碎。但嘴巴是捣不烂的,用少林寺的棍也捣不烂。嘴巴是功率强大的马达,嗡嗡响。

嘴巴是旋涡。

嘴巴是火焰,放纵的火焰。

嘴巴是拦水坝。如果开闸,真的是滔滔不绝。嘴巴是两根铁柱的碾磨,是肉体欲望的出口。我从我的嘴巴中慢慢进入我自己,然后完全静止。我自己坐在我自己的废墟上。嘴巴是嘴巴的囚徒。

蛙　鸣

它发的音。

正如我写下的每一个字皆是殿,灵魂向内奔跑。成群结队的青蛙在暮色中穿来穿去,其鸣声顿挫,填补着大地上的爱和欲望。

它们忘乎所以,庞大的世界在腿上蹦跶。蛙戏莲叶东,蛙戏莲叶西,蛙戏莲叶南,蛙戏莲叶北。有时那整齐划一的妙音又戛然而止。

我们倾听。

在最深的睡眠里,在最静止的豫东平原上,蛙鸣充当一只手臂抚慰人类虚空的心,这是漆黑中的庇护。

所有的漆黑紧致地闭合。

如蛋。

只有蛙鸣来啄破。

麻　雀

时间使麻雀自然死亡。

时间不知道。

如果麻雀也不知道,该是多好。她甚至不知道自己是麻雀。在寒冷的冬天我撒下粮食,不准备大竹筛、小短棒和绳索。

雪是白的。

饥饿是黑乎乎的。

她因得到一粒小小的秕谷而跳来跳去,鸣唱对大地的颂词。

如果她停止了呼吸,等于没有停止呼吸。她没有停止呼吸,等于停止了呼吸。她的消失不曾改变豫东平原,也惊动不了其他的鸟。只有她爱着的槐树林发出一阵冗长的轻颤,地球成为她的尸骨瓮。

夏黑葡萄园

成熟。

不过是褪去绿色,呈现蓝黑或紫黑。这一嘟噜一嘟噜的葡萄自大透顶,鼓胀的肚皮让我看不到其真实的内核。

如果是一个人,他的成熟不过是变得圆滑又世故。我没有吃上葡萄,也不曾说葡萄酸。我没有寻到与我一起采摘葡萄之人,没有寻到一起登高望远之人去看齐鲁。

青未了。

我不是葡萄园的主人,更多时候我离群索居。但归根结底,在盛夏时节,吃上葡萄是我的欲望。

唯一的。

好像也是众人的欲望。

读胡适语录

它用别人的耳朵,

为耳朵,用别人的脑子为脑子,用别人的眼睛为眼睛。我说的是一只蚂蚁。

它不争自由。

更不争独立。

它日夜奔波于运载口粮的途中。

它将个人主义和自己的成见蒙蔽住,盲从于强大的潮流之中。在秩序井然的世界里,看似秩序井然,一只最矮小的蚂蚁也有个性,但其个性被一种莫名的力量所推折,处江湖之远时它也会在清晨开口,歌颂蚁类的春山。

可望。

一只蚂蚁必定成为一只蚂蚁。过去是、现在是、未来必定也是。一只蚂蚁它露不出自己的棱角,身体里的粼粼白骨也变不成闪电。

哦,它没有白骨。

甚至也不曾有眼泪。

星期三

我走进生态农庄。

在空寂的暮晚。

瓜藤站立着,依于红色的绳索。圆圆的甜瓜如亭亭少女迷人的奶子垂挂于胸前,雪白的,飘出奇异之香。我用双手抚摩它,并将上面的绒毛拭掉。我嚅动着嘴,上去就咬了一大口,那满满的甜蜜,以强暴的力量将我击溃。

——口腹之欲。

就这样被我轻而易举地满足了。

唉,上帝捏造了人又让人领受种种诱惑,好像是其旨意。因为真相使我们变得越来越享受这种快感。

而从未感到一丁点儿的羞耻。

和愧疚。

时光书

一天即一页。

一年就摞成了一册。

我们是时光的书卷,它坐在尖顶翻过一页又一页,一册又一册。我们向万物道别,万物向我们道别。我们向万物离去,万物向我们离去。我们推开棺盖,与万物喋喋不休,是与每一个具体又貌似不存在的物什喋喋不休。与幻觉或影子喋喋不休。

时光在尖顶翻来我们,又覆去我们。

缓慢地。

我们亦翻着时光。

疾驰地。

一头驴子经过我

雨落黄岗,让小镇更加宁谧。

我徘徊。

在未命名的街巷。偶尔有瓦片从屋顶上剥落,它曾对抗时间的分秒。也只有在雨中我才具有清醒的头脑。瓢泼大雨,这天穹的狂草以东平原为案几。我看到更多的肉身是未来的真身。更多的脸颊如大理石碎片不可捉摸。麻雀东飞西撞。葛藤扑打着矮墙。一群白羊在雨中尥着蹶子。除草的庄稼汉归去来兮。鸡成了落汤鸡。一只黑犬茫然自失它是丧家之犬。送信的人远走了亦不曾回眸。

一个陌生人经过了我,如一头驴子经过我。十个陌生人经过了我,如十头驴子经过我。对它的任何起心动念都是白费。我保持更大的定力,唤回自己以便认识自己。

在滂沱中。

我纹丝不动但能感知到生命的杂陈:惆怅、愧疚和山重水复的凉薄。

在沙湖，带着一颗会呼吸的心 _{（组章）}

◉ 张 静

千亩荷池

若不是荷池像个巨大的梦镶嵌在沙湖，谁能相信寂静是由荡漾育植出来的。

根部的力，从深处释放出来，一池柔波就有了妖娆的颜色：一盘盘盛满阳光的碧绿之荷，一支支笔一样在涟漪的纸张上抒情的红白之花。

在这里，每一朵荷花都是揽镜自怜的少女。难道她在低头间瞥见了自己清澈的模样，不然她皎洁的脸庞为何羞得通红？又借助风势躲到荷叶的后面，不让人探寻她成长的心事？

然而，绽放是一件倔强又执着的事。哪怕泥土的脚镣手铐，哪怕水的桎梏和温柔的陷阱，都不能禁锢她的肉身和向上的思想。只要时间的闸门倾泻出清凉的夏日，自由的灵魂就脱壳而出。这顽强的意志，鼓舞多少热烈的发育。

那在蕊里练习穿透力，驮着天空嗡嗡作响的，在花朵间丈量甜蜜的，是勤奋的小蜜蜂吗？那在莲叶下吐露芬芳，在波纹里复制快乐，惊惶间逃窜水底的，是喋喋的鱼群吗？

那在惊蛰时复苏，在沉浮中繁衍生息的，胸腔里发出鸣唱的，是鼓噪的青蛙吗？在那水域间梭巡，来回搬运希望的，打捞旋涡也打捞成绩的，是梦中的小船吗？

哦，泛舟而去，又泛舟而来的，是满载的眺望：这高于水平面之上的阅读，览尽了人间的无限之美和壮阔。

在沙湖，带着一颗会呼吸的心

这般辽阔，乃至镜头不够用，风景从画框溢了出去，一直铺到天的尽头；这般广袤，乃至自拍杆拉伸到极致，也不能将这个叫"沙湖"的地方，压缩在一张画面里。

除非一架远程操控的无人航拍机，用迷人的技术高空记录，俯视之下的万千事物。或凭借一双想象的透视眼，附加一双飞翔的翅膀，把剪辑的片断拼接成一幅完美的大自然。否则，仅凭一己之力，很难翻动她的全部章节和内容。

只有心,装得下这枚集江南水乡之灵秀与塞北大漠之雄浑为一体的,遗落在石嘴山的珍珠。

只有心,能摆脱一路尾随的冗杂和喧嚣,让抚慰的清风呷净淤泥般的忧伤。

在沙湖,带着一颗会呼吸的心和一背包的向往就够了。

那些蛰伏在水里的、沙里的、芦苇里的、荷里的,甚至栖居在鹭的眼神里的,任何一只动静,都能牵扯初次或多次邂逅的神经,使你在惬意中度过一个光芒的上午,或下午。

在沙湖,稍不留神,你就会分蘖出很多个你,奔赴在不同现场:骑着骆驼在梦游的,追逐蹄印数着心跳的,被美颜相机焕发青春的,凝视燃烧的水像经历一场迁徙的,在排球场摇旌呐喊的,在泛光的沙中澡身的,观赏天鹅啄食寂静忘了时间的……

只要一声由近及远的吆喝,那些散布在各处的你,就循声而来,扑进你的身体。

只有在天将暮的时候,才升起淬过火的黄昏,太阳完成了一天的照耀,坠入远方。

芦苇之歌

莫非站着醒来的,也能站着入睡?

莫非顶穿泥土的,也能顶穿板结的春天?

莫非在黑暗中赶路的,也能在光明里昂首阔步?一队队芦苇,踏着声势浩大的步伐,摆出两千亩的强大阵容。

莫非古老的沙沙声,也能吹奏一曲悠扬的笛音?一个迷茫的少年,被它拨亮、点燃……

莫非拔高的不是内在的虚空,而是坚韧又锋利的思想?如果说,压低的是顺从的身体,那么反弹的就是觉醒的灵魂。

莫非寻死觅活的波浪,在最后一刻都抱住了庇佑的茎秆?以至此湖水生生不息,永不磨灭。

莫非枯萎只是形式上的凋零,并非真正的死亡?

莫非一场意义非凡的休眠,意味着生命的再造和复活?

活着的沙

活着的沙,活在流动里,也活在静止里;活在永恒里,也活在不朽里;活在飞逝的脚印里,也活在鸟儿衔来的水涡里。

活着的沙,活在自身的焦渴里,也活在一座湖的滋养里。

活着的沙,活得滚烫、明亮、起起伏伏。

世界如此闪耀,怎能轻易辜负。于是,他们建造了消失的城堡、金字塔、人面兽身像、眺望未来的美人鱼,她穿着阳光的绸缎,宁静的眼神,拯救多少膜拜者受难的心灵。

活着的沙,就活在艺术家的思想里、刀锋的雕刻里、生的疼痛里、命运的逆袭里⋯⋯

活着的沙,身体里流淌着古黄河的血液,风暴过去了,但明天远远没有过完。

活着的沙,行动起来有时比云朵还轻,但抽在脸上的那一记耳光,永远是最有力,最令人醒悟的。

活着的沙,有一副健康体魄,它把自己袒露在天地之间,收留了一大群流浪的风。

活着的沙,活得飘逸、金灿、连绵不绝。

鸟 鸣

把鸟鸣种在水里,捞上来的是一团湿漉漉的影子。

把鸟鸣撒在荷池里,取出时已嬗变成一件件缀满峰峦和山谷的绿裙裾。

把鸟鸣布置在芦苇荡,万千蒹葭就像开了锅,语言的气泡不断喷涌。

把鸟鸣像雨水一样泼在沙里,无数透明的吸管从缝隙里冒出,瞬间吮吸干净。

只有把鸟鸣与鸟鸣挂上钩,你才能分辨,谁在倾诉,谁在撒泼,谁在小心翼翼地示爱,谁在旁若无人地展示雄性之美。

天鹅有天鹅的幸福秘诀。

大鸨有大鸨的移花接木术。

秋沙鸭有秋沙鸭取胜的本领。

黑鹳有黑鹳不为人知的呼唤。

金雕有金雕纠缠不清的厮磨。

即使最精密的解语器,也无法全部将它们翻译。但通过说话的眼睛、讨好的搔痒、殷勤的献食、情真意切时的拥抱、拒绝时故意迸溅的水花,足以捕捉交流时的蛛丝马迹。

一切都藏在鸟鸣里。

而最纯粹的语言,只说给懂的人听。

轮 回 (组章)

◉ 木子小姐

生来死去,如梦如谜。有一天,若你突然喜欢某种气味,请善待你的故人。

——题 记

等风来

通常是幽室,对故人而坐。中间小几,几上有茶。俩人相对情话绵长。

有风徐徐,窗外竹影婆娑,阳光疏影横斜地在两人脸上身上浅墨梳妆。这样的时空,是快乐不知时光易去,是人生千百年修行后的一瞬间,是久别后的重逢无端地欢喜。

待到时光划过眉梢,月亮爬上枝头的时候,总有一个会起身拈花弄香。袅袅青烟升起,暗香早已盈袖。香味在时空中或凌空悠然或随风缥缈。

坐在那里的人,恍恍惚惚间抬头,茫然之中不见了故人。就这样不见了故人,在一个满室生香的屋子里,不见了那个和你朝夕相对的好不容易寻来的人。

你记住了这香、这气味,把思念藏在记忆的空匣子里。

等风来。

空匣子

匣子是空的,等人。可是,总不来。

匣子不免有点气恼,毕竟有时还是想要有个人可以一起。一起坐坐走走,一起吃饭喝酒,一起说话或者不说话。

可是匣子一直是空的。

在匣子差不多忘记等人这件事的时候,清风明月间,温雅出现了。

温雅如雪中梅花,优雅芳姿。温雅是不争、不吵、不屑、不烦的暗香浮动。温雅是一种态度、一种脾气、一种气质、一份为人处世的从容。温雅是让人可以放下一切烦恼琐事,进入佳境的一个词。

温雅的出现,让匣子觉得有了记忆。温雅的出现,让万水千山也变得生动多情起来。

树上熟

这之后,匣子和温雅常常到处走走。匣子是为了寻找记忆,而温雅是为了树上熟的果子。

"我喜欢阳光的味道。"温雅说,"阳光的味道是苹果的香脆,是木瓜的牛奶味,是草莓在藤篱间的缠绵,是植物钻出泥土在阳光下的舒展。"

直到后来,温雅只愿意留在树下等候果子,再也不愿随着匣子到处走了。

匣子虽然再一次空洞,却留下了味道,这样的味道属于温雅,属于阳光,属于树上熟的果子。

香如故

匣子是空的,各种来来去去,始终留不住。

这天大雨,空气潮湿到墙壁都在抽泣,水顺着匣子上的花纹滴了下来。

"人原本孤寂,每个人都是生命的修行者。"匣子想着,顺手点了支檀香,温雅留下的香木让匣子觉得似曾相识,似乎是循环万劫中的故人归来。

春雨滴答,香味慢慢地在匣子里弥漫。一瞬间,匣子里长满叶子,长成了一棵果树,有着树上熟的果子。

匣子抬起头,看到时光划过眉梢,月亮爬上枝头,看到那个满室生香的屋子里和自己朝夕相对的人。

风来了,百转千回,遇见的都是故人。

文成速写（组章）

田字格

感到自己突然投入了明亮的流动的传导体之中，这传导体不是别的，正是纯粹的时间元素。你和不是自己、但是被时间的共同流动和自己结合在一起的人们分享它。

——纳博科夫

出　发

阳光很好，玻璃透明，天那么蓝——高铁上的周六加速减速有着未知的外形。

取出笔记本打开小桌板写一会儿。把身体放进速度里，无论是坐高铁坐飞机还是超光速瞬移瞬间到达，有边际吗？

"形成个性形象的架构，是灵活变动的，这个架构每时每刻都在改变。世界那么多，选择你喜欢的那个。"

吴山青，越山青，两侧青山相送迎。

兴衰成亡弹指过，吴国越国安何在？人最大的政治野心是画地为王，一统天下。春秋争霸，结局如何？吴王阖闾、越王勾践斗了那么多年，一场大梦而已。

"无我相、人相、众生相、寿者相。"

安福寺与刘基庙

大多数时候在平原醒来，难得被山里的好空气轻度折磨，炮竹声声鸭子叫，枫叶红黄分出层次。

"过去心不可得，现在心不可得，未来心不可得。"阳光均匀分布于安福寺。

所遇皆故人。相信你是他（她）们强有力的助缘，反过来说，他（她）们也在点化你。你相信一面墙一截枯枝，相信每个人，所有示现都在说法。

则俊师父带你们参观安福寺藏经阁，赠你药师经、则旭师父的唱片和手串，师父们语默动静体安然，你也能活成这样。海青请了部心经，帮你拍了很多照片教你心绽放，你抽空完成本义师布置的日诵心经百部的功课。

回到住处，你们去隔壁影视公司看人家拍缉毒片：场记板、军绿色大棉袄、导演的大喇叭、酷似刘德华的演员……当你弄懂人生如戏，也就懂了"梦里明明有六趣,觉后空空无大千。"

参观刘基庙,看到这句:先生此去归何处,朝入青山暮泛湖。

20:53的一楼茶吧,店员磨咖啡豆,你闻其醇香。这是12月20日,夜晚的一部分是圣诞树灯串闪亮,是隔壁的影视公司在拍电影。键盘冰凉手指冰凉,木门吱嘎响,你吃着花生米码字。

以植物为例,柿子满树难以判断真假,陶罐里蔫掉的菊花耷拉着——这是你感知异乡的方式,进一步说,你希望自己是头顶所有夜晚赶路的异乡人。

安福寺、刘基庙,周末允许你漫游。

百丈漈

大水小水奔流,涧水汤汤瀑布百丈,水被大石头小石头分割,八仙岩步云岭巨岩宽坦可待神仙下棋。

山间你分身无数,飞溅流注循环往复,现在你是怪石嶙峋。

一漈二漈三漈,利用山势落差制造一挂挂瀑布,给抬头看天低头赶路的人以惊诧。

纳入负离子,身心俱洗。柳杉枫杨弥猴桃长得恣肆——都是心的模样。就这样,信任水花的自由落体蒸发变形,允许银杏红枫落叶落得光秃秃,允许光细碎允许你句式凌乱词不达意。

午餐,莲升和吴双双向你介绍文成特色菜:白落地温蛋,棕榈苞芯,开璞炒饭,糯米山药(很糯)。是这样的,文成人务实周到、待客热情,你天天看景吃美食住民宿,啥都不用操心。

乡愁里的还乡

"诗歌里的乡愁"两岸线上文化交流给你诸多启发。你听到台湾"80后""90后"盛行loser和类似"垮掉的一代"的彷徨并不意外。你聊到,人有乡愁是因为人在寻找本心。本心、自性是我们的故乡。

你读了写给母亲的《圆满辞》,摩羯双鱼的交集在以心印心处。你分享了诗观:你的人生,其实是那个无限的你,从没变过。现在的你,此时的你,正在说话的你,是无限的那个,无量的那个。

在写诗中觉悟,你会发现身体只是你操纵的傀儡——不要认同它是你,你是无限的存在,你可以成为任何你愿意的,任何,没有界限的任何。

下午四点多在直播,你必须走了。司机师傅一把接过行李箱,山在后视镜里折叠,从线条硬朗的山区回到平原,傍晚没有风。

日暮的惆怅是浪子们分享乡愁。两岸猿声啼不住,轿车已过万重山。就此别过。

法界的一切都是你,何来得失,何来出发返程?

文成——常州,无有分别,无去无返。

一根烧到手心的烟（外六章）

◉顾彼曦

父亲站在一场风里，烟圈缭绕，伸出手去便可抓住云朵。

父亲的惆怅，是一根烧到手心的烟。

母亲骂父亲是烟鬼。烟鬼的烟瘾，终将抵不过两袋食盐。

父亲的口袋里多了些许瓜子、水果糖。我问父亲，怎么有闲心嗑瓜子了呀？父亲嘴角边动了一下，并没有说一句话。我知道，他在用沉默掩饰着内心的孤独与疼痛。

在新疆繁忙脏乱的建筑楼上，父亲含着糖果，抵制咽炎的痛，抵制生活的痛苦。炎热的光芒之下，他恨不得用手里的铁锤子，敲碎钢筋铸造的天空。

执拗矮小的身影，在夕阳里才不会感到自卑。

后来，我也成为一枚像父亲一样的叶子。才明白了父亲的孤独有多重。

多想用尽一生的时间抵制住两袋食盐的压力，为父亲买一包香烟，坐在老家的房檐下，彼此把烟点上，忘记琐碎，尽情地吐出沉重的烟圈，看着他在烟圈里渐渐老去。

城市落日

落日很轻，云朵很轻，时间很轻。

小城故事多。人来车往，脚步匆匆。一切都弥合成了铅的重量。从城市的高空缓缓降落。

影子被拉成了丝线，朝向阳的方向疯狂生长。庞大的建筑群顶上，镶嵌着巨大的宝石，发着闪闪的光芒，向四处迅速蔓延。街道上的人们短裙变成了长裤，老男人头上多了一顶帽子。

卖冰糖葫芦的老人骑着车子，穿过城市的街角。最后的一声吆喝声，伴随着他回家。

一阵风吹过，落日慢慢落到了它的雀巢。城市迅速抽缩，最后的一道金光穿透城市的心脏，楼房与楼房之间，被这霞光劈成了冷峻的峡谷。很快，天空变脸了。霞光消失，城市进入夜晚。

霓虹闪烁，落日成为昨天的故事。

慢下来的时光里有鱼尾纹

一脚踏进社会，就有了一条自己的河流。这一脚很重，从此再也没有走出来。

一纸茫然写在脸上，看不见曙光的青春，只能从恐惧中提前老去。

繁重的人情和琐碎的纸片，反复包装我们各自提前伪装好的表情。我们不断地否定自己，又骄傲地炫耀。我们注定这一生矛盾重重。

活着漫长如冬季如花开，我们都不能很好地把握自己。看着身边的人一个个离去，才懂得难舍难分的依然是亲情。有一段时间里，与父亲发生争执。想想这些年里，他的发丝因为我而患了苦难的癌，内心不由得开始抽搐。

时间是我最不该相见的仇人，我一直都想跑在它的前面。可它还是不畏惧我的气势汹汹，哗啦啦从我身体里流淌远了。

好在有一段清净的日子，手机和女人暂时成了别人的话题。我可以像个九十年代的孩子，陷入故事的情节之中，重新中一次文字的毒，我愿毒发身亡，换得一身干净的名声。

有人说，不要走得太慢，慢下来的时光里有鱼尾纹。我知道，这是苍老，也是成熟。我们就是因为走得太快，忘记了好好思考。我愿意在这慢下来的时光里，用我自己笨拙的样子，寻找木刻在鱼尾纹上的青春。

落　花

天气燥热了一段时间后，突然袭来一阵冰冷的夜雨。盛开不久的槐花，随之落满了街角和湖面。

没有人会因为这放慢脚步，关系网越来越理不清的世界，懂得怜惜的人越来越少。

十里之外，稀薄的空气里再也没有了槐花的气味。也不会有人问为什么。反正有无都与自己的生活无关。就连昨日爬在树上折下槐花往嘴里放的人，也不会告诉我们槐花的味道。

比起牡丹，槐花少了一份雍容。比起迎春花，槐花少了一份张扬。恰恰因为此，槐花更懂得一份静谧的珍贵。所以也不会有人在背后评头论足。槐花少了些许顾虑，便可以以自己的方式盛开，任外边的世界怎样争吵，都可以清醒地认清自己。

空山新雨后，绚烂的花骨朵转眼就成了落花。风把落在地上的花瓣卷了起来，带向了远方。这一年的春天从此画上了句号。

扶贫村思绪记录

去异乡扶贫，陌生的路上，没有一个可以聊信仰的人。

但我不为此失落。

一花一草，一书一纸张，平静的时光里，或许我更能清晰地校正城市带给人浮躁的情绪。

我总是被时间追赶，从不敢停下脚步来。我也怕，我会在城市的街道，在一场风里走丢，等辨别清方向回来的时候，故乡已是他乡，我沦为了流亡他乡的人。

寂静的天空下，人能听到自己的脚步声，是一件多么美好的事。几只老母鸡领着刚孵出的小鸡，走在错落有致的农家院子里，羽毛被风拨动起来。

这一切让我感动不已，突然一首诗就这样跃然纸上，来得也如此惬意，富有含义。

一朵杏花落在诗集上

花朵萎靡的时候，花期就过了。

好在这季节，还有杏花大朵大朵地开放。

突然想起，已经好多年没有看见杏花了。在老家，杏花也是一个人。

每到杏花盛开的时候，我们就朝着杏花家的房屋大喊，杏花，杏花，你快开苞了吧？

往事已走远，抱着诗集，带着某种期许，去后山寻杏花。

一阵风吹来，满山遍野的杏花便朝我看过来，千米之外，那么迷人。踩着泥土和杂草，走到一棵又一棵杏花前，发现杏花并没有远处看的那么惊艳。索性在一棵杏花树前坐了下来，读诗或许比看杏花更美好，偶尔有鸟飞到树枝上，一瓣瓣杏花便落了下来。有落到地上的，也有刚好落到我的诗集上的。

由这朵杏花，我又想到了老家小时候看到的杏花，不再是那个叫杏花却长得一点都不好看的女孩，是一棵又一棵杏花。

那时候，真快乐啊！折一枝杏花，插在一个酒瓶里，放在窗前，幻想未来漫长而美好的日子，未曾感到厌倦过。

回乡抒怀

五月槐花又开了，回想起上一次见到槐花，已过去好多年。

乡间的小道上，很多事物还未远去，梧桐还是在这个季节开花，麦苗还是在这个季节结穗子，只是马路边多了一些似曾相识却又陌生的老人。

他们坐在门前的石头上，用异样的目光打量着我。此刻，我已经成为一个异乡人。

不知谁家的狗突然叫了一声，接着引起了很多狗叫。草垛上站着一只鸡，不甘寂寞的它，仰起脖子朝天叫了一声，没有收到任何反应，倒是树上的那几只麻雀，反而引起了一阵鸟鸣。

几只燕子飞了回来，不一会儿，雨就来了。

二十四节气的回音（组章）

◎阿 土

立 春

打气息刚有了点要报喜的意思开始，

打旋律刚拨出第一个音符开始，

打她突然用半露未露的乳牙咬了一下我的耳廓开始。

轻轻的，软软的，绒绒的，似乎还有点儿懒洋洋的感觉，说不清呢。

其实，这才是特属于婴儿的动作呀。

我浑身的关节再也不受控制地狂喜起来，自由地跃动着，跃动成过电的节奏！

像被什么好奇吸引，又仿佛打了一个激灵，一闪念中，出现在眼前的尽是对未来的憧憬。

我好想把灰色的记忆当外套脱了，用立着的嗓子向天空发出呐喊。

我想在田野里喊动花开的香气，在枝丫间喊出鸟飞的姿势，在草叶上喊来风摆的款款！

我会在刷了新漆的大门前，慢慢地点亮熟悉的桃符。有拍子的，可以四四，柔和，甜。

不会太夸张，最好是羽调。

雨 水

要有模特的经验，有走T型台的经验。

迈着猫的步子，披着羽状服饰，眉眼间要有满满的柔婉！

我喜欢那柔婉的劲儿，心间可以有些微波澜，可以起涟漪，可以荡漾，不可以沧桑！

我不能让这个世界有陈旧的痕迹，哪怕是照片也要封存在无菌的真空！

烟霭是深入仙境的骨髓，它们悬浮，它们缥缈，它们来去自如。

她轻灵，她秀逸，她神龙见首不见尾。

我为等她，已经病入膏肓，一个人守在漆黑的梦里，只为听她蹑手蹑脚的足音。

真想在回升的温度里，嗅出海洋的气息；在湿润的日照下，看到行走的影子;在抽出的柳芽上,听到植物的对话!

我想聚焦她在太阳下的感受,让我的眼眸精光四射。

光芒是可以传染的,像音乐,四三拍,商调。

淅淅沥沥,仄韵,伴古琴,入心,入肺,入魂魄。

惊　蛰

把雷种在一只虫子的身上,万物就有了回应!

原本蹒跚学步的花草,一下子在小南风里生动起来,轻飘飘的姿态瞬间端庄了许多。

我是该惊讶的,只是转身的速度慢了一点儿,怎么就被时光流放了呢,流放成脂粉香里畏首畏尾的小小甲虫?!

这是生命的奇迹,还是肉体和灵魂产生的共鸣,或者,是自然世界的留白?

素绢上,有思索,有回味,唯答案杳无音信。

我不相信一双翅膀会带走我所有的疑问,但是,一只只打开的耳朵,却可以偷听我的心事。

唉!喜欢音乐应该是我最大的失误了,节拍一响,我就无法束住自己的身体。

左摇或者右摆,四二或者四三,宫调或者徵调。

像我对农具的选择,往往忽略铁锹,直奔犁铧。开耕时不仅要甩响长鞭,还要喊出驭牛的歌!

春　分

麦子应该是喜欢热闹的吧,觉还没有完全睡醒,就开始扭腰伸臂呼朋引伴了。

桃花自然是喜欢热闹的,惹事似的,直笑得眼睑儿都红了,媚媚的,让阳光也醉得凌乱不堪。

海棠更不用说了,对热闹的诠释就是扎堆儿,勾肩搭背地拥着,挤着,一副不管不顾的样子。

柳的气色看上去好了许多,被归来的燕子喊得满面风光。

这些习惯了吵闹的浪子,它们站在五线谱上,一张嘴就把老家的底儿给兜了出来,熟悉的问候里,全是方言的味道!

可是,我在这最容易想起音乐的时候,总是不合时宜地听到乡亲们的吆喝,他们早早地来到农田,一手执着长绳,一手扶着犁,在设置好方向的田地里驭牛而行。

他们的吆喝声肯定是角调,节奏肯定是四二拍的,且微微地上扬着。

我太熟悉他们了,熟悉那些场景,熟悉曾经的农事,以及熟悉白昼分明的时光!

这可是个好时光呀,我想起当年所学的诗话,想起描述的词语,想起那些年被我们虚度的年华。

在劝慰孩子们珍惜光阴时,才发现我们是最好的例子!

清　明

一个特殊的词条,隶属于传统,隶属于指定的节日,词性鲜明。

宜祭祀,宜缅怀,宜教育子孙后代。古老,严谨,伤感,有些水的凉意!

我已经习惯了在这个日子里想起一些词:

父亲,军人,烈士,陵园,它们是父亲的专属用词。

这一日,印在我脑海里的还有:

烟、酒、纸钱,以及香烛,所有这些都比我对父亲的最初记忆更为真实!

泪在四月的开始被苍天哭丢了。它们被鸟噙着,就有了鸟的哭意;它们被风吹散,就有了风的哭意;它们被路人捡起,就有了路人的哭意。

它们最终都会被泥土带走,泥土的哭意常常被最亲的人一眼认出。

它们通常是四三拍,像商调,或者羽调。仿佛滴在水中,有波纹的回声。

在过去与现在之间,在平常与神秘之间,在遗忘与失落之间,它们存在,它们浸透,它们永恒,像细胞,细胞再老也不会丧失痛感!

谷　雨

"光棍好苦,光棍好苦"……

四四拍,角调。

一敛一张的翅膀从乡村的上空掠过,乡村便瞬间被淹没在这首歌里。

"光棍好过,光棍好过"……

同样的四四拍,角调。

我们随意篡改歌词,冲着村里的光棍们,用鸟的声音发出叫喊:"一人吃饱,全家不饿!"

那时我年龄尚小,不知道村人为何称一些情形相同的男人为光棍,也不知道为何会有这种叫声奇怪的鸟,更不知道这种鸟和时间有关,和庄稼有关,和雨水有关。

随着它们的到来,一些约定的程序随之打开,乡亲们纷纷走出家门。

就这么,四月的天空在它的喊声里,越来越亮。它们喊醒了种子的耳朵,喊开了花朵的心事,喊回了我纵横在阡陌上的童年时光。

它让我明白了童年的快乐!

它撕开了黑夜的缝隙!

把滴答之声挂在窗外!

立 夏

最初的五月是有想法的,雨也是有思绪的。

斗指东南,呈四十五度,它让簇拥的花,盛开成一棵树的铃铛。

在太阳下站起,在雨水中膨胀,植物或者庄稼,在回荡的铃声里开始了各自的演绎。

它们上升,它们降落;它们迎接,它们告别;它们相交甚欢!

它们沉默,它们喧哗;它们成长,它们枯萎;它们绘声绘色!

它们衰老,它们年轻;它们遥远,它们邻近;它们井然有序!

拔节是有声音的,抽穗是有声音的,灌浆也是有声音的,它们是一组不可分割的旋律,从序曲,从单音,从和声;它们是四二拍,也可以四四拍;它们是宫调,也可以是羽调。一切随性。

它们你中有我,我中有你,在飞扬中静止,在静止中飞扬!

这一刻,我只要立在故乡的高处,就会听成一棵麦子的模样!

小 满

是日渐多起来的雨水丰润了你的表情么?

不知不觉中好看多了,饱满、柔嫩,肤如凝脂!

多么形象的对比啊,和我曾经干瘪的童年记忆相比。

真的,我不能因为现在的斑斓,就丢掉曾经的苍白。请原谅,我是一个怀旧的人,不会轻易抹去留在皮肤上的印痕。

但是,我不再把它们告诉孩子,不同的时代有不同的日子。

既然时光不能像磁带那样倒回,我又何苦纠缠不舍。我们有我们的游戏,何须别人模仿。

我热爱沟渠里的水,就要接受水里的鱼虾;我热爱杨柳的枝繁叶茂,就要接受鸟鸣啁啾!

是的,生活本就是一种音乐,羽调,四二拍,节奏明了。

我们已经走过,而所有的青涩都会成熟!

芒 种

时光是有记忆的,一到这个日子,我的身上就会扎满麦子的锋芒。

那些年,我对农事的近乎厌恶,皆与此物有关,每次,每次,我身体上的不良反应,都要在农忙结束多天之后才会退去。一条条自己抓出的指痕,只要稍有感应,就会不由自主地痒起来。

它们一如既往地喊着我的小名,角调,四二拍,带着儿话音,很亲昵的样子。

似乎记住了我的小名,它们的地位就会在我心里坚不可摧。

其实，它们很早就知道，我敬畏着它们呢，这些平民的亲戚不仅从不记仇，还与我们称兄道弟，与我们手足相抵，与我们悲喜与共。

除却麦子，我也会想起水稻，栽秧的日子常常一身泥一身水，但我并不拒绝，作为大地的孩子，泥和水成就了我们的生命！

我还会想起一些远走他乡的姐妹，她们的离开让我担心，她们的名字会不会在多年之后被故乡擦去。

就像那些话新麦的人，聊的是不是我们说过的香?！

夏 至

你的样子，应该是荷花的样子，粉粉的，有点像新碾的面。

有着小情怀的，雅致的，纤纤袅袅，凌波，如仙子。

或者是雨的样子，哗哗的，有小性子，可以撒泼耍横，可以无视风的举止，无视草木的眼神！

当然，我更渴望你是君子的模样，翩翩的，像书生。

属于少年郎，头戴儒巾，手持折扇，踱着方步，口中吟哦有声。最好是四四拍，最好是商调，最好不是每一个人都能读懂。

我一直认为你是有文化素养的，有水的韵味，有烟火的韵味，也有禅的韵味！

我能带给你的词语也就这么多了，真的，这也是你给了我承认自己无知的勇气！

盛筵开启，我只愿意静静地坐在树荫下，听一听围坐的人，是否还记得当年为自己摇过扇子的老人。

小 暑

泡桐花已经落尽，我等的信再也没有来。

吊篮在门前的老槐树下晃动，茶杯中泡了太久的茶叶早已沉于底部。无人阅读的书翻开着，只有折着的页码，还在等待，努力地保留着之前的场景。

那是最后一个暑假，也是我最后一次用理由途经你家，然后，在你半是鼓励半是嗔怪的眼神中，狼狈地逃离。

那时，我们都喜欢张惠妹的歌，脱口而出的是"听 海哭的声音/这片海未免也太多情"。

那是一个多情的年龄，我们都能从吹过的风里，嗅出彼此内心的波动。

阿妹的歌应该是宫调，四四拍。可惜，我们每每吼得声嘶力竭。唯热情，真实得令人亢奋。

关于那段记忆，我不能杜撰更多的故事，你的录取通知早早地结束了我所有的幻想。

好在那时年轻，一切都是懵懂，像刚开始热的天气，很容易取代。

大 暑

雨水焚身，还有多少文字可以述说内心的安宁？

巨大的阳光在书架和桌椅之间跳跃，倦意在室内散发。

它们凌乱，它们左冲右突，它们把诱人的荷花，开成了寂寞的火焰！

推开虚掩的窗户，展示我一生渴盼归隐山林的愿望。唉，不过是择小溪而居，以花香调素琴，角调，四三拍；佐晨露读金经，低音，默念，经有穿透力，去妄；就轻风喝小酒，可以和过路的人、鸟雀、小兽或者妖怪，只要随性。

真的不想再去关心所有烦琐的事情，在最热的大雨里与前生告别。

人心不足，一副了无意义的骨架，支撑了欲望的皮囊。

立 秋

妹妹。我才喊了一句，就发现声音已经老了。

就像一片叶子黄了，才想起我们那些年爬过的树，如今已消失了很久。

我能说些什么呢，很多事情就是在悄无声息地变化着。

像许多年前写下的情诗，现在无论怎么读，都觉得与自己无关。

妹妹。还记得当年谈论的理想吗，那时候它们就是火焰，烧得三伏天都忍不住地喊热。

现在呢，理想不谈了，连委屈也不敢说了，在世人的眼神里它们不值一提。

妹妹。你应该记得我们一起守过的月亮吧，彼时又亮又圆，照得清人面。现在，即使成倍聚焦，依旧无法看清对面的笑容是真是假！

现实就是要我们做出选择，而且没有理由埋怨。

妹妹。我好不容易想起了当年给你写诗的心情，以及你真实而又干净的笑声，徵调，四二拍。那段笑声，我用了这么多年都没能从记忆里擦去。

现在，头发都擦白了，我再没有去擦的理由了。

处 暑

我们掰玉米了。我们起花生了。

蛐蛐在草丛里发出的鸣叫是四二拍的，羽调。

朋友在乡下，偶尔的电话里还有点儿不合时宜的诗情，不时撩一下我略显木讷的心思！

他知道，我的身体上擦满了被生活磨砺的茧子，它们让我灵魂粗糙，让我情感笨拙，让我对所有的过去失去了怀念的激情。

我经历了风雨，但从未见过彩虹；我走过了辽阔，却无法在一行文字里理解不朽。

哪里有天堂呀，不过是些善于掩饰的人，把笑容变得没有那么虚伪！

我读过太多立意浅显的画作,它们在不同的夏天粗俗地笑着。

笑得我悲哀,笑得我无奈,那些画画的人,无暇顾及生命的意义,只需要了解布展者的胃口。

不要你来掰玉米,只要你来吃花生,就够了。

朋友在电话里笑着,他的笑让我身体的某个部位突然疼了一下。

白　露

是从雁鸣声里溅出来的吧,有些惊艳的感觉。

它们落在地面上,落在叶子上,落在瓦片上。

寒色。晶莹。冰冷。它是胆怯的,不经触摸,沾手即化。

它们从气来,从水去,如入无人之境!

菊花开了,开在晨钟里,开在暮鼓里,开在月光里。千灯万盏。

灿烂,丰满,像燃烧的焰火,有音乐的节奏,商调。

细听,又像亲朋好友的问候,四二拍,温暖。

在九月,似乎很多事物都是它的笔名,比如成熟的庄稼,比如收获的果实,比如欢快的乡民。一切似乎是它藏在这个季节的暗哨,或者隐在战壕里的千军万马!

我能说是你唤醒了九月吗?

作为诗句里最难捕捉的灵感,我一直把你看作流逝的时光之书中,无法折叠的书签。

秋　分

从黄经的0度到180度,我要分清这个时候太阳是以怎样的方式抵达赤道,我还要分清白昼和夜晚的距离究竟谁长谁短,或者相等。

我知道,这些事情与我无关,我关心的只是气候寒暖,只是衣服的薄厚。

我还要关心一个人,这是我多年以来养成的习惯。我曾将她比作最后一株晚秋稻,当所有的稻谷从田野上撤离,她还要守在那片地里,直到最后一粒稻谷安然入仓。

她是我的母亲,她的出场没有任何费用,也没有任何欢呼和鲜花,没有宫调、商调、角调、徵调或者羽调,也没有节拍,无论四一、四二、四三或者四四!

她只是静静地上场,默默地退场,只有那些躬着腰身的庄稼,以亲人的方式向她注目!

那也是一种隆重的礼仪呀,只有被植物敬重的人,才有属于他们的骄傲!

我从未有过这种骄傲,自从我一脚离开乡村,一脚踏入城市,我所剩的就只有自卑,自卑得像一棵生长在庄稼地里的野草!

但是,我的身体上的界碑一直存在,从春秋,也从城乡!

寒　露

十月,太阳运行的方位一偏,日照的时间就短了,天凉了下来。

窗幔挂上之后,我的影子却丢了,丢在了荒芜的枯草丛中,丢在了日渐干涸的水塘中,丢在了播种冬麦的泥土中。俯拾皆是。

他在用我的声音和过往的行人打着招呼,或者,用我常用的手势,对着远处的天空比画,那里有一些返乡的鸟。

它们都是有才情的鸟啊!

它们懂得歌唱,熟悉用调;它们懂得舞蹈,知道节奏;它们懂得滑翔,明白什么方式最适合说再见!

我是多么可怜呀,连冷热都要依赖天气预报,都要通过太阳,通过落叶,通过风,通过所有属于节令的事物。

我不能用身体预知一切,不能用嗅觉感同身受,不能用听力发现从遥远逼近的危险!

可惜,我还是个不会因为受到过伤害,就幡然醒悟的人!

所以,我孑然而立,故作高深!

霜　降

它们在枯草上画出生命,在残荷上画出苍茫,在诗句里画出情感。

风,发出了受惊的呼啸,窗上的玻璃瞬间哭了,从深夜到天明!

我不再独立阳台了,对于月光的变节,我失去了最初的热情。

真白,这就是我最想说的词,一个就够了。

没有最美,也没有最丑,它就是这个样子,真实得有些无隙可乘!

本来,我是可以想出花朵的样子,想出飞雪的样子,但是,我无法从它们的线条里画出音符。

它们是有音符的,从最初的开始到最后的离去,它们的音符从不掩饰。

羽调,四四拍。

它们也会在纸上写字画画,有时候是吴道子,有时候是王维,有时候是八大山人。我最喜欢的是八大山人,寥寥数笔就让我明白了一个有灵魂的人,是什么样子。

他们的身上自带着节气!

立　冬

冬站起来是什么感觉呢?

风没有说,只有枯枝在头顶发出了令人战栗的啸叫!

身边突然宽敞了许多,那些我原本可以叫上名字的蔬菜,一声不吭地从田园里隐去了身影。

逆行村头的老黑狗似乎忘了对我的仇恨,它夹着的尾巴和脱落的毛发明显长出了许多。

我还是邻家那个提着棍子撵着它满庄跑的调皮小子呀,怎么一转眼,就装作不认识我了呢?

老屋明摆着是记得我,吱呀的房门,似乎在努力地讨好我。它已经很久没撒欢了。

留在地窖里的故事也是记着我的,封在窖口上的新草,密密麻麻地印满我的手迹。

它们一直认为,有活跃的孩子,家庭才趋于美满。

当然,明月也没有变,它敲窗的声音还是当年的节奏,角调,四二拍。年年如是,从年轻到现在,它保持了这么多年,从未想过我会忘记它呢。

十一月,就是这副样子,说冷就不讲理地冷了!

小 雪

一片、两片、三四片……

其实,你想多了,这个时候,它们是很少来的,不喜欢串门,更不喜欢扎堆儿,只是偶尔玩玩。

有时候,它们会像个路过的行人,不小心打了个趔趄。赶紧抽出插在口袋里的手,下意识地左右摆摆,像在寻找扶手。或者,轻轻地掸掸衣服的下摆,角调,四二拍,有些给自己压惊的意思。

这时候,我很少再出家门了,读书成了我的日常开销。

它让我觉得幸福和快乐。

文字和我是老友了,它一如从前,在敞开的纸上摊着。在我从书架上取下的那一刻,它完成了对我的嘲讽,以宠辱不惊的表情笑我!

我知道,面对它,我得试着学会让自己静下来,静成室内的空气,静成悬停的茶叶,静成不出声的画。

除此之外,你得明白它们的脾气,有点像飘在窗外的碎纸屑,性冷,小心眼,甚至有点任性!

大 雪

在客厅里点燃小火炉的时候,喊凉的鸟声顿时熄了。

我识得那些鸟儿,像识得炉膛里的泥巴,它们都是我儿时常见的伙伴,和大地亲近,和山川亲近,和草木亲近,唯独和人类保持着若即若离的姿势。

我对所有的鸟类没有特别喜好,它们也从未对我有过伤害。

我爱所有的人,他们给我的伤害往往猝不及防。

所以,我最喜欢的就是你了。

来吧,来吧。用纷纷扬扬的诗意淹灭田野,用飘飘洒洒的音符淹灭草木,用相依相偎,用持续不断在空阔的纸张上抒情。

从平仄到韵律,从单音到和弦,从宫调到羽调,从四一到四四,从提问到回答。

十二月,所有动人的天气,不过是从白色走向更深的白色!

冬　至

预设的铃声早早地提醒我们,又到了家祭的日程。

为了梦想,我们背井离乡,在异乡的土地上,用故乡的语言对话,问路,喊彼此的名字。我们不怕被忽略,只怕回家的时候无法向长辈们亮出最熟悉的音色!

时光再冷,声音都是热的,有相融的调,如商;有相通的节奏,如四二拍。

常常,我们被作为补丁,缝在城市的僻处,拐角,或者接壤地带。这时就是羽调,四三拍了。

请原谅,我们保留着为故乡而远走他乡的借口,故乡再远,也远不过内心的思念。

没有什么可以让我们变节,让我们忽略了对祖先的尊重,忘了初生之地。

每一个特定的日子,我们都会返回故里,我们会准备老酒、饺子以及其他,无论荤素,总把第一碗奉在供桌上。

我们一直觉得,先人们会来品尝,并且留下祝福。

小　寒

我不能因为物小就无视,寒更不能。

从一月开始,我要闭关,我要在最短的时间内打通迎接春天的任督二脉。

在这条看不到尽头的小径上,冷,便滴水成冰。荒,便茫无涯际。静,万籁俱寂。

我要让自己从迷茫的问讯中走出,找出习武时不畏三九的兴致,找出学文时沉迷词语的真挚,找出饮茶时醉心清明的境界。

我要学会在浮躁的雪花中读书,或者抱墨临帖,或者月下听弦。

我还要学会就着宫调,以四四为拍,填个小词,在春天抵达之前,给自己找一个出世的借口。

这是一个花朵纷纷喊冷的日子,我得找出嘹亮的情绪才能淡化内心的忧郁!

大　寒

至此,应该是一天的临晚时光吧!

至此,应该是天气冷到连自己都打着战了吧!

至此，应该是撕裂天空的北风即将把自己风干了的时候吧！

雪愈积愈硬，阳光却愈积愈软，软得连急促的喘息都无法穿透。

这样的日子，真的是要逼我放弃理想，放弃对诗意的坚守么？

不，一枚文字的温暖，足以支撑我的傲骨，让我在抵御来袭的杀气时，击碎冰，击碎霜，击碎刺骨的凉意。如商调，四二拍。

我知道，所有裸露在外的事物都是脆的，经不起拍打，但我的意念可以扛住，它是我身体上最坚硬也最柔韧的部分。

还有什么好说的呢?!

老家突然传来了热闹的声响，返乡的村人，把添置年货的喜悦，不由分说地溢入了和我交谈的手机！

梦中的父亲 (外二章)

◉ 钱天柱

一

秋雨,淅淅沥沥,惊醒了蛰伏的长梦。屋前的小池,正滴滴答答。今夜又是重阳,我在梦里又见到了你——我的父亲。

在梦中,我回到我们的老宅,一座被肢解了的大院。你正躲在门后,透过门缝看俩小孩打架。

我看清了你的样子:

铁青的脸,写满愠怒,

牙关紧咬,上颌骨突起,像一枚刺。

你那紧紧抓着门闩的手,抓得太紧了,

指关节已微微发白。

父亲,你在干什么?

我顺着你的目光望去:一个体格健壮的男孩,被一个瘦弱的孩子压在身下。那竟是小时候的我。

你蠕动的嘴唇,诠解了你心中的呐喊:

起来,起来! 你明明可以打败他的。

你的力量呢? 你的拳头呢?

起来!

可是,地上的男孩始终蜷缩着……

二

黄昏的灯光下,我梦中的你已经暮色沉沉,目光无神。相隔五十年的两个镜头,在梦中竟只是两页书的距离,一页昨天,一页今天。

梦中的我,站在你的房门外,形容憔悴。

是他们把我拉出来的。他们拿走了我手中燃了半截的艾条,拿走了我最后的希望。

他们说,让你早点走,走得利落些。

我站在你的门口,看着你痛苦呻吟,

不知对错,亦不知所措。

我蠕动着嘴唇:

起来,起来! 起来啊,父亲。

用你坚定的声音告诉他们,你痊愈了!

而床上的你,依然佝偻着,躺着……

父亲,我多想留往你,再多留一年,半年,哪怕是半月。

医生、红包、账单,

签字、借钱、欠条,

住院、转院、出院……

我们把一辈子所有的勇敢和不顾一切,一次全用在了你生命中最后的三年。而这,也浓缩成了,

我们家最后的剪影。

三

我爬出满是沧桑的老茧。秋雨,点在梦里,滴答,滴答。梦里梦外,哪边才是真实?

是你在那边梦到了我,还是,

我在梦里见到了你?或者,

你已经,和天地,和梦境,和万物化成了一体。

父亲,

你,应该感受到了这个世界的奇怪了吧?

这世上有一种果敢,它的另一个名字叫残忍;

这世间有一种懦弱,藏在你讲过的无数故事里,美其名曰善良。

草原上的野牛,它的利角只会用来求偶,它的铁蹄只会用来迁徙和逃命。从来不会,用来踢断狼的喉咙,或刺向狮子的腹腔。只有在它们陷入绝地、伤痕累累时,才会做出愤怒的最后一击。

而这种愤怒的本质,是它们对自己的无能为力的一种深深的不满。

父亲啊,这是一种法则的限制。

就像狼群和狮子的世界,没有善良与悲悯——那是让它们灭种的毒药!就像草原上的野牛,上天在它们身上种下了懦弱,同时也给了它们以成群的数量。

就像,当年你在门缝中看到的我。

就像,那晚我在门外看到的你。我们都是,

都是那平凡、卑微的大多数。

父亲,时光飞逝,你和老宅都已不在了。

在命运面前,我们同样无能为力。

父亲,你是一张弓,

我是你那张弓上,射出的箭。

我们都看不见,

那射手脸上的表情。

遥不可及的孩子

一

今夜,我来到你的床前。我举着银色的灯盏,对着你,照了又照,照了又照。我伸手拨开你额前的发丝,想贴一贴你睡得正香的脸蛋。但我又不敢,唯恐惊醒了你的梦。惊跑了,你梦中的我。

在你梦中的我,也许正牵着你的小手,我们一起走在阡陌上。

你拿着漏了底的网兜。你说,我们去捉鱼吧!

你站在瘫塌的拖拉机前。你说,看,挖土机!

你拉着我,走到每一位你见过的人面前。你骄傲地说,看,这是我爸爸!我爸爸!

…………

他们说,你喜欢追着路上的呆鹅跑;他们说,你总是提着那个塑料的iPad在河边游荡;他们还说,你坐在瓜棚下面,摘光了一棚的瓜叶。你却说,要找一片叶子,和爸爸视频。

唉,我的傻孩子。那只是一个游戏,你怎么就当真了呢?

二

我的孩子。每次呼唤你的时候,我多么想,多么想,加上"亲爱的"。可我的单车,两个轮却载不动那三个字。载不动,任何承诺。

我只有飞奔着。飞奔在这个陌生的城市中,飞奔在那望不到尽头的高楼中,飞奔在那黑压压的、如飞矢穿梭的人流中。我听到每一个孩子撕裂空气的哭声,心里都会猛地一紧,在一刹那,我以为是你;我扶起每一个摔倒在地上的孩子,为他拍去身上的灰尘,在一刹那,我真的以为是你;我看到每一个开门出来的天真笑颜,在从我手中接过东西的一刹那,恍惚间,我都以为是你。

你说,爸爸,我想你。你说,爸爸,你别走!

我的泪水,就像山洪崩塌。

三

你会打电话了。你告诉我,外婆生病了,你学会了打水;你告诉我,你的朋友"Q威"走丢了,你捧着它的碗,一遍一遍喊着它的名字,在傍晚的田埂上找它。

你会打电话了。你问我,爸爸,"将来"是什么意思?

你会打电话了。你说你知道,衣服一件件加上去的时候,爸爸,就快来了。

今夜,我收工了。静静地坐在这座城市中最高的楼顶,天好近,星好亮。身后钟声敲响,烟花和喷泉如约涌上空中,满地金莲。我踏上那漫天的星光,向你飞舞而去……

今夜我终于,又来到你的床前。那银色的灯盏,被这腊月的冷风,冻得光影暗淡。我举着灯,对着你,照了又照,照了又照,生怕看不清楚,生怕看不够,生怕自己是在梦里。生怕,天亮得太快……

山坡上的母亲

一

母亲住在山坡上。

劈柴,

养鸡,

喂猪。

我来的时候,念佛机播放着《金刚经》。屋子里空空的,桌子上空空的,门前空空的。

院子里有一双雨鞋。

梵音如细雨,纷纷扬扬,绵绵不绝:

无挂碍故/无有恐怖/远离颠倒梦想……

母亲站在山坡上,像一棵老树,一动不动。

二

母亲站在山坡上,

挑水,

拌料,

撒食。

我来的时候,鹅叫了,鸡慌了。母亲挥出一把玉米碎,像一缕金色的霞光。鸡啄食了,鹅安静了。

母亲粗糙的手在盆里转着,研磨着过去的时间:

丈夫没保住/房子没保住/一起住了三年的儿媳也不辞而别了。

生活最终收走了她最后一样用生命守护的东西——尊严。亲情、友情、乡情——破碎,如垒卵崩塌。

这一辈子,多少个不知疲倦的日日夜夜? 记不起了!

这一辈子,尝过多少的苦,做过多少次挣扎? 记不清了!

最后都化成了一声穿透天地的哀嚎,天——啊——

母亲站在山坡上。

目光所及,已经是她的全部:

两头猪,

三只鹅,

和一群下蛋的鸡。

三

母亲走在山坡上，

与鸡说话，

同鹅聊天，

为猪接生。

我来的时候，一只跛脚、独眼的小猪崽，甩着尾巴跟在她身后。这是一只出生就被生母咬残了的小猪，母亲救下了它。

母亲回头，用脚尖蹭蹭小猪滚圆的肚子：

小猪小猪，你不要问

为什么会这样。你要问，

为什么，不是这样？凭什么，不是这样？

小猪小猪，不要问

到底是谁，是什么

让你变成了这样？

你去问山坡上的狗尾巴草，

为什么，不开出玫瑰花？

小猪崽甩着纤细的尾巴，

漫步在山坡上。

在它的世界里，

没有跛脚，

没有独眼；

在它的世界里，

本来就跛脚，

本来就独眼。

四

母亲住在山坡上，依然起早摸黑，

依然为别人而辛勤劳作着。

但从此开始，

她第一次为自己

而活着。

父亲的后庄 _{（组章）}

● 费一飞

一

父亲，我知道，你回去了，回到后庄归隐为一株稻子。站在一片青翠之中，再也找不到，但你就在那里。

你是从那里来的，有时黯淡，有时闪亮，有时听命于天地伏倒在一片蛙声中。这个清明节，我会提一壶酒去看你，与你共话桑麻。

然后一起等待一场大雨，等待一顶烈日，迎接粗壮。

二

你的爱是沉默的，父亲。

谁说你离去时没有留下痕迹，你留下了我。后庄可以做证，因为你是独一无二的，所以我绝无仅有。

你尝试用许多心血和汗水与一片稻田交换，以期把我养大，你竟然成功了。为此我很惭愧，辛苦你了，父亲。

三

走出城北，不远处，就是后庄。

你的祖屋，你的桑园，你的稻田，你那几只门前的小雀。是的，这片悲喜交集的土地，是宁静而寂寂无名的后庄，万物自有光芒。既是蝼蚁的巢穴，也是神灵的道场。

既是你归去来兮的心念之地，也是一生一世的苍茫。

四

有时候，我看见了你忙碌的背影。像一棵摇曳的树。

在古老的村影下，田畈挨着田畈，烟囱挨着烟囱。我们一起收割稻子，一起喂蚕，把河水挑进家里，养活一群鸡鸭和一头土猪。后庄是我们自己的天堂。

我愿意你住在那里，你会永远活下去，日复一日，乐此不疲。

五

又到新年，父亲，我想你了。

想你讲过的后庄故事，你的祖父是爱喝酒的人，你的父亲也是。他们在后庄开枝散叶,流传耕读。我没见过他们,但他们一定是豪爽之人,亦酒亦歌的那种。鱼米之乡,也盛产酒徒吗?

好了,现在我们开始饮酒食肉,我不会被悲伤噎住。

六

父亲,你是我的帆,也是我的岸。

这时太湖烟波浩渺,又到了百舸争流、千帆竞发的时节,万物苏醒,繁花盛开,阳光降临大地。奶奶俯下身子,来到岸边汲水,洗好的衣服在竹竿上飘扬。

烟花三月,你去意已决,当然不会下扬州,你要去湖州,带着后庄的星空和米酒。

七

去后庄,与你对酌。

这是难得的一刻,你讲起了你的父亲。那是上个朝代的人,在祖宗的土地上种田,是一把好手,却死于贫病交加。他没有熬到解放,不知道后来有一个走南闯北的孙子。

说着说着你就醉了,我也醉了,我们互相擦掉眼泪。

八

我去过后庄,跟着父辈的人下过田,每一脚都踩得很深。

田垄里开满了油菜花,田野燃烧着黄色的火焰。奶奶的木槿还在,也开花了,一茬接一茬,每一朵都很崇高,顶天立地在大平原上。太湖的水坦荡地流过,映照着天空。

我站在父亲的身后,静静地遥望生命的蓬勃。

九

父亲的后庄,我的后庄。我们只有后庄。

只有河水流过,只有木槿静开,只有菜花的金黄,蚕丝的洁白,桑葚酒的甜醉。只有一片寂静的月色,滑落瓦陇,涌进天井,漫过浅浅的梦境。

梦境里,风动竹梢,水摇莲枝,灯掩婴啼,门叩犬吠……

十

新的一天,迎接新的黎明,我要起身了。

拥挤的世间遍布匆忙的脚印,不需要眼泪,也不需要怜悯。但往前走,总归要有一处让灵魂安放。

我朝后庄点燃三炷清香,飘升的神明,护佑凡俗子孙的肉身吧,在未知的行程中,这是我唯一可以下跪的地方。

鲁迅诗论(续)

◉ 骆寒超

鲁迅的《野草》(一)

鲁迅写旧诗,生前没有出版过旧体诗集;他也写新诗,同样没有出版过新体诗集。但他却于1927年7月由北京北新书局出版了一本散文诗集《野草》。

《野草》包括《题辞》,共收24篇作品,其中《我的失恋》《风筝》《立论》《聪明人和傻子和奴才》《淡淡的血痕中》《一觉》属于杂感式抒情性散文,其余18篇才是散文诗。这本集子的正文中最早的一篇是《秋夜》,写于1924年9月;最后的一篇是《一觉》,写于1926年4月,那时他还住在北京,一年后,也就是1927年4月,鲁迅在广州编定《野草》,且补写了《题辞》。这本集子也就在三个月后出版了。所以《野草》实际上是他在1924至1926年之间于北京写的,用时一年半多一点。

《野草》创作阶段,中国社会正处在大混乱中,军阀混战不断。单是鲁迅开始写《野草》的1924年,齐燮元部与卢永祥部的江浙战争已打40天,死伤惨重,破坏极大,随即是张作霖部与曹锟、吴佩孚部的直奉战争又开打了,再接着是北洋军阀几次政变,结果是段祺瑞重新掌执政权,直闹得北京满城乌烟瘴气、民不聊生。翻过历史血染的这一页,1925年的"五卅惨案"、1926年的"三·一八"惨案接踵而至,帝国主义加速对中国入侵,军阀政府也加剧了对人民反抗力量的镇压。此时此际,中国共产党虽已成立数年,但领导中国革命的力量尚在积聚中;国民党虽有北伐之心,并已和中国共产党建立起了统一战线,却僻居广东一隅,挥戈北上也只呈方兴未艾之势。凡此种种都表明中国正处于政局大变动前夕的郁闷中。而北洋政府又趁此利用御用文人大搞文化复古,逼迫得身居古老北京、受过"五四"文化启蒙的一代民主爱国知识分子倍感时代低气压窒息自己灵魂的威胁,大有跋涉于人世大戈壁的悲慨之感。瞿秋白在《荒漠里——一九二三年之中国文学》中一再感喟:"好个荒凉的沙漠,无边无际的。"鲁迅在《为"俄国歌剧团"》一文中也说:

是的,沙漠在这里。

没有花,没有诗,没有光,没有热。没有艺术,而且没有趣味,而且至于没有好奇心。

沉重的沙……

……

比沙漠更可怕的人世在这里。

这真是个不幸的时代。但时代不幸诗人幸。文学史上的杰作,正是在这样严酷的现实中诞生的。于是,我们读到鲁迅写于1932年的《自选集·自序》中一段话:

后来《新青年》团体散掉了,有的高升,有的退隐,有的前进。我又经历了一回同一战阵中的伙伴还是会这么变化,并且落得一个"作家"的头衔,依然在沙漠中走来走去……

从这里我们可以见到《野草》诞生的现实环境和鲁迅当时的真实心境。这使得他竟然说自己《野草》中的作品大半是"废弛的地狱边沿的惨白色小花"。如此说令人沉思,且大有新意可品。

因此对《野草》的考察,首先得来谈一谈这些文本从总体看具有怎么一个主题思路体系。所谓主题思路,不能单纯看成主题。主题是依附于文本形象的,并非纯粹抽象的存在,一个文本就有独立于他者的主题,主题思路则是综合概括出来的抽象存在,也就是来自西方的那个术语:所指。所以,所谓鲁迅这些散文诗的主题思路体系,指的就是把这些散文诗所表现的主题经综合和抽象概括而成一个能显示独特逻辑关联的所指,能对抒情主体的鲁迅,对其心灵探求的深度与广度做考察起到高屋建瓴的作用。为此,我们有必要在综合与抽象概括的基础上把鲁迅这些文本的主题思路纳入一个句型,即所指句型,并拿《野草》中能与所指句型诸成分相应的文本来进行一场修饰性的能指活动,从中考察主体对这个思路体系所关注的重点,进而寻求主题思路具有的广度与深度,做出《野草》在把握诗歌真实世界中合于审美标准的价值判断。

《野草》可以定为这样一个所指句型:"我绝望地力搏无物之阵而孤单单走着生命的路。"

这是个复杂的简单句型:由两个谓宾短语并列而成,所以使得它主谓宾关系极简单的句型变得多少有点复杂了。它有如下一些主要成分:"我"(主语)、"绝望地力搏"(带状语的谓语)、"无物之阵"(宾语)、"孤单单走着"(带状语的谓语)、"生命的路"(宾语)。现在我们就拿《野草》中可以相应合的文本与诸成分——特别是其中主要成分之间的能指活动来一一考察。

一、先看"我"。在《野草》所指句型中,这个"我"是主语,其实也就是抒情主体鲁迅自己。《野草》中一再出现的"我"(包括化为"他"的抒情主人公)与所指句型中这个"我"一致吗?是完全一致的。所指句型中的"我"力搏庸俗、虚伪、空虚直到只拥有"无物之阵"境地,乃决心超越"明暗之间"的彷徨,甘愿孤独地走向生命的远方。《野草》文本中的"我"对此表现得更明确、彻底且充满激情,在《题辞》中说"我"爱"野草",爱的是一种平凡人生精神,因为它只"吸取露""吸取水",纵使"遭践踏""遭删刈"也甘愿,同时也爱真理人生的精神,当"熔岩一旦喷出"时,它能以自己的烈焰迎接,殉情于"地火",这种种使"我坦然、欣然,我将大笑,我将歌唱",表示着"我"也是一个挚爱平凡生态、神往于"地火"奔突的社会大变革追求者。在《影的告别》中,以"影"具现的"我"不愿进天堂,也不愿入地狱,也无意于成为"将来的黄金世界"里真实的"我",那么去哪里好呢?若进黑暗,"黑暗又会吞并我";若进光明,"光明又会使我消失"。两难选择的"我"终于在"明暗之间"不知所措,以致搞不清自己所处的"是黄昏还是黎明""不知道时候的时候"了。于是"我"决心告别拥有空虚的"影"的实体的"我",也不再留恋实体的我所拥有的空虚的"影",去"独自远行"了。为了什么呢?为了使空虚的"影"不再存在,徒有"影"之空虚的"我"也不再存在,为此目的而"彷徨于天地"。这一形象逻辑就这样推出了一个宁可"彷徨于天地"的跋涉者的生命形象,展现了一个决心和空虚决裂的人生真谛探求者的风姿。

二、再看"绝望地力搏"。在《野草》所

指句型中,这是个带状语的谓语成分。这里的"力搏",也就是反抗。《野草》有一道精神特定色彩:绝望的反抗是已成定论的。状语的"绝望",作为主体的一种意绪,是鲁迅本能地存在着的。上面我们还说到过《影的告别》,但对"我将向黑暗里彷徨于无地"这一句没有做进一步分析,其实在此中深层处埋着的是一股绝望意绪。只不过这是较抽象的人生绝望。在《失掉的好地狱》和《颓败线的颤动》这两个文本中则更具体地展示着他对现实中国政权和伦理的绝望。《颓败线的颤动》中一世穷困的妇人,年轻时以出卖肉体来养活儿女;儿女长大成家了,却以此为耻而虐待她,驱逐她,使她在黑夜荒野上悲痛欲绝。这种表现正是主体心灵中伦理绝望的象征体现。《失掉的好地狱》则更具有绝望心境的深刻性。该作写的是一个魔幻式寓言故事,地狱已废弛,魔鬼战胜天神后前来统治,凭剑树、油锅、钢叉来重新整顿地狱,摆布得鬼魂秩序井然,地下太平。但众鬼难受压迫,醒悟自己上了当而群起反狱,"人类"应声支援,魔鬼被驱逐,"人类"大获全胜,当鬼众欢呼未息,"人类""却也来整顿地狱"了,同样是剑树、油锅、钢叉,外加牛首马首加薪重用。这一来鬼众又要反狱了,那就不客气,被定了"人类的叛徒"罪。鬼众又一次缅怀"失掉的好地狱"起来,而地狱依旧废弛,连长在狱边的曼陀罗花也"立即焦枯"了。鲁迅的心是沉重的:"在城头变幻大王旗"闹剧中,他绝望地感受着中国的地狱命运一代代地传承。但鲁迅决不是一个驻足于原地的绝望者,他是纵使绝望也要反抗的人,在致赵其文的信中他甚至说:"我以为绝望的反抗者难,比用希望而战斗者更勇猛,更悲壮。"这种感到绝望却在反抗中显得更勇猛更悲壮的行为,在《野草》中有多个文本做了动情的表现。《秋夜》里,那些小青虫觉得扑灭灯火根本不可能,却仍然冲得灯罩丁丁响,并且敢于从上面投进去,做了烈焰的殉葬英雄。两株枣树用落尽叶子的枝干闪动着鬼魅眼,并向人间大地洒着"繁霜"的夜的天空"默默地铁似的直刺",但它们怎么刺得到高远的天呢?明知这是一场绝望的事儿,但它们"一无所有的干子却仍然默默地铁似的直刺着奇怪而高的天空——竟要制他的死命"。正是这些使得主体忍不住发出了"夜半的笑声,吃吃地",以示赞颂。这种反抗的意象表现被鲁迅纳入一个情景框架中来展开,也就是说把这场反抗纳入上下、大小两极对立的境遇中,始终以下和小为本体来对抗上和大,展示其永不放弃对抗,从而愈显示出这场反抗的绝望性和坚韧性。更值得一提的是《这样的战士》。这个文本有一个写作背景,那就是鲁迅在20世纪20年代中期和甲寅派等"正人君子"的文化论争,其心灵感受到强烈触动,有感而发。文本写的是一个"这样的战士"对"无物之阵"发动了一次次力搏。力搏具有短兵相接的意味,比反抗更具体、集中和激烈;力搏的对象则是"无物之阵"。所谓"无物之阵",其实际内涵后面还要详谈,这里对其中一个方面先提一提:是针对虚伪而不真,空洞而无物,佯装慈善而背后耍阴谋的伪劣习气的社会势力而言的。而"这样的战士"面对这些"正人君子"所布下的无物之阵,"他举起了投枪"。一掷,"正中了他们的心窝",却"只有一件外套,其中无物"——已让"无物之物"脱走,得到的只是一片空洞。但他"举起了投枪"……直到后来"他终于在无物之阵中老衰,寿终"。"正人君子"就成了"胜者",再不闻战斗,好像"太平"了,突然文本在结束处又爆出一声:"但他举起了投枪!"生命的"寿终"使"他"绝望了,但"他"的精神犹要力搏下去。这样一场具有高度韧性的、绝望的力搏,是有反抗的大意志的,使得实在世界与精神自我、存在境遇与个人行为、自由选择与命运归宿连接起来了。这里有着鲁迅生命哲学的自为性。

三、再看无物之阵。在《野草》所指句型中,这是第一个宾语成分,也是绝望地力搏所及的对象。力搏既是一场绝望,可见其所及对象不可等闲视之。因此,鲁迅就把这对象称为无物之阵。这个无物之阵,即显示为扎根主体心头的虚无意绪,也显示为惯于矫饰自己的学界君子心怀空洞的存在,而更凸显的则是适应无聊人生的看客生态。当然还可认为也是指鲁迅自己心中的虚无感,欲求力搏却大有绝望之叹。写作《野草》期间,他曾给许广平一信,这样说:"我的作品,太黑暗了,因为我常觉得'唯黑暗与虚无'乃是'实有',却偏要向这些作绝望的抗战。"上面已论及的《影的告别》,就触及力搏无物之阵。在这个文本中,作为"影"的"我"本是个虚体,"无物之阵"一个方面的表现。现在"影"要告别使"影"能有"影"的实体的"你",那么"影"只能"沉没在黑暗里",结果是让"黑暗"来"吞并我";如果想要存在于光明里,结果是"光明又会使我消灭",没奈何只得"彷徨于明暗之间",那是会使虚空膨胀的,"不如在黑暗里沉没了",这就使无物之阵也因此而扩展得更加完整。怎么办?"独自远行""彷徨于天地"吧!这样做所能得到的是什么呢?"仍是黑暗和虚空而已",且使无物之阵更大扩展……这种种正是具有高度形象逻辑的表现,象征了鲁迅自己灵魂深处那个念头:"唯'黑暗'与'虚无'乃是'实有'",而"影的告别"则是他对自己灵魂中拥有的无物之阵力搏了一番,却以绝望而告终。再说鲁迅笔下的学界"正人君子"所表现出来的无物之阵,我们前面结合《这样的战士》所做绝望地力搏无物之阵的论析已对此有所提及,现在仍以这个文本为例,专门来谈谈又一类"无物之阵"。在《这样的战士》中有这样一段力搏无物之阵的形象化表现,值得来引用一下:

> 那些头上有各种旗帜,绣出各样好名称:慈善家,学者,文士,长者,青年,雅人,君子……。头下有各样外套,绣出各式好花样:学问,道德,国粹,民意,逻辑,公义,东方文明……。
>
> 但他举起了投枪。
>
> ……
>
> 他微笑,偏侧一掷,却正中了他们的心窝。
>
> 一切都颓然倒地;——然而只有一件外套,其中无物。

从这段话中我们可以明白这一类"正人君子"拥有的"无物之阵",实指名号与实际极不相符,弄虚作假者表现出来的装腔作势的恶劣行径,但正因为"正人君子"布下的是这么一个无物之阵,根本就是个空洞存在,其存在只不过徒然耗费"这样的战士"的精力。鲁迅笔下第三类无物之阵是适应无聊人生的看客生态,鲁迅将此类生态看成头号国民劣根性,且一再对看客思想予以鞭挞,甚至要对没有同情心、没有正义感、没有立场过得糊糊涂涂、是非不分者人生态度"复仇",对这类无物之阵,那些戕害人类生态、民族生态的祸害"复仇",并为此写下了两首以《复仇》命名的散文诗。我们不妨在此处集中来对第一首《复仇》做一论析。这个文本从写血开始,认为皮肤包裹下存在的是血,能给人以爱的蛊惑、煽动,从而激起人希求爱的拥抱,进而让生命沉醉的,是血。但刀一旦挑破皮肤后,血就会激箭似的迸出,灌溉了杀戮者,也赐给被杀戮者渐渐冰冷的呼吸,使其生命处在永寂的大欢喜中。这对"看客"来说刺激性极强,也颇有看点。于是,也就有一对手握利刃的男女对立于旷野。他们将要拥抱吗?或者将要杀戮呢?无聊人生的拥有者从四面八方涌来欣赏了——像鲁迅一篇小说《示众》中所描述的，像戏剧看客一样兴致勃勃地来围观了。可是煞风景的是爱的拥抱没有出现，仇的杀戮也未曾发生，两个手执利刃的全裸者对峙于旷野，久久地，久久地，却什么也没有发生，这使看客们大失所望，于是眼前的无物之阵随着时间过去，依然不变，使看客们兴味索然，继而纷纷退场了。戏剧性的是这一对持刀对峙于荒野者反转为看客了，看着散去的人众，"欣赏着他们的散去"，沉浸于生命的飞扬极致的大欢喜中。于是一种无聊人生派生的两大看客生态双向交流了，形成了一个更广更深、具有形象立体感的无物之阵。鲁迅面对这样的情景，憎恨加剧，力搏也因此更猛烈，绝望也随之更大了。

四、再看"孤单单走着"。 在《野草》的所指句型中，这是第二次谓宾关系中带状语的谓语成分，或者说是《野草》这个复杂的简单句型第二个带状语的谓语成分。值得指出：《野草》这个句型中的两个带状语的谓语成分，谓语本身都并不被特别关注——上面论及的第一个谓语成分"力搏"就如此，现在第二个谓语"走着"也如此，对作为修饰之用的状语成分他倒更重视一点。上面那个"绝望地力搏"对"绝望"特加关注，有多个文本予以能指化。这里的"孤单单走着"，也对"孤单单"特加关注，至少有《过客》《影的告别》《死后》《求乞者》《复仇（其二）》这些文本对它展开能指活动。"孤单单"也就是孤独。在存在主义哲学家看来，孤独应成为人类最基本的存在状态，尼采就自比是一棵根植于绝壁而悬视深渊的枞树。其实这是一种以孤独状态显示的独立意志。说起独立则让人想起鲁迅在《摩罗诗力说》中的一句话："地球上至强之人，至独立者也。"这意味着孤独是强者的特征，而鲁迅的孤独也就是这种强者的孤独，他常以前人诗句"风号大树中天立"自况，就表明了这一点。这种独

立意志所派生的孤独还被鲁迅凝聚于走自己的路的感受与思考中，从而在《野草》的诸多文本中体现出来。《影的告别》中一再说要"独自远行"，《过客》中更说："从我还能记得的时候起，我就只一个人……从我还能记得的时候起，我就在这么走……"都表明这种走自己的路的精神。但必须看到：走自己的路必然是孤单单的，孤单单走着的只能是自己的路。这二者的双向交流，则集中地显示在《墓碣文》《求乞者》这两个文本中，可以说它们是对"孤单单走着"这个带状语的谓语成分两场深沉的能指表现。《墓碣文》中作为"游魂"的自我竟然化为"自啮其身"的"长蛇"，而如同一位诗人所定位的："我的寂寞是一条长蛇！""寂寞"与孤独是一回事，可见鲁迅笔下这条长蛇般的"游魂"——自我是孤独的，不仅"自啮其身"，且为了"欲知其味"而"抉心自食""徐徐食之"，颇有点魔幻，却如同郭沫若的奇诗《天狗》一样，以自食自己而求得自我的扩张，属于同一个走自己的路的象征形象逻辑表现。孤独的墓中人走的是一条自己的路，而走这一条自己的路则无疑也有着墓中人的孤独。《求乞者》更耐人寻味。这个文本的解读历来不一致，我们也不妨来走一条自己的路。该诗表现一个在人生路上怀着坚定之心走自己的路者，他企求他人同情，却不求布施，具有一股强者的自尊精神，形象表现有虚拟色彩，写的是"我"和"几个人"各自在落叶纷扬的灰土路上行走，有一个孩子向"我"走来，似乎并不悲戚却装作哀戚地向"我""求乞"，"我"厌恶他的声调而不予布施，"我"也没有布施心。而后，还是在这条灰土路上，"几个人"和"我"各自走着，"我"也去求乞而被他们怀疑是装作悲戚而"得不到布施"，他们也全"没有布施心"。于是"我"想这也好，"至少将得到虚无"，所以也"将用无所为和沉默求乞"，这时仍然是"几个人各自走路""灰土弥漫"。这个

文本把孤单单走着自己的路做了这样一场双向交流的表现："我"走着自己的路而怀疑"孩子"向"我"求乞是假装的。这表明人(包括"孩子"和"我")的人生行旅就只能是形单影只的。而"我"孤独地走着企求同情的"求乞"也被人怀疑是假装，这表明人(包括"我"和"几个人")行旅的选择就只能是走自己的路。这样的关系令人深思："我"怀疑他人欲求同情的"求乞"与他人怀疑"我"欲求同情的"求乞"所显出的，实系大家都得走在自己路上和孤独地走，这始终是代代相传做着双向交流的事。再说，这场双向交流还被置于一片浓郁的氛围中：剥落的高墙，灰土的路，风起时落叶纷扬，"我"和"孩子"及"几个人"各自在秋寒瑟缩中孤行……特别是篇末推出的一个特写镜头："微风起来，四面都是灰土。另外有几个人各自走路。/灰土，灰土……/……/灰土……"一片凄清苍凉，凸显出行走的孤独感，而"我"则在这片凄清苍凉中竟然这样自言自语着："我将用无所为和沉默求乞，/我至少将得到虚无。"这一片境界把"孤单单走着"的这个宾语成分——"路"推出来了。这是怎么一条路呢？

五、这就得来看一看"生命的路"了。在《野草》的所指句型中，这是第二次出现谓宾关系所属的宾语成分，对"路"，对以生命体现的路的象征内涵，鲁迅在《生命的路》中已有所谈及。在那篇散文中他谈到了"路"的起点，认为"从没路的地方践踏出来的，从只有荆棘的地方开辟出来的"所在，就是路的起点。如此看来，这条以生命体现的路乃是从踏平荆棘之处起程的，这个有关"路"的逻辑起点就是人的拼搏。还谈到"路"的方向，认为总是向上、向前的，也就是说总是沿着无限的精神三角形的斜面向上走的。在这里，所谓"无限的精神三角形的斜面"，就意味着不断地向上、向前的行进。鲁迅还在《生命的路》一文中的更多地方谈到生命的终极。

在他心目中生命的路不存在终极，"生命的路是进步的"，什么样的终极"都阻止他不得"，而存在的只是一个不断让人行走着的过程，他"渴仰"这条"路"上能有"完全"的存在，使"生命不怕死""跨过了灭亡的人们向前进"。特别是这个"完全"的过程是融汇与破碎在不断否定之否定的状态中存在的。可不是吗？在他看来"生命不怕死，在死的面前笑着跳着，跨过了灭亡的人们向前进"。可以说《生命的路》所写的是一场对生命存在的抒情性思考，既充满激情，又贯穿严谨的思考。所憾者是《生命的路》这场抒情性思考未曾充分地展开，这要经过五年后鲁迅写《野草》时，才在其中一些文本中以对"孤单单走着生命的路"的宾语成分——"生命的路"作能指表现才得以充分的展开。这里就不妨展开来谈一谈。先看"孤单单走着"的这一条"生命的路"的起点。《生命的路》中说这个起点是在"没路的地方"，就大有可品味之处。说明白点起点是在无路可走处逼着人踏出来的。这使我们对《野草》中的两个文本琢磨起来，就是《影的告别》和《死火》。在这两个文本中，"路"的起点都是主体在两难处境中被选择逼出来的。《影的告别》是由于"影"的"彷徨于明暗之间"——"倘是黄昏"则黑夜会来吞没影，"倘是黎明"则白天会使"影"消失。正是选择的两难才把"生命的路"定位于"独自远行"。《死火》更形象地表现了"死火"这种两难处境——留在冰谷，冻死；走出冰谷，烧完，逼得铤而走险：冲出冰谷，甘愿让"生命"走上毁灭的"路"。再看鲁迅笔下这条"生命的路"的方向。鲁迅在《生命的路》中认为是"沿着无限的精神三角形的斜面向上走"和"向前进"，决不"回头"。回味这些说法使人不由得想起卡夫卡笔下的西西弗斯，通过斜坡把巨石推到顶点，却由于没能坚持"前进"而使巨石"回头"——滚下山坡，向上的方向变为回头。

鲁迅却不同,他笔下的"路"沿"精神三角形的斜面向上走"时,还不断"前进",所以才有"生命的路"永远是向上向前而不"回头"的特征,这在《秋夜》《雪》等作品中就极为明显。《秋夜》中的枣树把铁似的枝干不断向上,直刺向高远的天,就是对生命的路的方向象征的表现。《雪》是更可品味的!江南的雪滋润而粘连,撒落大地,就不再向前飞扬,只被孩子们用来堆雪人,结果不过一两天被阳光一照就化为乌有了。北方的雪不同,撒在大地上如粉,决不粘连,猛风一来立即向前而"蓬勃地奋飞""旋转而且升腾"向上,弥漫太空——如此描绘,也就使鲁迅完成了对"生命的路"向上、向前的象征性表现。更值得来看看鲁迅笔下这条生命的路的终极。这可是《野草》中特有新意的。上面我们已提及《生命的路》中强调生命的路休谈终极,什么样的终极"都阻止他不得";他没有终极,只是一个不断让人走下去的过程,而这个过程是出于"人类的渴仰完全的潜力"的推动。这些认识也十分真切而生动地体现在《野草》的一些文本中。如《希望》,鲁迅在这个文本的抒情逻辑中最后推出这么一个深层体验:"绝望之为虚妄,正如希望相同。"大可玩味。这就是说:绝望也好,希望也好,其实都只是生命的路上一个终极性目标。但在鲁迅看来,二者一样是"虚妄"的,"虚妄"言者,表明这个终极目标并不存在。终极既不存在,那么生命的路上存在的是什么呢?只是个过程。而"过程"只是不断地朝前走。这一点《过客》中表现得最明白不过了。文本中的"过客"就是象征走生命的路者。当他回答老翁问及"到哪里去"时,就这样说:"从我还能记得的时候起,我就在这么走,要走到一个地方去,这地方就在前面。我单记得走了许多路,现在来到这里了,我接着就要走向那边去,(西指)前面!"而当听到老翁说前面是坟地时,也

依旧只一心向前走!过客同样不认为那里是终点,还是要问:"走完了那坟地之后呢?"可见孤单单走着生命的路的他从未想过会有终点,而只知道这一切全不过是个过程。值得一提:鲁迅在《生命的路》中认为这个不断向前进的过程所依靠的是一股"人类的渴仰完全的潜力"。究竟指什么呢?在《野草》的一些文本中也有贴切的体现。《好的故事》就让人有这方面的玩味。这个文本以主体梦中在山阴道旁的河中一场坐船荡游来象征他那生命的路。这条像"人在镜中行"般的水路被鲁迅做了角度新颖的表现。从这个角度来看,是河中倒影的变幻,即山阴道上种种美好景象映在河水中的幻象,即它们一会儿融成一体,一会儿拉长而碎散,可真是变化多端,并以此来表现这段水路前行的过程,这就有某种象征意味。正是这个过程通过融而散,散又融……反复显现出了一股存在天地间的奇妙的"完全的潜力"。所谓完全,就在于它的否定之否定一轮轮的律动,而人类之所以"渴仰",也就在这种"完全"。

论述至此,我们不仅对《野草》的所指句型做了较全面而系统的概括,且在此基础上拿这本集子中的极大多数文本与所指句型中诸成分建立起这样那样的应合关系,展开了一场有关能指活动的全面考察。这样的考察使人不难发现如下特点:将《野草》中18篇散文诗文本串联起来,而且在所指句型中各就各位,就会形成一个主题思路的有机体系。但我们的任务到此并没有完成,还得来为《野草》这个主题思路体系寻找主体关注的重点,考察一下具现主体思路的所指句型在能指中所展示的有关诗歌真实世界把握的深广度。

按《野草》这个所指句型以相应文本展开能指的情况来看,主体这场活动是在两个谓宾短语上集中展开的。也就是说:鲁迅对"力搏无物之阵"和"走着生命的路"

尤其关注,用了有较高、较多审美价值的文本来展开能指,"力搏无物之阵"用了《这样的战场》,"走着生命之路"用了《过客》,这两个文本就都属《野草》中的精品之作。而比较而言,又尤其看重两个宾语成分"无物之阵"和"生命的路",以同样具有精品价值的《复仇》来凸显"无物之阵",以《好的故事》来凸显"生命的路"。这个现象表明,在鲁迅这批散文诗中,主体"我"对外在世界关注的广泛,大有"心事浩茫连广宇"之势,亦即在主题思路上是有相当广度的。值得指出的是:两个谓宾成分中,作为谓语的"力搏"与"走着"的重视度反而要弱一点,而对依附于它们的状语成分——修饰"力搏"的"绝望"和修饰

"走着"的"孤单单"倒是十分重视,拿精品文本《失掉的好地狱》来凸显"绝望",拿精品文本《求乞者》来凸显"孤单单"。这表明"我"对"力搏"的行为是"绝望"的,对"走着"的感觉是"孤单单"的。由此显示出主体对自我精神的体察十分看重,以致使得"力搏"因"绝望"地进行而愈显得强烈,"走着"因"孤单单"而益见得坚韧,主体在表现内在世界时因此而显出了深度。

诗人在主题思路探求中能确立一个体系,是一件极可珍视的事。其实这也就是把握诗歌真实世界的问题。我们通过《野草》所指句型的能指化考察,可以做出如下一个判断:《野草》在把握诗歌真实世界上是"忧愤深广"的。

鲁迅的《野草》(二)

主题思路不等同于主题,它只起一种主题探求的引领作用。《野草》自有其主题,并且是通过一些典型文本而得以确立的。这些典型文本不仅形象构成诡异,且情思在严谨的抒情逻辑关系中显得深邃,大有一粒沙里见世界的意味。不过这也不免产生几分理解上的艰涩,给接受者带来接受的困难。为此,本章打算挑四篇这类性质的代表作来做一番文本阐释,并展示其潜藏于象征关系中的主题。

一、《死火》:高亢的生命进击

《死火》在《野草》中,审美层次相当高。它是鲁迅一些具有魔幻色彩的散文诗中写得较和谐匀称的一个文本——谁都知道魔幻之作诡异莫测、异想天开,容易失控而不完整,但《死火》的构成颇合于形象逻辑,这才使我们对它在意象流动中诸意象间的内在衔接关系及象征意蕴的有机推延,有必要来做深入考察。作品写的是这么一件魔幻的事儿,"我"在梦里的冰山间

奔跑,忽然坠入冰谷,冰谷上下四旁一切皆是青白的冰,却又"有红影无数",原来是"我"脚下"有火焰在",不过它已被冰结成了"死火":"有炎炎的形",但毫不摇动,全体冰结,"像珊瑚枝""映在冰的四壁"互相反映而"化为无量数影",使冰谷也"成红珊瑚色"。"我"从未见到过一种"定形"之火,惊喜间把它拾了起来,指尖却冷得彻骨,忙将它"塞在衣袋中",思索着如何走出冰谷。这时身上忽然冒起烟来,冰谷四周红焰流动,"将我包围"了——"死火"因口袋的温热而"惊醒"。原来,它是被遗弃在冰谷里的,它对"我"感激地说:"倘使你不给我温热,使我重行烧起,我不久就须灭亡。"这使"我"也很"欢喜",并说自己正想着"走出冰谷的方法",就不妨也"携带你去""使你永不结冰,永得燃烧"。"死火"自是高兴,但一个问题出来了。他说自己若出了冰谷,"将烧完",而"留在冰谷",则"将冻灭"。这可是个两难的事,"我"也不知道该怎么办,这时"死火"倒来反问"我"了:"你又怎么办呢?"于是就有

了这样的对话：

"我说过了，我要出这冰谷……"
"那我就不如烧完！"

这结果是"我"和"死火"一起冲出了冰谷，"死火"如"红彗星"一般"烧完了"，"我"也在冰谷口头被突来的大石车碾死，"不过临死前还来得及"看见那车就坠入冰谷中。文本就以如下描写结束：

"哈哈，你们是再也遇不着死火了！"我得意地笑着说，仿佛就愿意这样似的。

这么一个文本的确有点魔幻！鉴赏魔幻之余，我们还大有隐意可品味。不过欲品味须对其中一些意象及意象间的关系，有个恰如其分的认识。大致说需要对如下几个方面做出定位：首先是"冰天"和"冰谷"隐示什么？其次，"我"和"死火"各是什么身份，他们之间是怎么一种关系？再次，文本最后"我得意地笑着说"中这个"我"究竟属谁？

先看"冰山"和"冰谷"隐示什么。文本中对"冰山"所及的空间是这样描述的："这是高大的冰山，上接冰天，天上冻云弥漫，片片如鱼鳞模样。山麓有冰树林，枝叶都如松影。一切冰冷，一切皆白。"可见这是一片极广阔的天地，既唯美又奇寒，隐示的是一个江山多娇却又荒芜不堪的旧中国。更具体点说，它象征着列强抢掠、军阀混战、田园荒芜、民不聊生的20世纪20年代中期饥饿的中国。对于"冰谷"所及的空间他是这样表现的："上下四旁无不冰冷，青白。而一切青白冰上，却有红影无数，纠结如珊瑚网。我俯看脚下，有火焰在。"这样一团红红的冰火映在冰砌的四壁，而且互相反映，化为无量数影，"成红珊瑚色"。这种冰砌四壁而青白与死火委地而惨红叠合在一起反映出来的，

乃是一片异常压抑、阴郁而悲愤的气氛。显然这是"五四"落潮后复古势力卷土重来的古老北京文化界肃杀景象的写照。

其次来看"我"与"死火"各是什么身份，他们之间是一种什么关系。这方面的看法学界意见不一，理解就不那么容易了。在我们看来"我"与"死火"是同一个"我"——主体的两个化身。文本中的"我"，是受过"五四"文化启蒙而坚守革命民主主义精神的主体的化身，文本中的"死火"，是"五四"落潮后陷入孤独在现实中彷徨的主体的化身。一个人物在文学创作中化身为二来显示其两种身份对立统一，这种表现原是司空见惯的，鲁迅在这个文本中也采用这个办法来表现革命民主主义精神引领苦闷中的自我终于结束"彷徨"而重返"旧战场"，为民主真理再去做"我以我血荐轩辕"的人生拼搏，可歌可泣，是相当成功的一次象征艺术追求。这个分身表现不是没有依据的，鲁迅在《自选集·自序》中谈到"五四"落潮后自己的苦闷心境，曾这样说："后来《新青年》团体散掉，有的离去，有的退步，有的前进"，而自己则"依然在沙漠中走来走去""战斗的意气却冷得不少"。《死火》中，被遗弃于"冰谷"的一团烈火竟冻结成火的冰，正是"五四"落潮后的主体陷落在封建复辟势力占据的老北京、过着"彷徨"生涯的象征性写照——一个方面的"我"的表现。再说"五四"文化启蒙出现的革命民主主义思潮，虽在"五四"落潮后受到压抑，但"地火"依然在地下运行，也会在彷徨者灵魂深处运行，鼓动着已觉醒了却又在特殊处境中找不出路者，使他们经历精神再次裂变后重新汇成一体，让毕竟已觉醒的"我"来把另一个低潮时彷徨的"我"——"死火"催得"惊醒"，投入时代激流。这等事在20世纪20年代的中国绝非鲜见，鲁迅自己就是生动的一例，更何况汇聚了一批仁人志士的中国共产党的建立，推动着中

国民主义革命汇入世界范围的社会主义革命大潮。这些和《死火》中的"我"象征性的表现也相应合："我"已把"死火"温热，使他重新"惊醒"，并一起冲出"冰谷"，以求得星星之火汇入燎原的"大火聚"。明白其中"我"与"死火"之间的深层象征关系，当会对"我"的这种一体而分身的表现之说有所认同，至于有人把"我"与"死火"的关系说成是普罗米修斯盗天火给人类之举，那就显得对文本构成的有机性缺乏把握。

第三，结束处"我得意地笑着说"的"我"究竟是谁的问题。结尾处这个"我"并非指带"死火"出冰谷而被大石车碾死的那个"我"。后者是在结束处已经"终于"被"碾死在车轮底下"了，临终前"还来得及看见那车轮坠入冰谷中"，此处说"还来得及"，可见这场"看见"已是相当勉强的行为，再要"得意地笑着"且"说"出一句"哈哈，你们是再也遇不着死火了！"显然已不可能，硬要说成是同一个"我"于情理也难容，只能说是另一个"我"，如同画外音一样说出来且有表情的话，文学作品中，特别是诗歌中，这种人称的跳跃性变化屡见不鲜，不足为奇。问题是这个"我"究竟是谁。我们认为就是带"死火"出冰谷的"我"与"死火"回归一体的那个本体的"我"——灵魂深处始终坚守着革命民主主义精神意识，而经过现实严酷考验终于超越了"彷徨"心境，重新走向时代抗争之路的斗士——作为主体的鲁迅自己。这里的"得意地笑着说"表明鲁迅对重振旗鼓、高亢进击而心甘情愿付出牺牲的自我肯定。唯其如此，也才会有文本中最后"仿佛就愿意这样似的"那样的说法。

由此看来，《死火》是鲁迅对"五四"落潮后到20世纪20年代中期自己那条心路历程所做的真实表现。他以一个天才的敏感、不无庆幸之心拿这个文本做了喻示！自己已对"荷戟独彷徨"做了超越，决心振

奋精神，为重新踏上人生拼搏的时代前沿阵地做着准备。写完《死火》后一个多月，轰轰烈烈的五卅运动爆发了，再经年，"三·一八"惨案又震动全国。鲁迅终于以笔当枪，在《纪念刘和珍君》等作中向外来强敌、国内恶棍掷出投枪，与其展开短兵相接的搏斗，最后像"死火"冲出冰谷一样，他也冲出了老北京，走向厦门，走向广州，走向上海。在苦难祖国的冰山间持续奔走，决心烧完自己已苏醒的生命烈火。

这才是《死火》提供给我们的诗歌真实世界。

二、《复仇(其二)》：深沉的社会批判

《复仇(其二)》和《复仇》写于同一个时间——1924年12月20日的晚上，基本主题也一样，都出于对愚众劣根性的批判，不过《复仇》的这一批判止于对看客穷极无聊的精神麻木顽症。而《复仇(其二)》则除此之外还另有所求。总的来说，《复仇(其二)》对愚众的社会批判是通过具有血腥意味的魔幻表现来展开的，而不像《复仇》那样做的只是一场单纯的寓言印证。唯其如此，才使《复仇(其二)》不仅鞭挞了精神麻木的愚众，更把这种麻木症候提高到人性扭曲层面上来鞭挞。全作根据圣经《新约全书》中《马太福音》所记载的有关耶稣受难故事写成。圣经故事说的是代表"受苦受难的人"利益而自称"神之子"的耶稣，在耶路撒冷传道时因门徒犹大的出卖，被仇视他的犹太教当权者拘捕，送交罗马帝国，并根据巡抚贝拉多最后下达的手令而将耶稣与两个强盗一起钉死在十字架上。这个故事在历来文学作品中有过从不同角度进行的改写，在我国现代文学中也有过据此写成的各类作品。如艾青在1933年就写过一首长诗《一个拿撒勒人的死》，艾青写这首诗时正被囚在上

海国民党的看守所里，革命志士真理的愤火燃烧在胸中，耶稣在十字架上被钉死的事件正适合于生死未卜的囚徒用来喷射这股愤火的需要，所以艾青改写这个故事的重心也就被置于表现拿撒勒人即耶稣为捍卫教义而牺牲的悲壮情境。但比《一个拿撒勒人的死》早写了九年的鲁迅的这篇散文诗，虽也是采用同一个圣经故事题材，角度却不同。鲁迅抒写的角度定位在受难的耶稣同把他钉死在十字架上的愚众和患有精神麻木症而以欣赏残忍为乐的看客之间的关系上。基于对这种关系的重视，鲁迅还赋予十字架上的耶稣独特而复杂的心态。他既"悲悯他们的前途"，又"仇恨他们的现在"。这种异常复杂的心态，使耶稣竟进一步有了这样的精神意识动向："哀其不幸怒其不争。""哀其不幸"显然指扮演着"戏剧的看客"角色的愚众精神麻木到对自己的穷困与受压迫处境丝毫没有察觉，只满足于观赏杀戮以求获得残忍而无聊的一时刺激。"怒其不争"则进一步指出他们愚昧到对剥削压迫他们，使他们穷困到上无片瓦的统治势力不仅毫不知反抗，反而充当帮凶，对那些为解救他们而受难的先觉者加以迫害，干着康大叔打夏瑜、华老栓求人血馒头等事儿。对于前一类"戏剧的看客"或愚众，鲁迅在《娜拉走后怎样》中说：

群众，——尤其是中国的，——永远是戏剧的看客。牺牲上场，如果显得慷慨，他们就看了悲壮剧；如果显得觳觫，他们就看了滑稽剧。北京的羊肉铺前常有几个人张着嘴看剥羊，仿佛颇愉快，人的牺牲能给与他们的益处，也不过如此。而况事后走不几步，他们并这一点愉快也就忘却了。

对于后一类为虎作伥式的愚众，鲁迅在《热风·随感录六十五·暴君的臣民》中

发过感慨。先是这样说："暴君活下的臣民，大抵比暴君更暴。暴君的暴政，时常还不能餍足暴君治下的臣民的欲望。"后面这样发挥：

暴君的臣民，只愿暴政暴在他人的头上，他却看着高兴。拿残酷做娱乐，拿"他人的苦"做赏玩，做慰安。

这些话都有入木三分的深刻。如果说《娜拉走后怎样》中的那段话适用于《复仇》，那么《暴君的臣民》这段话就更适合《复仇（其二）》，其实在《暴君的臣民》中，我们所引的这段话后面还有这样的话："中国不要提了罢。在外国举一个例：……大事件则如巡抚想放耶稣，众人却要求将他钉上十字架。"这就表明《复仇（其二）》的主旨所在了。在这个文本中这样反复地写到愚众们对为解救他们而受难的先觉者的凌辱："兵丁们给他穿上紫袍，戴上荆冠，庆贺他；又拿一根苇子打他的头，吐他，屈膝拜他；戏弄完了，就给他脱了紫袍，仍穿他自己的衣服。看哪，他们打他的头，吐他，拜他……""路人都辱骂他，祭司长和文士也戏弄他，和他同钉的两个强盗也讥诮他。"凡此种种都表明鲁迅在《复仇（其二）》中对愚众的麻木不仁，从残忍进展到为虎作伥地步的猛烈批判。怪不得文本中有这样一行文字反复出现："四面都是敌意，可悲悯的，可咒诅的。"这"悲悯"和"咒诅"的组合也就推出主体为维护先觉者尊严的一种特有的"复仇"心境：激愤中浸透着极冷峻的轻蔑。这是《复仇（其二）》中很值得注意的一个文本特色。

这就必须谈一下文本中耶稣受摧残时的特殊心理感受表现了。

《复仇（其二）》对耶稣被愚众钉在十字架上所经受的痛苦，竟做了如下反常的心理感觉表现：

丁丁地响,钉尖从掌心穿透,他们要钉杀他们的神之子了,可悯的人们呵,使他痛得柔和。丁丁地响,钉尖从脚背穿透,钉碎了一块骨,痛楚也透到心髓中,然而他们自己钉杀着他们的神之子了,可咒诅的人们呵,这使他痛得舒服。

这样的表现无疑不近人情,但鲁迅赋予耶稣以这样反常的表现自有其道理。在上引《娜拉走后怎样》中那段话后面,鲁迅紧接着这样说:"对于这样的群众没有法,只好使他们无戏可看倒是疗救,正无需乎震骇一时的牺牲,不如深沉的韧性的战斗。"有学者根据鲁迅的说法而对耶稣这种反常的心理感觉表现做了这样的理解:"……他不拿自己的痛苦去给这些麻木的人们娱乐、赏玩、慰安。他反过来倒忍着大痛楚,玩味着麻木人们的前途和现在。他以使人得不到杀他快乐的牺牲,向这些'可悲悯''可咒诅'的人们作了毅然的'复仇'。"这理解有其合理性,值得重视。不过单单这样理解似乎只注意到鲁迅自己的说法的前半句:"只有使他们无戏可看倒是疗救。"其实后半句似乎更重要,那就是"正无需要震骇一时的牺牲,不如深沉的韧性的战斗"。从这后半句中可以发现鲁迅自认为赋予耶稣反常的心理感觉表现还有另一个目的,那就是凸显"深层的韧性的战斗"。我认为这个目的更重要。在文本中鲁迅两次反复地写到耶稣在受刑时竟然还要"玩味"那种"痛得柔和""痛得舒服":"他不肯喝那用没药调和的酒,要分明地玩味以色列人怎样对付他们的神之子,而且较永久地悲悯他们的前途,然而仇恨他们的现在。"后来还把这场反常的肉体痛楚感觉和"玩味"这种心理感觉结合起来说:"他在手足的痛楚中,玩味着可悯的人们的钉杀神之子的悲哀和可咒诅的人们要钉杀神之子,而神之子就要被钉杀了的欢喜。突然间,碎骨的大痛楚透到心

髓了,他即沉酣于大欢喜和大悲悯中。他腹部波动了,悲悯和咒诅的痛楚的波。"这种以对立的心理感("柔和"和"舒服")来反衬、烘染极致痛楚的"玩味",其实是一场辛辣的、充满激愤的、对邪恶势力的蔑视,从创作艺术的角度来看,抒情形象所闪发出来的神圣光辉,乃是一场通过感觉转移来强化韧性的战斗。

也正是这种魔幻的象征表现,使《复仇(其二)》集中地体现出鲁迅对精神麻木的社会劣根性批判的尖锐与深刻。在这个文本最后,写到受难的耶稣由于"上帝遗弃了他",他终于从"神之子"被贬为"人之子"后,鲁迅突然这样作结:

钉杀了"人之子"的人们的身上,比钉杀了"神之子"的尤其血污,血腥。

这个结尾意味深长!它表明:在这个"遍地都黑暗了"的生存世界里,鲁迅通过这场社会批判捍卫了人性的尊严。

三、《墓碣文》:严肃的人生自剖

《墓碣文》诚如冯雪峰在《论〈野草〉》中所说,是一篇最"难于直说所以有时措词就很含糊"之作。到底这篇散文诗表达了什么呢?学者们的研究在一点点接近起来。李希凡在《一个伟大寻求者的心声》中认为是"揭露墓中死人的阴冷的虚无思想。孙玉石在《〈野草〉研究》中认为《墓碣文》就是鲁迅……埋葬自己思想阴影的一座小小的墓碑"。文坛对鲁迅这场虚无、阴冷的思想如何作自剖的看法众说纷纭,对"墓碣"上已斑驳的"文"如何理解,也各执一词,所以值得来再做些探讨。

这个文本写的是一个梦:"我梦见自己正和墓碣对立"着,然后分写三件事:一、"我"看墓碣阳面的文字;二、"我"看墓中

死尸和墓碣阴面的文字；三、死尸坐起来发话骇得"我"逃走。这三件事各自的内在意象组合关系和相互间的组接关系，大有奥妙可究，值得展开来谈一谈。

先说"我"看墓碣阳面的文字这件事。

"我"在梦中看到一块砂石制的墓碣，由于剥落很多，又加之苔藓丛生，所以仅存有限的三段文句。一段是"……于浩歌狂热之际中寒；于天上看见深渊。于一切眼中看见无所有；于无所希望中得救。……"。另一段是"……有一游魂，化为长蛇，口有毒牙。不以啮人，自啮其身，终以殒颠。……"。第三段是"……离开！……"第一段的文句相对奇特，每一句都表现为一种感受向对立的一极转化。说"于浩歌狂热之际"竟然转为"中寒"，在"天上"而竟然见到"深渊"，这是一种由光明蓦然变为黑暗的转化。说于眼中看见一切竟然变得"无所有"，于"无所希望"的生命绝境竟然因死而"得救"，这是一种由实存蓦然转为虚无。由此可见，墓碣中记载的墓中人生前是一个把自己的生存境遇和现实世界总看成黑暗和虚无的人。这不由得使人想起鲁迅在《两地书·四》中致许广平信中那句话："我的作品，太黑暗了，因为我常觉得唯'黑暗'与'虚无'乃是'实有'。"这也就足证这一段"墓碣文"实是鲁迅对自我生存思想与感受的象征表现。第二段的文句则更有点魔幻了，说有"一游魂，化为长蛇"而"自啮其身"。对此，我们在前面曾根据冯至的诗句"我的寂寞是一条长蛇"来证实鲁迅这样写是用来象征自己的灵魂被寂寞缠住，其实鲁迅自己也已点明这种意象象征关系了。他在《呐喊·自序》中就先说到自己在人生激战场上曾呐喊过一阵子，但得来的反应却是这样："独有叫喊于生人中，而生人并无反应，既非赞同，也无反对，如置身毫无边际的荒原，无可措手的了，这是怎样的悲哀呵，我于是以我所感到者为寂寞。"随后又这样

对寂寞进行发挥："这寂寞又一天一天的长大起来，如大毒蛇，缠住了我的灵魂了。"这是完全一样的意象象征。从这比较中可以看出：鲁迅对自己心灵中的寂寞以毒蛇缠身来表现还不够，又以"长蛇"的"自啮其身，终以殒颠"来进一步表现其寂寞之可怖，竟至到了可以毒死自己生命的地步，而这正是出现上一段那种"于浩歌狂热之际中寒"，"于天上看见深渊""于一切眼中看见无所有"等文字的原因，唯"黑暗"与"虚无"乃是"实有"的感受得以形成的根本原因，而鲁迅自己也感到这是狠毒的。在致李秉中的信里他就这样说："我自己感觉得我的灵魂里有毒气和鬼气，我极憎恶他。想除却他而不能。我虽然竭力遮蔽着总还恐怕传染给别人，我之所以对于和我往来较多的人有时不免觉到悲哀者，以此。"这番话也就可以用来阐释这篇"墓碣文"阳面文字中的第三段："……离开……"的实际所指："我"有毒！"离开""我"一点。而也正是这一段文字反映出他对自己心中"唯'黑暗'与'虚无'乃是'实有'"的阴郁思想做自我剖析是多么严肃而深沉，以及欲求驱散这种阴郁思想又是多么迫切和坚决。

再说"我"看墓中死尸和墓碣阴面文字这件事。

这是"我绕到碣后"所见到的：一座颓败的孤坟，阙口见到死尸"胸腹俱破，中无心肝"，脸上"绝不显哀乐之状，但蒙蒙如烟然"。这象征着自剖后的结果：心肝也已没有地死了！既如此，自然无哀乐可见，不过蒙蒙如烟的茫然当还残留可见。同时还将他"自食"也就是自剖时的心理活动记录了下来，被刻在墓碣的阴面。它也分三段，第一段说："……抉心自食，欲知本味。创痛酷烈，本味何能知？……"第二段说："……痛定之后，徐徐食之。然其心已陈旧，本味又何由知？……"第三段说："……答我。否则，离开！……"第一、

二段都记录了墓中人"抉心自食"而求"本味"的心理活动。这"本味"指的什么？既然说是一场"自食"其心的所求，无疑指的是自剖，是指于自剖到终极时对自我做出的审定，是对自我的本性定位。为此，墓碣阴面用了两个设问句。前一句表达的意思是在"我"拿心自食剧痛时，还有什么办法来对自我本性做最终定位。后一句表达的意思是痛定后徐徐自食时心已陈旧，还能凭什么对自我本性做最终定位！从设问语气看，这两个句子所表现的是不成问题的问题，无须回答的问题，一句话：是办不了的事儿。于是也就引出了第三段：看你回答！答不出，就趁早离开。

第三，再来说说墓中人坐起来发话这件事。

这是承袭墓碣阴面文字的最后一行——"……答我。否则，离开！……"而来的，"我"因为答不出来，"就要离开"。而"墓中人"似乎也早有准备，趁"我"未离开时就在"坟中坐起"。自己来回答："待我成尘。"而一切全归虚无时，"你将见我微笑"——终极的"本味"才可以做出确切定位：本味者，大虚无也。

回顾这三件事的魔幻表现，可以看出它们之间自有一种形态整体构成的逻辑线贯串，而"唯'黑暗'与'虚无'乃是'实有'"这个思想感受则是逻辑起点。正因为感到世界都是虚无的，所以作为象征主体的墓中人才会感到活在世上时，自己总是被寂寞的心境、阴郁的情绪像大毒蛇般缠住，甚至一切生趣都被缠死，以致在无奈地成了鬼魂后决心搞个清楚：这种寂寞究竟出于怎样一个本性，于是"抉心自食"——进行自我剖析一番。结果弄清楚了吗？没有！纵然自食得"中无心肝"，竭尽了一切可能去进行自剖，也一无所获！得不到"实有"，这才使作为主体象征的墓中人悟到并且向他人宣称："待我成尘时，你将见到我的微笑。"要到"成尘"才能知道"本味"，那可见"实有"的"本味"不是别的，正是开头就存在的大虚无。所以这个高度魔幻的文本，实在是鲁迅对自己的虚无主义思想一次彻底的自我暴露和坚决的自我剖析。文本的最后一段颇值得玩味，这样写："我疾走，不敢反顾，生怕看见他的追随。"这段话从文势发展看，有点像幽默的戏说，其实不然。鲁迅是想借此机会从另一身份出发来喻示自己对虚无主义所抱的坚决否定态度，从中也可以看出他对自己那种"唯'黑暗'与'虚无'乃是'实有'"的阴郁思绪抱有理性的戒备心理，唯恐这股毒气侵入年轻而单纯的一代人的灵魂中，所以趁这场魔幻表现到结束处时，做了一场顺势而出的象征表现。

在《写在〈坟〉后面》中，鲁迅曾这样说："我的确时时解剖别人，然而更多的是更无情面地解剖我自己……"还说："如果全露出我的血肉来，末路正不知要到怎样。"由此看来，《墓碣文》可以说是体现他这种自剖精神极的典型文本。不过，若把《墓碣文》的这种自剖提得过高，看成是鲁迅在现实斗争中有了革命觉悟而决心和旧我决裂，是一个彻底埋葬旧思想的标志性文本，也是没有必要的。《墓碣文》写在1925年6月，说这时的鲁迅革命意识已经觉醒，恐怕未必合于鲁迅精神演变的实际，但迟来的爱情倒是在这期间炽热地燃烧了起来。这使他的心情颇矛盾重重，难以直说，以致彷徨于无地，从而通过小杂感式的作品——如《野草》中一些篇什来做隐晦的发泄，倒成了可能。如为了向恋着他的异性坦陈自己，卸掉身上的"铁甲"，露出"全部的血肉"，让她进一步认识自己，并最终做出抉择：是携手，或者离开！不论日后有悔之晚矣之憾，如是向她做这么一场不无几分阴森的、象征性自我剖析。基于这样的想法，我因此认为胡尹强在《鲁迅：为爱情作证——破解〈野草〉世纪之谜》一书中对《墓碣文》涉及自我剖析动机的说法值得在此引一引。他这样说："《墓碣文》表现的就是鲁迅无情的自我解剖，即向她卸掉'特地留在身上的铁甲''全露出我的血肉来'，带给她的心理冲击。"这不是故做标新立异，以求哗众取宠，而是有一定的心理现实依据的，值得来做参考。

四、《过客》：悲壮的精神升华

无论从哪一个角度看，《过客》都是《野草》中最成功的文本。

这是一篇散文诗剧。荆有麟在《鲁迅回忆》一书中说，它是鲁迅酝酿了十年才于1925年3月2日最终完成的。可见这是一个经过深思熟虑而成之作，不可等闲视之。事实也的确如此，它已为中国现代散文诗创作树立了一块丰碑。

《过客》是象征之作。对于这一点，可从鲁迅对它所做的艺术设计看出。这个设计分两个层次，各三类，现在来分头谈谈。

先看第一个，现实经验层次，分三类：场景布置设计、人物关系设计和戏剧冲突设计。

《过客》在现实层次上的场景布置是具有不确定意味的。从"时空"上的"时"来说，是"或一日的黄昏"，即可能是在白天与黑夜交替的明暗相杂时分。说"地"是"或一处"，其不确定性明白不过，就不用说了。再说剧情发生的环境，全景自东至西展开，东边是几株杂树和瓦砾，显得一片残败；西边是被丛葬所占领的一片坟地，显得无比荒凉。作为东西之间相联系的，是"一条似路非路的痕迹"，凸显出其特殊的地位。值得重点注意的是这条路的中段，还有"一间小土屋"，开着一扇门，门侧有一段枯树根，可以想见有一场人世间的事会在这里发生。

从现实层次上看，有三个人物：老翁、女孩和过客。老翁"约七十岁，白须发，黑长袍"；女孩"约十岁，紫发，乌眼珠，白地黑方格长衫"；过客"约三四十岁，状态困顿倔强，眼光阴沉，黑须，乱发，黑色短衣裤皆破碎，赤足著破鞋，胁下挂一个口袋，支着等身的竹杖"。从外貌神态、衣着打扮可以看出：老翁阅尽世态，慵倦安适；女孩单纯热情，灵敏朴实；过客则饱经风霜，坚毅稳健。对三个人物的设置学界有个流行看法：他们是抒情主体精神性格的化身。如靖辉在《灵魂的自省：从文本的象征意义析〈过客〉》中就这样认为："这三个人物从不同的角度和侧面暗示了鲁迅不同的自我，在文本中是一个聚合象征。"并且具体地说：老翁是"无望的无望者"鲁迅，女孩是"无望的希望者"鲁迅，过客则是"无望的探求者"鲁迅。还做了这样的阐释："鲁迅巧妙地将灵魂深处的这样三个'自我'赋予老翁、女孩、过客这些人物具象化，通过人物的对话，其实是人物重心的易位，体现了一个'自我'对另一个'自我'的拷问。"又认为"女孩是过客的过去，老翁是过客的将来"，三个人物"动态地暗示着不同时态的鲁迅自己"。胡尹强在《鲁迅：为爱情作证——破解〈野草〉世纪之谜》中则更有新说，认为"老翁和过客是鲁迅性格中总是互相矛盾着、对立着两个方面具象化的象征。过客是理想主义的鲁迅，执着的鲁迅，老翁也是觉醒者，只是象征了鲁迅性格中虚无、消极的方面"。但他不认为女孩也是鲁迅的化身，"女孩是个独立的形象，暗示许广平"。如果说上面二位把《过客》中的这三个人物及其关系落实在鲁迅及与鲁迅有直接关系者身上，那么孙玉石在《〈野草〉研究》中则把他们落实在一个时代的类型人物身上。他认为"在过客的身上"是"更多地表现为对革命道路的勤奋不懈的探索"的，因此"过客这个象征性形象带上了20世纪20年代对生活道路和革命理想进行探索的知识分子的鲜明色彩"。而老翁"是在生活道路上跋涉过来而终于半路停顿不再前进的颓唐者"。女孩则是"未经生活风雨摧折的天真青年的象征"。所以这三个人物"象征了时代的激流中人生的三个时期"。由此看来这三个人物学界多数看法是现实层次上的存在，他们和他们之间的关系属于人事象征性。

正是在这个现实层次上，《过客》这个文本展开了两场戏剧冲突：一场是在过客与老翁之间发生的。当日暮时分跋涉到小土屋前的过客向老翁和女孩打听前面是怎么个地方，却得不到满意的消息，只知道前面是一片开着野百合花、野蔷薇花的坟地，至于坟地过去是什么地方他们也一无所知，过客决定还是不顾一切向前走。这时，老翁来劝阻了："你莫怪我多嘴，据我看来，你已经这么劳顿了，还不如回转去，因为你前去也料不定可能走完。"这一来也就引起了他们之间的冲突，过客憎恶走回头路，更何况"回到那里去，就没一处没有名目，没一处没有地主，没一处没有驱逐和牢笼，没一处没有皮面的笑容，没一处没有眶外的眼泪"，所以他坚决地说："那不行，我只得走！"老翁却说还是回去好："你也会遇见心底的眼泪，为你的悲哀。"过客又找理由：前方有一个声音在呼唤自己，不得不走。老翁就说那声音也呼唤过自己，不理他，也就叫几声会没有了的，没啥了不起。这一招似乎还有点灵，过客沉思了，老翁趁机又劝："太阳下去了，我想，还不如休息一会的好罢，像我似的。"过客一惊，断然说："不行，我还是走的好，我息不下……"这样反复较量后，老翁规劝终于失败，过客终于又挺起身要前进了，却因一路走来脚早已走破，停下一会儿再走就痛得寸步难行，女孩就给了他一小片红布包脚。这一来，过客和女孩之间也引起了戏剧冲突。原来过客拿到小红布先是一喜，甚至激动地说："姑娘，这真是……这真是极少有的好意。这使我能走

更多的路。"但当他正要去包脚时却突兀地说："但是，不行！"就要把小红布还给女孩，并解释道："这太多的好意，我没法感激。"女孩不解，惊骇，甚至要躲进小土屋里去，再三要他带在身上，并指指他的口袋说："你装在那里，去玩玩。"但他把这赐予看成是一个重重的包袱了，苦恼地说："但这背在身上，怎么走呢？"最后还是老翁出主意，要他在过坟地时把小红布片挂在野百合花或野蔷薇花上，才消解了这场冲突。这两场冲突以过客更坚定了一颗心而获得消解，也就是说：冲突促使他更不回头，也不息下，且决不接受他人怜悯恩赐，高扬个性主义精神而继续不顾一切，奋勇前行。可以说两场冲突的设计，为剧情的人事象征大大地推进了一步。

但不能不指出：《过客》的艺术设计没有停留于经验的现实层次，而具有转向超验的非现实层次的特色。

从上面已提及的时空设计看，《过客》在时空上不确定性的处理，总是有奥妙的。把时间定在"或一日的黄昏"，正是明暗交替时分，使人联想起《影的告别》中抒情主体的"彷徨于明暗之间"的表现，隐约地预感到即将登台的剧中人也将会在"明暗之间"作"彷徨于无地"的表现，进一步引起神秘的遐想：一场生命远行的事儿就会发生。至于空间的设计也具匠心：有一条自东向西穿越荒原的路凸显于整个舞台，而路又只不过是影影绰绰"似路非路的痕迹"，这就使它具有神秘感，仿佛不像是人间实际的存在；而在路的中段又设一小土屋，门口有一小小场地，这些组合在一起就隐示着：茫茫荒野上横亘着一条生命的路，路的中段还有着一个人生之行旅的歇脚点。既如此，那么现实的经验层次也就必然会在接受者的潜意识中转为非现实的超验层次了。

《过客》中三个人物及其关系的设计，上面我们已提及，有不少学者认为可以落

实在具体的人身上。在经验的现实层次上，这种对号入座确有其合理性，孙玉石的见解特别值得珍视，靖辉把三个人物看成鲁迅多侧面精神性格的一个"聚合象征"体的分身表现，也颇具合理性。不过分身表现总得从某一个整体出发，须有一个逻辑起点才是，否则分身从何说起。这个整体当然可以是一个具体的人，更可以是一个类型化的人（这也是我特别欣赏孙玉石的见解的理由），但尤其可以是一个本体人——这就进入超验的非现实层次了。在我看来，《过客》中三个人物不仅是一个具体的人——鲁迅的分身表现，也不仅是一个相对时空中存在的类型人——20世纪20年代受过"五四"文化启蒙的知识分子的分身表现，更可以是一个在绝对时空中存在着的本体人的分身表现。横贯东西而凸显在舞台中央的那条"似露非路的痕迹"——生命的路上，有三个从本体人分化出来的人物在小土屋门口的空地上交流着形而上的生命存在问题。可以这样说：正是这个本体人，他怀有"希望"，分身为"女孩"；他已是绝望，分身为"老翁"；他还视"绝望之为虚妄，正如希望相同"，不论希望与绝望，只一股劲地在生命的路上走，在这过程中寻求生命的存在价值，从而分身为"过客"。正是这三个本体人分化出来的剧中人物，在小土屋门口——生命的路上一个歇脚点聚在一起，交流生命行旅的价值，由此文本人物关系的设计也有了一场经验的现实层次的超越，在超验的非现实层次上来展开形而上的高级象征。

再从两场戏剧冲突看。从经验的现实层次出发，我们已谈到过这两场冲突促使过客更坚定了一颗心，高擎个性主义大旗，孤独而昂奋地在生命的路上继续前进。但我们没有进一步探讨过客坚定意志、继续前进的推力究竟有哪些？除了走回头路对他的刺激性推力，还有一种更具决定性意味的推力："有声音常在前面催促我，叫唤我，使我息不下！"对此老翁有个企图消解它的说法，那个神秘的声音以前也叫唤过自己。"我不理他，他也就不叫了！可过客没有被说动："不理他……不行！我还是走的好，我息不下！"这前面叫唤的声音是超验的幻听，非现实层次上的事。我们同样没有深挖小红布片事件。过客终于不愿接受女孩赠给他用以裹伤脚的一小片红布，甚至觉得如带走，还得"背"——"背在身上"，沉重得不知道该"怎么走"。这意味着什么呢？只能认为这赠赐的小红布是绝对时空中的存在物。绝对时空中的存在是由"一的一切"衍化为"一切的一"的。也就是说：在宇宙同一性的意志下，众生万物都是各自独立的个性化存在，因此生命的路只能是也必须是无须谁怜悯的远行——孤独的行旅。如此说来，文本中这两场戏剧冲突，也已从经验的现实层次转化为超验的非现实层次来展开表现了。

所以《过客》其实是一个双层结构的文本，经验的现实层次上，它是"五四"文化启蒙一代民主意识觉醒者在人生探求中的分身表现；超验的非现实层次上，则是一个本体人在生命之路的探求中分身的表现。这两场分身表现则复合地展示在小土屋门口的那块空地上。这空地也就成了人生舞台的缩影。那么在这里他们演出了一些什么呢？我认为老翁和女孩是合演了一套节目，而过客则单独演了一套节目。

老翁和女孩合演的一套节目是意味深长的。

七十来岁的老翁和十岁的孙女相依为命，从经验的现实层次上看，一个借孩子的照料，得以安适地度着余生；一个借长辈的爱抚，幸福地成长起来，自是十分和谐。从超验的非现实层次上看，一个是绝望的化身，他对自己走过来的地方十分熟，心头负有重荷，又不知道再走下去会通向哪里，只知道不远处就是片荒地，有不少坟墓，因此绝望了，歇下来了，还劝过客也不必向前再走。一个是希望的化身，她从未出过家门，不知道自己从哪里来，前方又会是怎么个模样，只知道不远处就是片荒地，开着野百合、野蔷薇花，因此总是怀着好奇，怀着希望，给过客一方小红布包起伤脚继续走。他们不仅代际分明，人生境界各别，而且生存方式也是极端对立的，但相处得十分和谐。这可是鲁迅别具匠心的艺术处理。在我看来鲁迅在这里干了一场意象叠加的事儿。他把老翁和女孩都看成是戏剧意象。围绕老翁展开的一系列事件形成了一个意象组合体，围绕女孩展开的一系列事件形成了又一个意象组合体。这两大组合体的叠加具现为对立统一的共存：一老和一小是对立统一，阅尽世态和天真未泯是对立统一，坟墓和野百合、野蔷薇花是对立统一，绝望和希望也是对立统一。那么这些对立统一的关系是在怎么一个基础上确立的呢？是那条"似路非路的痕迹"，即那条生命的路中，是在那片荒地上，是在那间小土屋里确立的。"似路非路的痕迹"直通向没有终点的茫茫远方，是大虚无的象征。荒地上既有坟墓也有野百合、野蔷薇花，也是大虚无的象征。那间小土屋门口，在天渐渐暗下来时，过客就要继续远行，老翁和女孩同他告别，然后老翁（站起，向女孩）说："孩子，扶我进去罢。你看，太阳早已下去了。"然后他们就"转身向门"走去。女孩扶老翁进入小土屋是个特写镜头，其意义在于这更是大虚无的象征。隐示绝望也好，希望也好，都在和过客告别，层层的意象叠加，对立面的双向交流，互为映衬，竟然浮雕般凸显出一层人生感受的新意——鲁迅在另一篇散文诗《希望》中一再感慨地说过一句话："绝望之为虚妄，正如希望相同。"也就是说：在生命的路的探求中，是既没有希望也不会是绝望的，有的只能是大虚无的存在。这一老一小合演的节目，或者

说两大意象组合体的这一叠加，竟然生发了一个形而上的高级象征命题：生命的路上，希望和绝望都是虚无的——虚无的实有。由此说来，老翁和女孩演出的这套节目确是意味深长的。

过客单独演出的节目更是意味深长。

过客是一个长途跋涉者，劳顿、倦怠、饥渴令他寸步难行，喝了女孩给的一杯水他才算有点精神。所以从现实层面看，他的表现较简单。但他竟然不知道自己有过什么名字，也不知道自己从哪里来又要到哪里去，只晓得天天有一个声音在前面呼唤他向前走，自己也就一直在路上走，走。这就使这个人物神秘起来，虚化了。这种虚化凸显出性格的偏执和行为的离奇，具体地显示在和老翁、女孩的冲突上。他的人生行旅节目就在两场戏剧冲突中大显了一通身手。老翁是绝望的化身。过客根本不顾他合情合理的劝阻，而坚持要继续远行。可以这样说：他如此坚持、不听劝阻，大有做绝望地抗争的意味。女孩是希望的化身。过客决不收受她赐予的小红布片包裹伤脚，以便能继续方便地往前走。这种不求布施之举，大有拒绝希望的意味。过客只听一个在前方召唤他的神秘声音，不顾黑夜，不顾前面是坟地；也无视脚伤，无视前程茫茫，坚持不歇下，只管前进。所以他向老翁和女孩告别，也就是表示他把绝望和希望都一样看成是"虚妄"的事儿，一样地拒绝了。当"女孩扶老人走进土屋，随即阖了门"后，他"徘徊、沉思"片刻，就"高昂了头，奋然向西走去"，并且自语着："然而我不能，我只得走。我还是走好罢……"随即推出了一个特写镜头："过客向野地里跄踉地闯进去，夜色跟在他后面。"这就意味着：等待过客生命行旅的前程，是一个黑茫茫而又路迢迢得无尽头的过程。

如是我们看到：过客在生命的路上以对过程的坚守，终于获得了这场行旅的价

值定位：

正是对这过程的坚守，诠释着"唯'黑暗'与'虚无'乃是'实有'"这个形而上的命题；

正是对这过程的坚守，完成了过客悲壮的精神升华；

正是对这过程的坚守，促成鲁迅能立足于生命哲学的高度，为《过客》赢得了高级象征的艺术魅力。

鲁迅的《野草》（三）

《野草》18篇散文诗，都在不同程度上具有魔幻性的表现特色。

西方对魔幻现实主义的多种见解中，涉及一个重要问题：魔幻与神秘之间有何关系？对此各方意见颇不一致。在我们看来，魔幻偏于外在，属审美对象超常态的非凡性存在；神秘偏于内在，属对象审美直觉化的超验性感应。这是二者相区别的地方。不过，作为主体创作活动中一场心理过程，魔幻的表现必然会导致神秘的感应，神秘的感应也必然会促成魔幻的表现。所以，它们是双向交流互相作用的。而我们知晓：审美对象超常态非凡性存在，要得力于对象审美的直觉化超验感应，也就是说魔幻性审美要依赖印象主义，对象审美的直觉化超验感应，要得力于审美对象超常态的非凡性存在，也就是说神秘化审美要依赖象征主义。因此，立足于现实人生认识哲学基础的魔幻性与神秘性实是个辩证的统一体。于是，一个特殊的、多元综合的创作原则被提出来了。如同前面已提及过的，在论述俄罗斯作家安特莱夫的创作时，鲁迅这样说：

安特莱夫的创作里，又都含着严肃的现实性以及深刻的纤细，使象征印象主义与写实主义相调和。俄国作家中没有一个人能够和他的创作一般消融了内面世界与外面世界之差，而现出灵肉一致的境地。他的著作是虽然很有象征印象气息而仍不失其现实性的。

这就是鲁迅所提倡的象征印象主义与写实主义相调和的主张。是否可以把这种创作原则看成魔幻现实主义呢？这当然是值得进一步探讨的，我们不想在此下断语，但有一点可以明确：《野草》这部富有现实战斗精神的作品，其魔幻性表现，其实就是象征印象主义与写实主义相调和的表现。

把象征主义、印象主义和现实主义放在一起的这种多元综合表现，到底显示为怎么一种艺术构成特色呢？鲁迅在《〈十二个〉后记》中，这样论及勃洛克的诗歌创作："他之为都会诗人的特色，是在用空想即诗底幻想的眼，照耀都会中的日常生活，将那朦胧的印象加以象征化。"这是指在直觉印象中做超验幻感的象征，也就是由直觉印象升华为超验象征的一种说法。紧接着他又说："将精气吹入所描写的事象里，使它苏生；也就是在庸俗的生活，尘嚣的市街中，发现诗歌底要素。"这"精气"，就我们的理解，乃来自主体超验直觉感兴。拿这"精气"吹入"所描写的事象"中，使"事象"得以有某种诗性联想，在鲁迅看来是一场"发现诗歌底要素"的活动。那么，这"诗歌底要素"又是什么呢？鲁迅紧接着又说："所以勃洛克所擅长者，是在取卑俗、热闹、杂沓的材料，造成一篇神秘底写实的诗歌。"由此可见，这"诗歌底要素"的发现，其实就是对可以获得象征（一般指广义象征）意味的"神秘底写实"的发现。从这些引述中我们注意到关键词是"事象""精气"和

"神秘底写实"。"事象"在审美活动中存在的意义是直觉印象促成的,而"精气"则是由直觉而生的超验感应;那么"神秘底写实"就是超验的事象显示了。由此形成的一个创作体系,我们认为就是魔幻性表现。

基于以上理解,我们可以这样说,《野草》总体的魔幻性表现是从如下三个方面来展开的:精气吹入审美对象,对象魔幻得似实似虚;精气逸出审美对象,对象魔幻得若真若幻;精气氛围审美对象,对象魔幻得或显或隐。

一、精气吹入审美对象,对象魔幻得似实似虚

《野草》中有很大一部分作品的审美对象借"精气"的吹入而变形,因而给人似实似虚的魔幻性感应。所谓审美对象的变形,其基础还是对象的本体特性。但由于精气的吹入而使其外在形相因直觉印象的神秘幻化作用,失去了本体的匀称和谐,成为畸形变态,显示出超验感的象征意味。于是,接受者在审美过程中也就因超常的印象活动而引起怪诞甚至魔幻感。《秋夜》《复仇(其二)》《过客》是鲁迅这方面的代表作。

《秋夜》的审美对象是秋天夜晚京城某宅院一角的情景,室外是夜天寒星,落尽叶子的枣树,洒着繁霜的野花,以及夜游的恶鸟的怪叫;室内是煤油将尽的暗淡灯光,灯罩上的小青虫,对灯默坐的"我"和手上纸烟袅袅的烟雾。正是这些,组合成了一个秋夜的本体,但抒情主体面对这个本体情景,却引起了一片恍兮惚兮的直觉印象:夜的天空奇怪而高,星星闪闪仿佛是它眨着的冷眼,落尽叶的枣树仿佛铁干似的直刺向奇怪而高的天空。于是他在这一连串超验直觉印象中产生了幻感:"我忽儿听到夜半的笑声,吃吃地""四周的空

气都应和笑",而这声音竟然"就在我嘴里"……这是为求生存而搏斗在宇宙中所获得的必胜信念象征性的表现。抒情主体从直觉宇宙感应到超验象征感应——这一系列心理活动,也就化为一股由超验直觉而生的精气,并且让它吹入枣树、小青虫们的世界中,使这一片秋夜的本体情景因此而"苏生"灵性生命:洒满繁霜的野花野草中的小粉红花,"在冷的夜气中,瑟缩地做梦,梦见春的到来,梦见秋的到来,梦见瘦的诗人将眼泪擦在她最末的花瓣上,告诉她秋虽然来,冬虽然来,而此后接着还是春,蝴蝶乱飞,蜜蜂都唱起春词来了。她于是一笑,虽然颜色冻得红惨惨地,仍然瑟缩着。"直觉幻感中枣树直刺天空的事件,也因有精气吹入,使鬼睒眼的天空和月亮,因此"发窘",仓皇躲避;夜游的恶鸟虽威胁似的叫着飞过,但灯罩上的小青虫——这些"可爱可怜"的"苍翠精致的英雄",仍然紧跟枣树直刺高天的壮举,奋勇地向火焰扑去。此时此境中的"我",因此又听到了"夜半的笑声",枣树也做起了"小粉红花的梦"。这种种秋夜现象因"精气"吹入而超常非凡得似真似幻地显现出来,使本体特征因此而魔幻化。而秋夜这个审美对象也就变形成一片超验象征世界:那奇怪而高的秋天的夜空,夜空中睒着冷眼的寒星,窘得发白的月亮,摧残野花的繁霜,都成了现实中恶势力的象征,而枣树作为韧性战斗的英雄的象征,小青虫作为为真理事业而献身的战士的象征,小粉红花作为受着压迫、经历着人生苦难却仍然热情期待光明到来的青年一代的象征,合成了一股正义的势力,和恶势力摆开了搏斗的架势。而"我"以及从"我"心底发出的吃吃笑声,则成了对恶势力无比鄙视,对正义热情赞美的历史代言人的象征。神秘的精气吹入审美对象,变形出来的魔幻世界,正是鲁迅孜孜以求的那一片"象征写实"的

世界。

如果说《秋夜》是通过形态变形来使审美对象在似实似虚中魔幻化的，那么《复仇(其二)》则是通过心理变形来达到的。这篇散文诗采用耶稣被犹太人钉死在十字架上的圣经故事作为审美对象。黑格尔认为"神话必然是要看作象征性的"。台湾学者姚一苇也这样说过："神话世界是人类最先建立的象征世界，亦是象征世界的最标准的模式。"鲁迅这篇散文诗，无疑是建立了一个更幽深神秘的象征世界。显然，它并非神话简单的复述，而是让鲁迅把"精气"吹入对象中，使对象显示出心理变形的。这"精气"不是别的，正是鲁迅从现世人生出发在宇宙人生中所获得的直觉超验感应——生命世界的先觉者、先驱者，总是大寂寞大孤独甚至大苍凉的，它吹入这个神话传说性审美对象中，使审美对象心理高度变形了。如钉子钉入耶稣脚上时这样写：

丁丁地响，钉尖从掌心穿透，他们要钉杀他们的神之子了，可悯的人们呵，使他痛得柔和。丁丁地响，钉尖从脚背穿透，钉碎了一块骨，痛楚也透到心髓中，然而他们自己钉杀着他们的神之子了，可咒诅的人们呵，这使他痛得舒服。

这种"痛得柔和""痛得舒服"是十分奇怪的感觉，奇怪到后来他还在痛楚中"玩味"起"要被钉杀了的欢喜"；甚至当"碎骨的大痛楚透到心髓"时，"他"还"沉酣于大欢喜和大悲悯中"。这种"玩味"和"沉酣于大欢喜中"的心理变形，使审美对象对摧残者高度蔑视的激愤变得似实似虚，显示出一种独特的精神魔幻化特色，把一个拯救人们于苦难的人反被愚众所抛弃的大悲怆情绪，象征地表现了出来。

这种以审美对象似实似虚为特色的魔

幻追求，《过客》中表现得最生动和深沉。

《过客》的魔幻化是通过事件变形而达到的，这是一场貌似平常实质很神秘的事件：某日的黄昏，荒原上走来一个困顿倔强、眼光阴沉的中年过客，当他沿着似路非路的小道来到道旁一间小土屋门前时，向这家的主人——一个老翁讨水喝，并询问前面是怎么一个所在。老翁告诉他只是坟墓，劝他不要再往前走，还是回去像自己现在那样休息好，因为老翁也像他那样在这条路上走过，如今就不想走了。但老翁的小孙女却说前面"有许多许多野百合，野蔷薇"，并给他一块裹脚的红布，要他包起脚继续前进。过客拒绝了老翁的劝告。因为"有声音常在前面催促我，叫唤我，使我息不下""只得走了"；他又把红布还给了小女孩，因为他不愿接受布施而带着负担前进。就这样他仍在昏黑的荒野上，一条通向坟墓的没有路的路上，继续走下去了。显然，这荒原、过客、老翁、小女孩所组合成的一个本体结构，作为审美对象，原是平平常常的，但主体的鲁迅有一种明知生命的宇宙存在是大虚无，却仍要为获得这大虚无中的大实有而顽强地追求下去的直觉超验感应——精气涌动在心中，把它吹入审美对象中，结果这对象的静态本体结构倒没多大变形，过客与老翁、女孩以及荒原之间发生的事件——审美对象的动态本体结构已大大变形：过客成了一个既不知自己名字、又不知自己从何处来要向何方去，只知道不断向前走的神秘人物，老翁成了向他现身说法的劝阻者，女孩成了鼓励他的前行者；荒原也通了灵，冥冥中发出了只有过客听得到的召唤他继续前进的声音，而"似路非路的痕迹"——那条小路，则是通向荒原深处的坟地的；坟地过去又是什么，则谁也不知道了。神秘的过客就是在这样一种莫测的关系中继续向荒原深处走去的。这样的事件的确大大地变了形。因为这事件的变形，审美对象也就有了一种似实似虚的神秘魔幻意味，获得了超现实的象征：老翁象征了人生的绝望，小女孩则暗示着理想主义的希望，而过客则是生命价值只存在于过程中固执的追求者，在理性光辉照耀下他走着一条灵的世界的追求之路——于大虚无中去把握大实有。

总之，《野草》中这一类魔幻性表现，立足于本体的如实，发生魔幻的关键是创造主体的"精气吹入"，而使如实的本体有了这样那样的变形，通了灵性以致审美对象终于在似实似虚中魔幻起来，获得超验象征的效果。

值得指出的是：一种近乎连锁反应的情况颇值得一议，即这种"精气"吹入审美对象，是抒情主体主动对待客体存在的事。具言之，指的是主体在接受了这种客体刺激作用而获得某种直觉超验感兴后，再戴着这一类感兴的有色眼镜去看待这一客体，使它也得以染上主体这一类感兴的事。唯其如此，才使得"精气"吹入审美对象的追求，会促使主体在文本建构中采取主观象征的艺术策略。而《野草》中，《秋夜》等作的文本建构，其艺术表现就都是主观象征的。说白了，也就是审美对象都因为遭受到主观任意摆布而变形了。正是这样的艺术表现策略，使这些文本似实似虚的魔幻性表现得特别显著，所达到的乃是一种特具刺激效果的意念印证。

二、精气逸出审美对象，对象魔幻得若真若幻

精气逸出审美对象同精气吹入审美对象刚好相反，它是审美对象自身具有某种触发感动的功能，在审美创造活动中它本能地会散发出精气来，所以这审美对象若真若幻的存在总体看是客观的，而主体则是从对象身上被动地把握到某种超验感应

的。这类文本构成在《野草》中成功者不少，也就使鲁迅对精气逸出审美对象的魔幻追求大放异彩。

《复仇》在这方面是颇值得一议的。这首诗的审美对象有一个如实的框架：一男一女捏着利刃，对立于广漠的旷野之上，摆出"将要拥抱"或者"杀戮"的架势。这当然是个并未变形的客体。可是我们看到这个场面总感到不踏实，总觉得有点异样东西横在心里，以致隐隐地有离奇的联想蠢动。随之是路人们被旷野上这一对人所吸引而从四面八方汇聚拢来，"拼命伸长脖子，要鉴赏这拥抱或杀戮"，其兴奋甚至使他们似乎"已经像觉着事后的自己的舌上的汗或血的鲜味"了。这事却也并非变形了的。可是接受者的我们读到这儿又会有说不出的异样感觉滋生，离奇的联想又隐隐然蠢动。但这还不够劲儿，随之又推出一个依旧是实存的场面，且是一个长镜头：这一对像是就要拥抱或者杀戮者竟僵持在那儿，很久很久，并无实际的行动。看客们既不见拥抱也不见杀戮而空待了很久，也就失去了"生趣"，"无聊钻进他们的毛孔"，且又从他们的毛孔钻出，爬满旷野，"又钻进别人的毛孔中"了。于是，也就纷纷散去。而那一对仍摆着准备拥抱或杀戮的架势者，则"干枯的立着；以死人似的眼光，鉴赏这路人们的干枯，无血的杀戮"。这个多侧面的场面也是实存的，并未变形，却也同样使人有什么事儿将会发生的离奇联想蠢动起来，不过也还是说不清。这三个实存场面一经拼合，成了一个全方位的实存场面，也就使接受者蠢蠢欲动的好奇心有了一次空虚无聊的联想爆发，一切全处在恍兮惚兮中，但一切也就是那么一回事罢了。文本最后一段说："徒只剩下广漠的荒野"，而最后一句竟对此做了"永远沉浸于生命的飞扬的极致的大欢喜中"的赞美。其实这是对无聊到大荒谬的一场生命盛宴所作

的画龙点睛一笔。摆出要拥抱或杀戮而实际上并无实际行动的这一对人固然荒谬，看他们的戏的路人乘兴而聚扫兴而散尤其荒谬，而僵持地站得已干枯了的一对人竟也成了看客，他们赏鉴扫兴而散的路人，则是更大的荒谬。荒谬汇聚在这个实存的全方位场面上，也就引起接受者直觉感兴到一片幅度更大的象征联想，原来这个散文诗文本拥有的是一个貌似实存的审美对象，内蕴着一股浓郁的精气。出之于超验直觉的这股精气，也就使由荒野、捏利刃对峙者和散去的路人所组成的这个实存场面，若真若幻起来，从而使主体和接受者面对这个审美对象把握到了一股逸出的精气，这个审美对象也因此而恍兮惚兮起来。于是一个审美对象真与幻的美也就推出来了。在现实人生中，如荒野上对峙着准备用肢体语言作交流者不是没有，而"戏剧的看客"更大有人在。可看或无可看因事因时而异，过后各自走散，淡忘也属平常——这原本是"真"事，写出来真味也走不了多少。但如果这成了审美对象，进了诗人的运思活动中，在"真"的那一点上略作时空上的变化，这就牵一发而动全局了。《复仇》就是这样，在这个本文中，荒野上这一对对峙者并未有拥抱或杀戮发生，并且这状态又做了时间的延长——"他们俩这样地至于永久"，也就是凝固了。全方位的实存场面也就发生了变化，从真实而变为魔幻了。而在变的过程中，主体也就出现了直觉超验感兴，发现了精气的逸出，以致这个作为审美对象的场面若真若幻，魔幻顿生，显出本体象征的审美效应来了，并进而有了智慧的领悟：这个全方位实存的场面原来是个大虚无的实存，更成为人际社会生命大虚无的象征了。

《影的告别》是《野草》的代表作，也值得一议它的精气逸出审美对象的问题。这个文本写的是人的"影"对人的"形"做告别。这事儿听来离奇，其实又是颇为本真的，因为人的"影"不能独立存在。这一点极重要，可说是整个文本运思的逻辑起点，由这个逻辑起点出发，文本的建构就顺着一系列抒情逻辑展开。其一是人的"影"的存在离不了人的"形"，更何况"形"如果在黑暗中或者光明中，那就都一样，不可能使"影"存在。其二是"影"若想存在只有让"形"居身于黑暗与光明之间，且"影"也得"始终彷徨于明暗之间"。其三，"影"却又"不愿"这样，要同"形"做告别，那只有两条路可走："沉没在黑暗里"或"消失"在"光明里"，而无论是哪一个结局都只能是毁灭自己。其四，那怎么办？只能"彷徨于明暗之间"，也"终于彷徨于明暗之间"。其五，"影"彷徨在明暗之间其实也是一种黑暗，为了摆脱这黑暗的处境，"影"决定"将在不知道时间的时间独自远行""彷徨于无地"。其六，"影"对"形"做"告别"时献给"形"的只能是"黑暗和虚空"，并说他"愿意只是黑暗"，这可使自己在有"形"的白天不再存在；同时又说他"愿意只是虚空"，这可使自己不占"形"的"心地"。其七，这样做又使"影"整个儿"被黑暗沉没"，这可是大好事，"影"也就可以说"那世界会属于我自己"了。这七个方面使《影的告别》的抒情逻辑层层有序地推进，其结果不仅使文本建构得十分严谨缜密，更重要的还在于审美对象具有独特价值。上面我们已说到"影的告别"这事儿是本真的，即这是个实存的审美对象，其存在的性能完全合于科学实际——说"影的告别"原是一场深入黑夜或消失于白天的事儿，能说不合乎科学实际吗？不过，要是只在这点上展开抒情，如实倒确是如实了，却没有多少诗的意味可求。可现在这个文本的意味却极其深长。当我们读到文本的最后一段：

我愿意这样,朋友——

我独自远行,不但没有你,并且再没有别的影在黑暗里。只有我被黑暗沉没,那世界全属于我自己。

谈到这里,我竟然恍兮惚兮起来,一个受过"五四"文化启蒙的革命民主主义者为获得个性自由而不惜付出生命的代价,这个斗士形象巍巍然矗立于前,这靠的是什么艺术魅力?本体象征吗?是的。那么这个本体象征又由何而生呢?主要靠的是主体对审美对象的处理。"影的告别"既是实体的存在,没有虚化变形,何以进入文本建构的运思轨道后会恍兮惚兮起来,让人把握到一个个性主义者的象征形象?原因只能从审美对象自身上去找。原来"影"和"形"的关系有点微妙,易引起人的超验直觉,从而激活人的遐想。这正是鲁迅所谓的精气在"影的告别"这个审美对象中逸出所导致的。但问题更在于精气的积聚与逸出不是随便可得的,这就得归功于鲁迅在文本建构中运思艺术的运用了,那就是强化抒情逻辑在"影"与"形"的关系中的作用,抒情逻辑是意象组合和流动中一种微妙的承接推衍关系,这种关系的微妙,极易引发主体和接受者的精气积聚和逸出。唯其如此,也才使《影的告别》有了本体象征的功能。

要说《野草》中审美对象的精气积聚密度最高、逸出最灵敏、本体象征功能最强的文本,当首推《好的故事》。这个文本是以江南地域风情中具有特色的山阴道景观作为审美对象来进行抒写的。全作没有繁杂的景色堆砌,而只是写了山阴道边的一条清澈见底的小河,和小河中映现出来的一些随乌篷船过去而不断变幻的倒影。有意思的还在于这些景色是通过春夜灯下的主体半睡半醒的"朦胧中"呈现出来的。所以这一片好风景以如实打底,却又被主体分作三个层次来表现。第一个层次中呈现的是实打实近乎素描的山阴道风光,这样写:

我仿佛记得曾坐小船经过山阴道,两岸边的乌桕,新禾,野花,鸡,狗,丛树和枯树,茅屋,塔,伽蓝,农夫和村妇,村女,晒着的衣裳,和尚,蓑笠,天,云,竹,……都倒影在澄碧的小河中,随着每一打桨,各各夹带了闪烁的日光,并水里的萍藻游鱼,一同荡漾。

这是一幅水彩画。诸意象不以精雕细琢为能事,而是以其散漫中暗藏匠心的组合和由此感兴出一片明丽意境来作为审美指归的。河西岸的组合村景,河中的萍藻游鳞,以及河岸倒映水面的姹紫嫣红都融汇在一起而成一个亮丽的水晶世界,而且全美得静态,显得实在,不过也同一般的水彩画那样未必有多少精气可求。第二个层次中呈现的仍旧实打实,不过已表现为倒影在河波中晃动变幻的动态风景了,这样写:

河边枯柳树下的几株瘦削的一丈红,该是村女种的罢。大红花和斑红花,都在水里面浮动,忽而碎散,拉长了,缕缕的胭脂水,然而没有晕。茅屋,狗,塔,村女,云,……也都浮动着。大红花一朵朵全被拉长了,这时是泼刺奔进的红锦带。带织入狗中,狗织入白云中,白云织入村女中……。在一瞬间,他们又将退缩了。但斑红花影也已碎散,伸长,就要织进塔,村女,狗,茅屋,云里去。

这就变形了。不过还是如实的变幻,并非主体的有意为之。这场变幻是可珍视的,它显出为:客体在动态中的某种微妙关系,这种景象最易刺激主体引发超验直觉,而这也正是精气逸出审美对象的大好时机。于是就在对这个变幻着的审美对象做进一步的凝神静观中,主体不自禁地会"浮想联翩",实存的客体有了更多的精气逸出,刺激主体产生恍兮惚兮的魔幻感。随之第三层次审美对象就呈现出来了,这场呈现发生在"水中的青天的底子"上面——山阴道风光若真若幻相交织的转化:

> 现在我所见的故事清楚起来了,美丽,幽雅,有趣,而且分明。青天上面,有无数美的人和美的事,我一一看见,一一知道。

由河水映青天而幻现出的"美的人和美的事"竟被表现为是在青天上的事儿,这场意象表现竟然有了这样一个导向:审美对象已从变幻的实体转化为实体的变幻了,且在若真若幻中有精气的持续积聚与逸出,于是,主体在对山阴道风光做凝神静观中给人突兀的超验直觉的大飞跃,以及由这一场大飞跃引起的惊梦。文本中这样写道:"我正要凝视他们时,骤然一惊,睁开眼,云锦也已皱蹙,凌乱,仿佛有谁掷一块大石下河水中,水波陡然起立,将整篇的影子撕成片片了……眼前还剩着几点虹霓色的碎影。"这就是山阴道风光在若真若幻中精气逸出所促成的一片情境:主体由半睡半醒的蒙眬状态转向了魔幻感应,也正是这一场若真若幻的魔幻,转而又促成主体在文本建构中有了智慧的领悟:万物在恒变中展示着虚无之美。而我们也还得指出:这场领悟正是靠精气逸出审美对象的本体象征达到的。

三、精气氛围审美对象,对象魔幻得或显或隐

精气氛围审美对象是一个新的说法,它不是主体把精气吹入审美对象而赐予审美对象以灵性,也不是和审美对象融成一体后精气从本体中自行逸出,而赐予主体以灵性。所谓氛围,指的是感染。也就是说:主体的超验直觉感兴,如同烧菜中的佐料一般,是对审美对象做感染,但并不与之融为一体,只不过是使审美对象能在精气——也就是超验直觉的感兴作用下把灵性诱导出来。而当审美对象也有了这一类灵性,则主体的精气氛围活动也就会使审美对象或显或隐地魔幻了起来。有关这方面,可以和鲁迅《野草》的文本建构结合起来,做深入探讨。

鲁迅在写作《野草》时,有些文本的构成主要靠他敏锐的超验直觉能力,通过精气吹入的方式改造审美对象,使之似实似虚,形成主观象征,固然是好。也有些文本的构成主要靠主体自身超验直觉,选择一些蕴含充足精气的审美对象,使之若真若幻,形成客观(本体)象征,固然也好。但切不可忽视还有些文本的构成,它既不靠主体的精气吹入审美对象,也不靠主体选择精气蕴含的审美对象,而全靠自身的精气在审美对象的外围做超验直觉感兴的大面积烘染,形成氛围象征,也是颇为可取的。这里不妨拿《求乞者》《死火》和《墓碣文》来做些论析。

先看《求乞者》。这个文本所写的是这么一场关系:"我"走着自己的路而怀疑"孩子"向"我"求乞同情的诚意,"几个人"各走着自己的路而怀疑"我"向他们求乞同情的诚意,由此引发鲁迅对人生行旅中人际关系的感怀,得出这样一个认识:走自己的路和只能孤独地走乃是人际双向交流代代沿袭的事。这一富于人生哲理的领悟凸显的是人生之旅的大孤独,而"我""一个孩子"和"几个人"在同一条路上行走所形成的关系则是这个文本的审美对象。这个审美对象是并无太多精气吹入而让人特感灵异的,其自身也无太多精气蕴含而可以不时逸出,却又总让人感到既显得似实似虚,又好像若真若幻,给人一个

印象：大有意味可品。凭的是什么？凭的就是有精气在氛围烘染着审美对象。文本中浓墨重彩地抒写了审美对象外围的一些情景：泥灰剥落的颓墙，一条走不到尽头的灰土路，风起时漫空枯叶纷飞，"我"和"一个孩子""几个人"各自在秋寒瑟缩里孤行……文本结束处这样写："微风起来，四面都是灰土……""灰土，灰土……"而在这一片情景底色上不断出现这样的句子："我顺着剥落的高墙走路……另外有几个人，各自走路""我走路，另外有几个人各自走路""我顺着倒败的泥墙走路""另外有几个人各自走路""另外有几个人各自走路"。这样写有什么目的呢？目的就是大力渲染秋风萧瑟的路上，人们在孤独地行走时那种寂寞苍凉的氛围，而把这氛围竭尽所能表现得浓浓的——这一番审美对象外围烘染的作用，也就使审美对象既似实似虚，又若真若幻，却更让一切全在或显或隐中浮荡。于是，也就强化了主体超验直觉引来的精气向审美对象吹入，同时也强化了审美对象对能够刺激出超验直觉来的精气的积聚与逸出。而特别值得提出来的则是：在这层精气氛围中反复出现的两句话："我顺着倒败的泥墙走路。""另外几个人各自走路。"它们作为意象不时穿行在氛围中，穿插在文本间，以至于凸显成了象征体，氛围象征出了生命哲学的一个大命题：作为生命体的人是孤独的行旅者。这是鲁迅当年真实的心境表现。

值得指出的是：《求乞者》追求精气氛围，其审美对象最终虽能使文本获得氛围象征功能，但毕竟还是以客观实存打底的。因此审美对象恍兮惚兮导致的魔幻性不足，近于明显的呈示，易于把握。《死火》和《墓碣文》就不同，它们的审美对象也追求精气氛围，但文本最终获得的氛围象征功能，却是以主观变形打底的。

从《死火》谈起。这个文本讲述了这样一个故事：陷入冰谷的"我"遇见一颗结成冰的"死火"，它告诉"我"不肯在冰谷里冻死而甘愿在冰谷外烧完自己。于是"我"带它冲出冰谷，"我"被大石车碾死，而"死火"也烧完了自己——"仿佛就是这样似的"。这个审美对象当然具有象征意味，是以主观变形打底的——如同前面我们已论及过的。但不能不说如果只是如我们所介绍的那样写出来，那不过是一则有点构思离奇的寓言，审美对象本身蕴含的精气不会多，主体超验直觉的感兴作为精气吹入审美对象的也不会多。如若不采用其他艺术措施，它落入寓言化的命运就免不了。于是鲁迅采用了精气氛围审美对象的办法，措施就是强调审美对象外围的情景表现，以此来激发起一层浓浓的情绪氛围来烘染审美对象，即"我"与"死火"陷在冰谷里交往的情状。"死火"掉落冰谷后，冰谷成了主体大势渲染的对象。冰谷四壁全用冰砌成一片素白色，但在掉进冰谷的"我"的脚下却"红影无数"，呈红珊瑚色，和冰的青白相映成一片惨艳，一摸那红焰凝固了，且让人冷彻骨髓。这场渲染也就使冰谷笼罩在怪异而神秘的氛围境界中。当"我"把"死火"拾起"塞入衣袋中间"，手指顿感冷得"焦灼"，而"冰谷四围，顿时完全青白"。随之是"我"的身上"喷出一缕黑烟"，并大做铺陈："上升如铁线蛇""冰谷四围，又顿时满有红焰流动，如大火聚，将我包围"。这是怎么回事？原来"死火已经燃烧，烧穿了我的衣裳，流在冰地上了"——这真是神思奇想，让炽烈与奇冷的情景营造出一种阴森让人兴奋、魔幻得令人怪异的氛围，也就是说这场渲染使冰谷笼罩在一种神秘的怪异的氛围中了。这样两种氛围的营造，相当成功。这是由鲁迅敏锐的超验直觉感兴活动所致，因此可以说这个文本对审美对象做超验直觉感兴的烘染表现，特别具有精气氛围审美对象的特色。唯其如此，也才使围绕"死火"展开的一系列变形审美对象的活动，竟然也隐隐约约显出了既似实似虚又若真若幻的相交叠，从而使文本具有了氛围象征的构成特色。

《死火》隐现的还只是外在的魔幻，变形的审美对象还只是在面对事件的行为反映，显示其受精气氛围的作用，有强刺激的审美效应，精神性的沉思意味算不得深远。但《墓碣文》隐现的就不同了。它给人印象深刻的是内在的魔幻。同样是变形的审美对象，这个文本中的墓中人直接的言说和通过墓碣文间接的言说，作为怪诞行为的具体表现，十分鲜明地反映出自我解剖的残酷性。所以，《墓碣文》的魔幻表现是内在的，内在的神秘。至于这种神秘的具体呈现，则局限于涉及"孤坟"和"墓碑"的范围，或者说只是一些审美对象外围的表现——审美对象则是墓中人和墓碣文的组合体。从这个意义上说：这个文本魔幻、神秘的表现具体表现于三个方面。首先一个方面是对墓碣的描绘：荒野之上，墓碣一方，"似是沙石所制，剥落很多，又有苔藓丛生，仅存有限的文句"。这"沙石"剥落很多的碑石，碑石上依稀可辨的文字，与文字间丛生的苔藓组合在一起，把墓碑存在的时间推向遥远，极能刺激出人的超验直觉，把握到一股精气，氛围着这块墓碣而让人顿生千载之下生存的大苍凉！其次是对坟墓的描绘，孤坟一座，上无草木，颓坍残破，从阙口处隐约可见尸骸，蒙蒙如烟笼罩其间。这里让幽影、孤坟、阙口、尸骸组合在一起，把坟墓存在的空间置于一片荒芜，也极能刺激出人的超验直觉，把握到一股精气氛围着孤坟，让人顿生天地之间的大悲慨。再次是对墓碣文的描绘。这里不谈墓碣残存文句的内容——那是审美对象的事儿。这里谈主体对残句的选择与连接，是别具匠心的。具体地说，文句不用连接词，让它们的组接关系呈现为高度断隔和大跨跳。如阳面墓碣

上那些残存文句，共三节："……于浩歌狂热之际中寒；于天上看见深渊。于一切眼中看见无所有；于无所希望中得救。……"这就是毫无关联的四个光秃秃词语的并列，它们之间极度断隔。第二节与第一节的关系也无连接词语，显示节间跨跳。第三节与前两节的关系更有点让人摸不着头脑，没一点关联迹象，是大跨跳。阴面的文句也如此，其第三节与前两节的关系也是场大跨跳。这些都属于审美对象外围的事儿，目的是强化主体和接受者的刺激，以便把超验直觉刺激出来，使这些"有限的文句"被精气氛围而使文句的内容似实似虚、若真若幻，进而或隐或显起来，以显示其氛围象征功能。

值得指出的是：鲁迅这种只在审美对象外围展开的精气氛围艺术，以及获得精气的充分积聚和对墓碣文所起的氛围感兴作用，目的只是凸显墓碣文句所显示的——属于抒情主人公精神大虚无及其神秘得魔幻的特质，凸显出主体自剖的大残酷及其魔幻得神秘的特质。所以我以为《墓碣文》是鲁迅在《野草》中追求魔幻表现的深化——一场走向精神的神秘探险，其目的不是猎奇，而是以此来体现他对自己的灵魂无情的剖析。

鲁迅的《野草》在艺术表现上给人以奇异之感。奇异的追求可以通向两个方向。一个是荒诞，那是把审美对象拿来作有意为之的图解之用的，类似对寓言的理念做印证式追求。在鲁迅的诗歌审美观中，并不主张以理性写诗，所以《野草》中除了《狗的驳斥》等极少数文本这样做，大都不属此类。另一个则是魔幻，那是对审美对象做超验直觉来感兴，即追求精气的把握，其审美导向是使文本建构从审美对象实存或变形实存走向感觉印象化的象征。这样的象征由于始终处在精气——超验直觉感兴的作用下，所以会有形而上的审美领悟。所以《野草》由于魔幻艺术追求而

成了一部高级象征之作,而鲁迅对审美对象所作的超验直觉感兴的把握,也使《野草》所采用的创作原则不同于一般,成了鲁迅一再提倡的象征印象主义与写实主义相调和的典范之作。

结束语

鲁迅的诗歌事业只是他文学事业中的一小部分,其一生,投入诗歌活动的时间不长,留给后世的诗篇也算不得多。但他作为诗人的存在给现代中国诗坛的影响,却是巨大而深远的。他是新诗最早几个设计者之一,而他个人通过创作实践经验提纯的新诗设计方案,从诗思境界到诗艺策略,都具有世界范围的现代性意义,虽不能说他是新诗草创的第一人,却完全可以说是不分行自由体新诗——也就是现代散文诗的奠基人。就鲁迅个人的抒情追求而言,不仅在把握真实世界上能以"心事浩茫连广宇"的胸襟面对现世人生,以"争天抗俗"的摩罗精神作"怒向刀丛觅小诗"的无畏歌唱,"我以我血荐轩辕"的心声高扬,而且在表现真实世界上,他倡导象征印象主义与写实主义相调和的综合化创作原则,致力于以本体象征为主,让感兴象征、主观象征与之配合的象征艺术追求。正是这些,使他在旧体诗写作方面留下了《自题小像》《惯于长夜》《湘灵歌》《自嘲》《悼丁君》《无题·万家墨面没蒿莱》《亥年残秋偶作》等名篇。鲁迅虽然说过自己并不喜欢新诗的话,生命的晚年在回答美国记者斯诺的采访时还说过这样的话:"研究中国现代诗人纯属浪费时间,他们实在是无关紧要,除了他们自己外,没有人把他们真当一回事。"甚至还有"唯执笔不能成文者,便作了诗人"之说。是否失之偏颇,可以讨论。但就他自己的抒情实践而言,说他是中国新诗的世纪探求中一位成就卓著的诗人,当可以定下来。

中国先锋诗歌的"百年孤独"

● 罗振亚

"先锋"最早作为军事用语,乃武装力量的"先头部队"之意。19世纪利·德·圣西门将其应用于文化范畴,并被转运到文学艺术领域后,开始有文化姿态、精神和方法的隐喻内涵。而"先锋诗歌"则是那些饱含超前意识和实验色彩的诗歌的统称,它"至少具备反叛性、实验性和边缘性三点特征"①。若从这一标准出发去巡视百年新诗,人们将会惊奇地发现,自沈尹默现代味儿十足的《月夜》问世起,经部分新月派诗歌和象征诗派、现代诗派、九叶诗派、台湾现代诗、朦胧诗派、第三代诗歌、个人化写作、下半身写作、垃圾派诗歌、低诗歌以及跨越近三十年时空的女性主义诗歌,由现代主义、后现代主义创作构成的中国先锋诗歌,在新诗历史的每一个重要转捩点上,都不乏深度的影响和介入,它虽未在诗坛掀起过洪波巨澜,引发强烈的轰动效应,却也始终不绝如缕,越到后来生命力越是顽强,越成为新诗艺术魅力和成就的辐射源。那么,百年中国先锋诗歌的命运是步步坎坷还是一路辉煌?它和现实、读者之间呈现着怎样的结构关系?若要谋求自身的有效突破它尚需克服什么局限或弊端?这一切对每位有责任感的诗人和研究者来说恐怕都是无法回避的拷问。

一

最近常听人说,"新诗回暖了""新诗升温了",并且言之凿凿,不容置疑。这对被边缘化困境折磨二十余年的新诗来说,自然是件令人感奋的好事。放眼当下诗坛,也的确可以捕捉到许多新诗"繁荣"的迹象:写作者几代同堂,众声鼎沸,不辨男女长幼皆可心态自由地恣意抒情,众人每年推出的产品远超《全唐诗》的总量,无论哪种类型的诗歌均获得了生长的空间和可能;诗人们早已不只是"纸上谈兵",层出不穷的网刊、民刊、广告和自媒体,让诗歌栖居的园地越发流布纷然,蔚为大观;名目繁多的诗歌节、研讨会、朗诵会、改稿会、讲习班、讲座,此起彼伏,走势连绵。据不完全统计,仅2015年举国上下平均每天的诗歌活动达到三个以上;就是一向寂寞的新诗研究,似乎也凭借新诗百年诞辰的东风,伸开日渐僵化的触角,开始活络起来,论题、论坛、论苑多点开花,一些名气显赫的批评家不得不感叹分身乏术,日夜兼程地赶场。一句话,从创作到传播再到批评,新诗生态的诸环节都前景看好,"春意盎然"。尤其是历经20世纪90年代运动情结之后的艺术沉潜,新世纪诗歌自觉调整与现实的关系,走"及物"路线,同时努力完善诗歌本体的创造,实现了本质内在的精神提升,更给人一种感觉,那就是新诗"复兴"的时代已经来临。

如果诚像一位批评家所说,"中国当代诗歌,其实也就是当代先锋诗歌""占据新时期以来诗坛主流位置的并不是其他流派的诗歌,而是先锋诗歌"②,那么按照这一逻辑推衍,中国先锋诗歌就理应庆幸。因为从异端的、非主流的"地下"生长状态,上升为覆盖诗坛主体的主流存在,说明它的栖息氛围得到了彻底改观,和W.J.F.詹纳尔公开断言"五四以后的中国文坛根本就没出现过现代主义"③的20世纪80年代的文化语境相比,已完全不可同日而语,而当下诗歌的发展生态就愈加证明中国先锋诗歌进入了最佳时期。

事实果真如此乐观吗? 我以为,说新时期诗歌的主流是先锋诗歌道出了先锋诗歌繁荣的正值一面,是有别于一般性认识的真知灼见,只是它并未更多言及先锋诗歌的局限与潜在危机。W.J.F.詹纳尔的论调固然无须辩驳,不足为信;但是中国先锋诗歌一直命运多舛,先天的孱弱与后天的"水土不服"遇合,注定了它从没进入过引领风潮的新诗中心或主流位置,甚至无法和常动不息的现实主义或浪漫主义诗潮分庭抗礼,而出于种种原因沦为被"割裂的缪斯"④,百年孤独,则也是不争的客观存在:20世纪20年代,象征诗派将象征主义引入中国令人耳目一新,可它多停浮于对法国象征主义的复制,其"现代"的艺术土壤很快被大革命失败后的现实风潮淹没;20世纪30年代现代诗派在中西诗歌的交汇点上创造,标志先锋诗歌进入了清朗的创造阶段,但由于抗战烽火的烧灼旋即衰颓;20世纪40年代九叶诗派进入了中国式的现代主义境地,只因社会动荡和自身规模太小,苦力挣扎的结果是无奈地成为先锋诗歌在现代时段的"回光返照";20世纪50年代台湾现代派诗歌曾经席卷岛内,风光一时,惜乎过度西化,失去了持续发展的根基;待朦胧诗出,声势浩荡,成就空前,遗憾的是有些文本错入难以诠释的朦胧晦涩深潭,曲高和寡;第三代诗全方位地释放生命信息,语言意识高度自觉,另一方面反叛和破坏情结也导致了无建树性的恶果;20世纪90年代的个人化写作保证

了诗人绚烂的风格,却难找到读者间彼此能够通约的焦点和中心;21世纪众多群落的肉体、艺术与网络的狂欢热闹异常,人气兴旺,唯平庸与无秩序让人失望。也就是说,回暖、升温只是繁荣的表象,诗坛热闹喧腾背后是一种空前的寂寞,中国先锋诗歌迄今尚未真正走出被边缘化的处境,而且经典焦虑与稀少"老问题"的困扰,圈里之热和圈外之冷的强烈反差,使它在百年后的今天,仍一直没有摆脱掉骨子深处那股悲凉。在这个问题上,有一则调查数据是颇具说服力的,那就是赵晋华在2001年12月26日出版的《中华读书报》发表了《中国当代诗人生存和写作现状》一文,其中提到"1995年,某市曾针对18所大学的近万名学生做过一次问卷调查,调查的结果是,经常阅读诗歌的仅占被调查总人数的4.6%,偶尔读点诗歌的只有31.7%,从不接触诗歌或者对诗歌根本不感兴趣的超过半数。而在阅读诗歌的人中间,仅有不到40%的人表示对当代诗歌有兴趣"。其中先锋诗歌所占的感兴趣的比重就更小得可怜了,并且这种状况至今没有本质性的改变。

中国先锋诗歌遭遇的百年孤独,暗合着古今中外一切先锋都往往落寞寡和的内在本质。而因为"影响的焦虑",历史证明它每一次在诗坛崛起都难以维持较长时间,都无一例外地很快就被下一种流派或潮流所反叛、所替代,其内部流动序列中充满着严重的"弑父"情结;尤其是它举步维艰,一路上不断在被时间链条上的后继者颠覆的同时,还要左冲右突,绕开、化解各种对立势力的"围追堵截",在孤独之外忍受质疑、批评、诘难、攻击乃至谩骂,这就颇耐人寻味了。本欲将中西"两家所有,试为沟通"的象征诗派,为诗坛带来了"新的战栗",结果被判定为"堕落的文学风气""使得新诗走上一条窄迫的路上去"⑤,当事者穆木天也把当初沉醉于象征

主义视为"不要脸地在那里高蹈"⑥。现代诗派隽永典雅的纯诗创造，技巧稔熟，也没走出毁过于誉的怪圈，被贬为"特多早年的美丽的酸的回忆，并且不时出现一些避世的虚无的隐士的山林的思想"⑦。就是被誉为现代主义高峰的九叶诗派那种将现实、象征和玄学综合的经验书写，仍被批评存在"传统文学风格的单纯与倩巧"⑧的缺憾。台湾现代诗基本完成了领导新诗再革命、推进新诗现代化的使命，同样遭到了苏雪林、言曦、寒爵、关杰明和唐文标等人连续性的大面积围攻，被指认逃避现实，空洞无物。恢复了诗歌情感哲学生命的朦胧诗，在否定者那里居然成了"读不懂"的畸形怪胎，"新时期社会主义文艺发展中的一股逆流"⑨，以至于逼得柔弱的女诗人舒婷为他人的"读不懂"而空自嗟叹。第三代诗开释了诗歌的另外一种写作可能，但因其反叛的激进姿态也被严厉批评为绝对反传统必意蕴肤浅，片面技术竞新必让群体期待落空。⑩个人化写作时期，民间写作和知识分子写作之间过于情绪化的相互诋毁，即是对双方诗歌探索价值的最大消解。"70后"诗歌在不少批评家看来，是以肉体和语言的狂欢为诗歌赢得了自由，但也被视为嬉皮状与痞子相太重，最大的缺陷"在于诗歌的象征、隐喻、暗示功能的萎缩"⑪。

可见，中国先锋诗歌起步虽晚，但在百年行旅中就把西方现代主义、后现代主义走过的路重新走了一遍，只是它不像在西方那样顺畅，而是一路"红灯"，频频受阻。它历经无数次拼杀突围才成就的骄人业绩来之不易，其间的酸辛坎坷可想而知，来自各方面的论争、打压和先锋诗人的应对，也很难仅仅以文人相轻之故做出合理的解释。孤独路上重重障碍的设置与突破，可视为多元差异性文学观念的"对话"，彰显出中国先锋诗歌所具有的顽强的生命力，也在某些侧面隐含了先锋诗歌

无法在中国"根深叶茂"的根由。

二

随着诗歌的优劣不能以读者的多少作为估衡标准观念的确立，人们越发觉得百年孤独中一路"悲壮"前行的中国先锋诗歌，虽然到现在为止仍然蜷曲于边缘位置，不无边缘的无奈，但是边缘也自有边缘的力量，漫长孤独里的沉潜，也自有了诗歌的深度和高度，它在艺术品质上并不弱于长时间红火不已的现实主义或浪漫主义诗歌，相反"从实际艺术成就来看，现代主义诗歌却优于现实主义和浪漫主义诗歌"，并且"中国新诗史上艺术成就较大的诗人，大多是现代主义诗人或具有现代主义倾向的诗人"。⑫中国先锋诗歌在"写什么"和"怎么写"双重维度上的诸多建树，提高了中国新诗的品位，也给诗坛留下了无限的思索和启迪。

和现实主义、浪漫主义诗歌不同，中国先锋诗歌一般不正面去触碰时代、现实，而多从内视点出发，书写时代、现实在诗人心中激起的投影或回声。这种内在把握、感知世界的思维方式，虽然在一定程度上淡化、疏离了百年中国的历史，弱于宏大叙事，却从心灵和人性的视角，以大量饱具心理深度的生存境遇展示的文本聚合与连缀，间接地去表现历史风云的变幻，从而在另一个向度上介入现实，重建诗与现实的关系，构筑了时代的心灵历史，使诗人们心灵的道路即是历史的道路的缩影和折射。如在内敛式的感知方式统摄下，象征诗派的精神独白常涉足下意识、潜意识视域：蓬子的《在你面上》嗅到的气味都指向着厌倦、恐怖与死亡，指向着残缺爱情的忧思和不忍诅咒；李金发的《弃妇》中的"弃妇"更是命运、人生的象征，内蕴着命运不宜把握的孤寂与惶惑。它们离20世纪20年代强劲的社会情绪较

远，却完成了五四运动退潮后部分知识分子灰色心态的扫描，其灵魂苦痛的袒露也可视为灵魂的深远探险，在客观上能够消除一些读者的精神饥渴。现代诗派的浊世哀音和出世奇想，也都以心灵总态度的方式，洞开了比现实生活更为广袤的心理空间，将现代人绵密、细腻与繁富的精神世界传达得十分到位，在更高层次上把握了20世纪30年代的社会现实，像戴望舒的《雨巷》貌似手写自我，实则心系风云。在现实和心灵之间鸣唱的九叶诗派那里，诗人们一切审美观照既烙印着主体经验，又都散发着社会、历史、现实的气息，写出了中华民族彼时的精神阵痛和焦躁感。若说辛笛的《布谷》是自我与布谷契合后的人生体验发现，充满暗含批判因子的民族忧患；杭约赫的《最后的演出》中"痉挛的笑笑得发抖/你明白我们是用绳子拴来的观众/以充血的眼睛来欣赏你最后一段演技"，其严肃指陈和剑拔弩张的讽刺已不无"行动"的力量。至于朦胧诗人承继寓大我于小我中的精神旨趣，使命感与忧患意识兼具的歌唱，说穿了更近屈原以来中国诗歌的品质内核，顾城的《一代人》凝聚着从怀疑感伤到沉思追求的时代共性情绪，低音区的感伤咀嚼也仍是理想被阻隔的苦痛，有着向上的力度。第三代看上去有种嬉皮士似的玩世不恭，但精神深处依旧燃烧着理想之火，像李亚伟的《中文系》荒诞无比，"中文系也学外国文学/着重学鲍狄埃学高尔基，有晚上/厕所里奔出一神色慌张的讲师/大声喊：同学们/快撤，里面有现代派"，但在文化、自我亵渎造成的令人捧腹的效果后，凸显的是当代大学生的怀疑精神和对高校陈旧教学观念、封闭教学方式的极度不满。经过20世纪90年代"深入当代"的个人化写作，进入21世纪，很多先锋诗人更懂得承担的内涵、技艺和思想融汇的重要性，像雨田的《五月的咏叹》以冷静、深邃的姿态回望汶川地震，通过"那个从外地打工回到山村的人/他从废墟中挖出的那把镰刀和锄头已经磨得闪闪发亮"细节，形象地诠释了一个民族顽强和希望的含义，人性的抚慰落到了实处。可以看出，先锋诗歌从另一种向度上，以更艺术的内视角接近、折射现实，与直面现实的传统现实主义与浪漫主义诗歌殊途同归，共同恢复、支撑起了百年中国的历史和心灵空间，共存互补，虚实相生。

相对而言，不论在哪个时段，先锋诗歌都将形式因素纳入诗歌魅力的来源之一，更注重诗歌本体的经营和打造，崇尚艺术实验和创新。所以几乎每一次勃发均会带来审美的异动和丰收，引发读者的关注乃至模仿，并渐次形成了自己的独特品质与个性。象征诗派即善于发掘象征背后的暗示效应，尤其有强烈的形式感，凭借音乐性与画意美整合达成一种形式自觉，如王独清的《我从Cafe中出来》感觉交错促成的"音画"追求，就实现了律动、音色、情调的三位一体，外观复现着醉汉摇晃的身心行程和轨迹，暗淡的背景已趋向心灵化，渗透着浓郁的抑郁情调，复沓的全程贯穿也拓宽了情思氛围空间。现代诗派突出意象的朦胧美，讲究智性抒情的"隐"和"埋"，所以出现了卞之琳《酸梅汤》《尺八》的戏剧化写法，废名的《理发店》《十二月十九夜》等常人跟不上的时空跳跃。九叶诗派意象的知性强化十分普遍，杭约赫的《题照相册》为发挥形式功能竟大胆地断句破行，将固定词"青春"拆成两行排列，既突出了陌生感，又增强了意象的连绵紧密程度，使之具有了原义、时间季节"春"、视觉色彩"青"等三重内涵。台湾现代派诗歌在追求语言张力的同时，多数诗人倡导符号论入诗，"读"与"看"的双重经验并重，"以图示诗"，林亨泰的《风景（二）》、白萩的《流浪者》、詹冰的《水牛图》都创造了一种有意味的形式。朦胧诗将意识流、蒙太奇手法引入诗中，创造了向主体中心化敛聚的文本结构，像舒婷的《路遇》、顾城的《生命幻想曲》等都属于典型的高速幻想，重构了有别于物理时空的感性心理时空。第三代诗的口语化追求甚至把语感当作诗美的来源，用语言自动呈现感觉状态，杨黎的《高处》就完全靠语感取胜，"A／或是B／总之很轻／很微弱／也很短／但很重要／A，或者B／从耳边／传向远处／传向森林／再从森林传向上面的天空"，以纯粹飘忽的连绵声波，衬托生命的内在空寂，是非非主义"回到声音"的典型代表。从20世纪90年代至今，文体互动、多元技术综合、反讽频繁使用等成为诗人们的拿手好戏，特别是20世纪80年代中后期开启的"叙事"意识日益强化，不少诗人把叙述作为维系诗歌和世界关系的基本手段，陈先发的《最后一课》、翟永明的《老家》、罗凯的《你主宰所有的空气》等诗都通过细节、情境、对话、片段入诗，以缓解诗歌内部的压力。像贯穿先锋诗歌历史的语言通感、陌生化、虚实镶嵌等手法，更是多到了读者熟视无睹的地步。应该说，中国先锋诗歌的本体化艺术取向，以特殊的方式克服、补正了浪漫主义滥情和现实主义过于泥实的局限，垫高、提升了新诗的艺术水准，推进了新诗的现代化进程。

中国先锋诗歌还有一个成就值得圈点，那就是没有以现代性的艺术旨趣去规约每个诗派、诗人的结构特质、艺术想象和话语方式，走向大一统的存在形态；相反它为所有的探索风格预设了自由而广博的伸展空间，先锋诗人们也如过海的八仙，神通各显，在以多元竞荣的艺术型范输送玉成的个人化艺术奇观中，一批功力和才华兼具的流派、诗人、文本，组构起启迪性丰富的"借鉴场"。这里且不说自象征诗派以来的现代诗派、九叶诗派、台湾现代诗、朦胧诗、非非主义诗群、莽汉主义诗群、他们诗派、女性主义诗群、下半身写

作群落、垃圾派等数十种流派姚黄魏紫，姿态万千，也不说百年中涌现出李金发、冯乃超、穆木天、王独清、戴望舒、冯至、卞之琳、何其芳、废名、穆旦、郑敏、杨炼、舒婷、北岛、顾城等众多经典的先锋诗人，[13] 甚至不说仅仅新时期范围内《内陆高迥》（昌耀）、《神女峰》（舒婷）、《结局或开始》（北岛）、《春天，十个海子》（海子）、《有关大雁塔》（韩东）、《尚义街六号》（于坚）、《中文系》（李亚伟）、《在哈尔盖仰望星空》（西川）、《车过黄河》（伊沙）、《女人》（翟永明）、《帕斯捷尔纳克》（王家新）、《十枝水莲》（王小妮）等大量形质双佳的文本所蕴含的艺术经验；[14] 单是诗人们在探索中形成的风格就足以让人大饱眼福，惊叹不已。现代时段怪诞的李金发、凄婉的戴望舒、缠绵的何其芳、沉雄的穆旦、机智的杜运燮、忧郁的艾青、深邃的冯至、晦涩的卞之琳、诙谐的路易士、阴冷的蓬子等已让人目不暇接，到了当代甚或仅仅是新时期就群星闪烁，个性纷呈，像昌耀的沉雄悲凉，北岛的峭拔孤傲，舒婷的婉约典雅，于坚的自然大气，西川的精致变换，韩东的朴素天成，王家新的低抑内敛，翟永明的张力繁复，伊沙的狡黠智慧，王小妮的沉静恬淡……难以计数的诗人每每都有自己追逐的个性的"太阳"。回想先锋诗歌的来路，时而还有诗人、诗派之间唇枪舌剑的意气之争，殊不知在诗歌创作的竞技场上，每个人都有自己的方向和轨迹，彼此谁也不挡谁的道儿，百年先锋诗歌历史上流派、诗人、文本的活水流转，争奇斗艳，正是正常发展的良性表征，也唯有如此中国新诗才能最终走向繁荣。

同时，先锋诗歌的浪漫主义气质、现实主义精神并行不悖，异质同构，在现实基础上综合传统与现代、中国和西方，努力使传统精神现代化、西方艺术民族化等选择，至今仍有重要的借鉴价值。由此可以说，中国先锋诗歌正是在边缘行走的孤独

中，逐渐找准了一条通往艺术福地的路，一条充满神秘魅力又不无荒僻的路，这是它的优势，也是它的局限。

三

一个严重的悖论令人疑惑，中国先锋诗歌的艺术姿态先锐，成就有目共睹，相继推出了大量优秀诗人，有力地代表着新诗现代化的运行方向；但是在百年历史中却始终命运不济，前景黯淡，迄今仍然没有走出孤独之域。缘何如此呢？我想需从文学与非文学两种因素中去找寻答案。

先锋诗歌在中国不是没有"土壤"，但"土壤"不够肥沃则是应该正视的事实。由于百年中国的国情和现实规定性制约，先锋诗歌不可能成为诗坛的主潮，甚至其现代主义、后现代主义形态也非西方诗歌在本土严格意义上的翻版或移植。20世纪上半叶纷乱的社会环境和民族救亡的使命，使人们连生存的权利都得不到保障。那样的时代向文学呼唤着杜鹃啼血和鼓手迸出，呼唤着匕首和投枪，所以贴近社会、现实抒情的现实主义、浪漫主义诗歌自然更容易被接受，其时而兼着战士身份的抒情主体，自然比弱质的知识分子诗人接近大众，博得读者和社会关注的眼球；而大部分诗人不会企及形而上的人性、心灵境界漫游，即便像九叶诗派一样进入经验提纯与升华的境地，也因社会的动荡难以引起人们的广泛注意。同时，理性实践精神突出的中华民族心理压着阵脚，使先锋诗歌即便遭逢西方现代派文学的虚无、荒诞、自我扩张和生命玄思，也绝不可能原封不动地照搬效仿，或任其影响成为反客为主的角色，而只会逐渐敦促其中国化、本土化，令个体的精神探索同民族、社会的关怀相协调，最终升华为群体意识的诗意。中华人民共和国成立后，面对一片明朗平和的社会景象和心态，非理性的思想

情绪更失去了恰适的滋生温床；而从新时期至今，"我国基本上正处在温饱型和小康型之间，正从温饱型向小康型过渡""中国尚未有产生后现代主义及文学的社会土壤"⑮，市场经济大潮的迅猛冲击，大众文化的空前挤压，先锋诗歌和其他新诗一样，根本逃避不了边缘宿命的折磨。这一切都注定了先锋诗歌在中国的尴尬处境和地位，总是引领艺术风潮之先，却总难和谐熨帖地加入新诗的"大合唱"，只能被迫蜷居为现实主义大潮旁边一条有特色的支流，孤独而寂寞地流淌。

当然，把问题完全归结于外部的压力别人是不能信服的，先锋诗歌百年孤独的最大症结，恐怕来自其自身潜存着的许多不可逆转的遗憾或倾斜。比如一些诗人或诗派的排他性、自主性非常显豁，或仅仅替心灵负责，或只为个人、圈子写作，或把晦涩当作一种美学原则进行标榜。结果当然是现代诗派病态青春的苦闷和惆怅的呈现，第三代诗的丑的展览、死亡的回味和平庸自我的戏谑；或者像20世纪80年代女性主义诗歌那种隐秘生理心理世界的袒露、性行为和性欲望的书写，下半身写作对躯体表演的沉湎，"从肉体开始，到肉体为止"；或者如象征诗派一样认为晦涩是值得崇尚的审美境界，朦胧诗初期诗人那样矢志把诗写得朦胧"曲高和寡"。以至于大量先锋诗歌在思想上常常提供不出时代需要的思想与精神向度，无意更无力于宏大叙事，对现实语境不同程度的疏离，造成诗人们不可能理想、到位地传达诗人们置身的时代境况与灵魂动态，而小情小调、小花小草的咀嚼，灰色的情调与狭窄的视野结合，压根儿和他们曾经企盼的轰动效应无缘。在艺术上因为思想的贫困孱弱而往往走形式极端，陶醉于断句破行、音画一体、以图示诗、蒙太奇跳跃、语感滑行、能指滑动、零度写作等技术层面的狂欢和解构，有时甚至把诗歌写作异化成了

文本游戏和实验竞技,真正的思想创造力萎顿缺失,本末倒置,只能蹈入以技术替代诗歌的悲剧渊薮。换言之,不少中国先锋诗歌对西方诗歌存在着严重的形式误读倾向,缺失节制的艺术实验,导致文本经常沉迷于不关乎生命的形式至上的游戏快感,而对西方诗歌形式背后的哲学意识和思想洞悉反倒忽略不计,如李金发领衔的象征诗派,在皈依波德莱尔、魏尔伦等代表的法国象征派过程中,就只复制了人家音、色、力的形式,以及情调上的颓废和虚无,而失去了人家直面残酷现实的批判精神和锋芒,在本质上造成了诗意的无谓流失,以及对充满批判精神的西方现代主义、后现代主义的误读,自然也就削弱了影响的穿透力。

先锋诗歌的孤独和先锋的本性特质也有一定的关系。先锋是什么?回答五花八门,但不论在什么时候,反叛、求新都是它的本质。追新逐奇的实验时时能够为诗坛输送生机和生气,这也是中国先锋诗歌永葆鲜活的生命力、不断吸引读者的魅力所在。但诗人们难免心浮气躁,不容易长时间地平心静气于艺术打磨,有悖于具有相对稳定性的艺术品性;加之影响焦虑或观念差异带来的频繁的反传统,多注重"反"向的破坏,而弱于"立"向的建设,自然也有损于诗歌艺术的相对稳定。以上两个因素聚合,极其不利于新诗史上诗歌大师和诗歌经典的创作。所以百年来先锋诗歌中出现了无数的好诗人、优秀诗人,却少大诗人、经典诗人出来显影,以至于迄今为止仍然内愧于屈原、李白、杜甫等伟大诗人建构的诗学传统,外弱于艾略特、里尔克、普希金等诗人支撑的西方诗歌影响,能够标志诗歌繁荣的相对稳定的天才代表和偶像时期越来越少。对此,已故的诗歌研究者陈超有一段批评尖锐而精准,把问题说到了点子上,"中国的'后现代主义'者们,只是西方后现代主义中最软弱的一面的仿写人、没出息的传播者。没有深度的人要反深度,没有历史意识的人要反历史意识,没有理性的人要反理性,说到底是一种讨巧的方式,想走快捷方式"⑱。的确,中国先锋诗歌史上这样的教训并不鲜见。第三代诗歌提出的"pass北岛""打倒舒婷"的口号,和反诗意、反崇高、反传统的极端行为,今天看来或许只是历史上的一个口号和一种姿态而已,事实上,老北岛和老舒婷不是轻易就能打倒、超越的,历史证明他们已经留下了辉煌的定格;"下半身写作"的诗人们要将知识、文化、传统、抒情等因素一网打尽,统统消解,到头来也是不了了之,空留下一批有刺激而无意义的精神消费品。从这个向度上说,如何处理破与立、现代与传统、反叛与继承的关系,值得每一位先锋诗人认真地反思和斟酌。

也正因为先锋诗歌的局限性,不少人就认同了西方"后现代主义的终结"观,以为先锋诗歌在中国前路渺茫,甚至可能不久即会寿终正寝。这种观点和那种受先锋诗歌优质暗示,断定将来诗坛必定是现代主义、后现代主义天下的判断,同样都是缺乏十足依据的非科学臆测。事实上,在后现代主义已经在全球渗透进各个空间区域的今天,人类仍在继续面临灵魂的流浪、人际关系的淡漠与异化越来越重,社会分工越来越细的现象,它们同日趋繁复深刻的哲学、心理学研究等一道,都会给先锋诗歌的生长提供社会、文化乃至理论方面充足的养料。所以只要还有人类和诗歌存在,先锋诗歌就一直不会灭绝,当然有朝一日它能否主宰诗坛的潮流,或依旧在孤独之中默然前行,谁都难以做出确切的预知。对于先锋诗歌,当下每位诗人、诗歌研究者责无旁贷的任务,就是如何为其生长扫清障碍,使其得以健康发展。

注释：

① 罗振亚：《20世纪中国先锋诗潮》第3页，人民出版社，2008年。

② 姜玉琴：《当代先锋诗歌研究·后记》第306页，复旦大学出版社，2013年。

③ W.J.F.詹纳尔：《现代中国文学能否出现》，《编译参考》1980年第9期。

④ 逄增玉：《割裂的缪斯——中国现当代文学中现代主义思潮的内在矛盾》，《作家》1992年第6期。

⑤ 梁实秋：《谈谈〈胡适之体的诗〉》，《自由评论》1936年第12期。

⑥ 穆木天：《我的文艺生活》，《大众文艺》第二卷五、六期合刊，1930年6月1日。

⑦ 蒲风：《五四到现在的中国诗坛鸟瞰》，《诗歌季刊》1934年12月15日—1935年3月25日，第1卷第1—2期。

⑧ 唐湜：《辛笛的〈手掌集〉》，《诗创造》1948年第9期。

⑨ 臧克家：《关于"朦胧诗"》，《河北师院学报》1981年第1期。

⑩ 石天河：《重新探讨"前卫"的真谛》，《诗歌报》1997年第1期。

⑪ 马策《诗歌之死》，《70后诗人诗选》第359页，海风出版社，2001年。

⑫ 龙泉明：《中国新诗成就估价》，《江汉论坛》1999年第2期。

⑬ 1994年张同道等编选的《20世纪中国文学大师文库·诗歌卷》由海南出版社出版，选择的12位诗人除郭沫若外，其余的穆旦、北岛、冯至、徐志摩、戴望舒、艾青、闻一多、纪弦、舒婷、海子、何其芳等均为先锋诗人，当然百年先锋诗歌中的经典诗人远不止这些。

⑭ 2013年子川主编的《新诗十九首》由江苏文艺出版社出版，入选的北岛的《回答》、卞之琳的《断章》、戴望舒的《雨巷》、艾青的《我爱这土地》、洛夫的《边界望乡》、徐志摩的《再别康桥》、郑敏的《金黄的稻束》、王家新的《帕斯捷尔纳克》、曾卓的《悬崖边的树》、张枣的《镜中》、海子的《面朝大海，春暖花开》、余光中的《乡愁》、舒婷的《致橡树》、痖弦的《红玉米》、食指的《相信未来》、昌耀的《斯人》、闻一多的《死水》、多多的《阿姆斯特丹的河流》、芒克的《阳光中的向日葵》，几乎都是先锋诗歌。当然百年先锋诗歌中的经典文本远远超过十九首。

⑮ 朱庆芳：《小康社会指标体系及2000年目标的综合评价》，《中国社会科学》1992年第1期。

⑯ 欧阳江河、陈超、唐晓渡：《对话：中国式的"后现代"理论及其它》(上)，《山花》1995年第5期。

诗之断想

●周　航

一

我得说,在时间的流动里,在大地的胸怀中,总会充满无尽的诗情画意。

时间的流动,让我们感受到人的真实存在;人的生命体验,唯有在时间之河里欢腾出没,才会有真切的漂流之感,才会开出绚丽的浪花。人,就是行走着的时间。时间,会走在脸上,会滑在身上,也会刻在骨里,更会浸在心里。当人感受到时间的存在时,或喜、或忧、或深沉、或落寞……然而,你会说:我终究来过,我是存在的。

任凭世道周折沉浮,任凭人生风雨飘摇,大地,以及大地上一切的美,都将成为时间的支点。唯其如此,才有人间,才有扫视过人间的眼神和光芒。在这世上,能找到不歌咏大地的诗人吗?我想,那是万万没有的。哪怕诗人厌弃了人生,也会放心地把尸骨托付给大地。那么,我们是否可以说,大地才是这个世界上永恒的乐章?大地上的万物,才是诗人诗心荡漾的不竭源泉?

无论你是在云端歌舞,还是在地狱煎熬,时间和大地,都会成为每个诗人心头点燃了的不灭的灯。或者说,成为诗人绑紧在心间的一副十字架。不感受时间的存在的诗人,或许离诗歌还很遥远;不吟咏大地的诗人,或许心中缺少了阳光和信仰。

季节在大地面前,就是不同的诗章;时代在诗人心中,就是不落的太阳。大地在季节面前,就是多变的时间;村庄和生命万物在时间面前,就是永远鲜活的无数诗篇。

至少,我是这么认为的。

二

如何面对和理解"红色经典"?当日常中潜隐的诗意与"红色"遭遇时,诗人会捧出怎样的一颗诗心并随之跃动呢?在历史长河里,意欲想当然地逃避丰富的红色资源,或许是诗人日常生活中的另一种不现实吧,尤其是在我们所处的社会环境中。

诗人是易感的。比如,当听到龚玥的《十送红军》,那柔美深情的歌声又岂是一种世俗意义上的红色歌曲所能涵盖?革命是一种历史的现实,时过境迁之后,历史的硝烟早被当下的繁华、喧嚣吹散。然而,歌声却可以反复缭绕,只是历史永不能重来。诗人唯有通过诗意的文字的露珠,去浇灌诗苗任性的成长。一个诗人,可以循着美妙的歌声,可以浸润在音乐的世界里,浮想联翩,牵动心底清泉的静淌,激起心底如大海般翻涌的波澜。

诗风可以是多样的,诗路也可以是多种多样的,"红色"同样能够扬起一种难得的诗情画意。对于一个诗人而言,能够体验和准确表达不同的情境,那么他将获得很多时刻的心灵自由和美感愉悦。

生活的丰富性，远非近观自己留下的一个个脚印那么客观和物质化，它还可能是点滴情绪的清音，还可能是心灵一次短暂的漂流或飞扬。诗人听红色歌曲，能跳出老套的观念和固有的想象，这对诗人的写作来说，无疑是一种另类情感和诗意的锤炼。或许，这对诗人和读者来说，都是一次特殊而难得的收获。

三

现在的很多诗人不太关注现实，也许诗人在现实面前本身就是无力的。然而，诗人们又太不甘心于寂寞，自聊自慰的事儿做个没完，尤其在这个网络遍布的时代。

只要稍加关注网络世界，我们就会发现，诗人们是如何上蹿下跳地用所谓的诗，天天撩拨着无聊、空虚的心灵的。他们总会制造无数话题，然而那些话题之下的"诗"，大多数又是那般臭腐不堪。这，会让人产生一种错觉，诗原来可以附着于日常中的一些符号而像季节那般花开花落，风来雨去。

在我看来，许多诗人的写作，只是在腌制一些诗歌的泡菜，方便时就揭开坛盖夹上两筷，再拌上平庸的感觉来咀嚼日常这碗饭。生命在他们眼中，成为一种消遣和娱乐；社会和人生在他们心里，早就是一截被砍断并沤烂的木头。情人节来了，他们就鼓捣情人节的诗；母亲节、父亲节来了，他们似乎突然想起了父母；谁谁的诞辰来了，比如李白，他们就可以扛着诗歌的大旗，狂呼大乐一番。

由于职业的缘故，我整天被一些时令诗歌搞得头晕眼花。不知其他行业或领域是否也是如此热闹非凡，让自己纳闷和害臊的是，我也难免参与其中。比如：晒自己的诗歌，博取朋友圈的点赞；晒自己微不足道的成果，期待同行的关注。生怕不这样做，就会被生活抛弃，被熟悉和陌生的朋友漠视。回头想想，这实在是无聊至极，荒唐至极，肤浅轻浮至极。

遍览网络上的诗歌圈子，无论是知名诗人，还是不知诗为何物的初学者，无论是大刊物的主编，还是内刊的小编辑，不坠入诗歌狂欢的人，大概已经不多了吧。尤其是那些有发稿权力的主编或小有名气的诗人，那种狂晒自己一切的行为，着实令人作呕。有诗晒诗，有稿费单晒稿费单，有的一个劲儿晒自己的诗集销量多少，如何有名气，得了多少奖，翻译成多少国家的文字，等等等等。有的，没活动就炮制出一些活动，唯恐沉寂和落寞，唯恐与诗歌世界失去了联系。实在没什么可晒的，就蹲下身子随意拍只虫子或几朵小花以显示自己的存在，晒，晒，晒，就只差没有晒自己那条发霉的内裤了。

最让人惊讶的是，诗人们虚华的活跃史无前例，笔会、采风、活动、评奖……一些"著名"的主编、总编、社长、诗评家、学者、"著名"诗人、"著名"女诗人，常年东奔西跑，吃香喝辣，美其名曰是为了诗歌事业而呼号奔忙。诗歌热了？诗歌热了！写诗一样很滋润？诗人到哪都受捧！可又有谁知其中包藏了多少肮脏龌龊？诗歌与金钱、名利前所未有地在进行一场巨大的合谋。诗歌风气被彻底搞坏了！诗歌的本质正渐行渐远……

我觉得我自己也是可耻的。我偶尔也参与其中，却没有勇气去抗拒和指责一些丑行，我还巴结其中的某些人，甚至，我有时还违心地为他们唱点小赞歌。其实，我也是不甘寂寞的吧，我难道不也是想钻入其中沾点小利益？回头一想，不用那么深刻地思考一秒钟，我顿时感到无地自容，自惭形秽。

诗歌不是这样的，诗歌现场不应当如此。我鄙视当今的诗歌情景。或许真正的诗人和诗歌还有吧，可需要我们擦亮眼睛去分辨。外表的光鲜，终遮不住内在的丑陋。我期待中国诗歌的沉淀和沉寂，期待中国诗人的自我修复，甚至我梦想着中国诗歌的灿然绽放。

我只认定一个理儿：真正的诗人不会随波逐流，真正的诗人不会热衷于赶热闹，真正的诗人永远都在某个角落里品读寂寞。在寂寞的氛围里，他冷眼观察社会、人生，思考着人性，然后，发出真正优美、沉郁或高亢的声音。

四

写诗的路数，包括技巧和主题，委实不好说清。对于一个仍在行进中的诗人而言，就更难说清。这个世界越来越复杂，人心也越来越复杂，诗心又是何其敏锐和细腻，为文作诗的价值追求和美学倾向，也可能一直处于摇摆和变动之中，任何人和事物面目的模糊性，已经成为生活中的常态存在。除非一个诗人已经离开了这个世界，否则我们很难对一个诗人的路数盖棺定论。

写诗，也应该像人的性格和情绪，像天气和社会，多重善变，阴晴不定。不同人群、阶层、职业、性别的诗人，都会表现出不同的旨趣来。即使是某一个诗人，也会随年龄、境遇、身体、文化、心态、政治、环境等方面的变化而表现出不同阶段、时期的兴趣和指向，其中还不包括诗人有意识的不同类别的尝试。或许，对写诗来说，这才是正常的气候、环境和内生态。所以，不必妄议一个诗人有没有形成他的个人风格，除非他死了，你才可以去做客观而多层面的分析。正如人的性格（或者人格？）往往是多重的，那么，我们是否也需承认诗格的多重性呢？

对诗人的写作如此看待，对读者和评诗的人也可以如此看待。做好读者，其实很不容易。我们这个时代，已越来越缺少

真诚的读者，内藏一颗虔诚的心越来越成为空气中或阳光下的泡影，心灵的交流、对话或许被更多的喧嚣和物质所冲击和淹没。试问，现在有多少读者能够潜下心来去感受一个优秀诗人内心的阴晴起伏、沧海桑田？这个读者，自然也包括诗人和诗评家在内。现在的问题可能是，在诗人、读者、诗评家和现实的循环中，缺少动态和良性的循环，彼此之间存在着一道看似常常被打破却又没有打破的壁垒。

对于现实，我们经常是无力的，太多的生活经验已经明确告诉了我们这点；然而，在我看来，诗人、读者和诗评家之间的交流和互动，却是可为的。比如说，诗评人对优秀诗人的诗作，也应该以一种流动性的眼光来看待诗人不同味道和意义的写作，也应该以敏锐的眼光去捕捉诗人很多说不清的东西。对于诗评家来说，盖棺定论的事少做一些，而是去多发现，随心而动，随诗而动，整个姿态也处于摇摆和变动之中，这不见得就是坏事。既然"诗格"可以是多重的，那么"评格"也可以是变化的。诗人和诗评家之间，就像铁路的双轨，并行且合一，诗歌的绿皮火车才能驶向远方，才能让现实成为枕木下坚实的基础并超越现实。这对诗歌的发展是有利的。

五

诗歌不应该一味强调思想和哲学上的表现，这是对的。因为诗人无法与哲学家、思想家去比拼这方面的智慧，这与哲学家、思想家无法与诗人比拼灵动和敏感一样。诗歌中存在的思想性和哲学观照我们也无须去一味否定，这就与很多的思想家和哲学家本身也是诗人一样。诗或许无处不在，而思想和哲学也同样无处不在，碰撞、交汇、交融之下的混杂新质，这不正是我们乐于见到的东西么？所以，二者之

间是无法去比照和抽取的,它们或许可分而视之,或许本身就是同体异位。

然而,诗歌终究是美的。在美的不同枝丫上,我们应该清醒地认识到:诗歌并非仅仅追求痛感至上,这或许与当前的一种思潮在唱反调;但我们更应该警醒诗歌娱乐至上或粗鄙垃圾崇尚的行径。诗歌本质或起源上是具有娱乐性和情绪疏导性的,同时也是日常生活的精神印记,这些都没问题。问题是,现在,很多诗人要么娱乐至上,要么狂欢无度,要么唯痛为美……我觉得很多是走到极端上去了。诗歌的本来面目就是情绪和精神的"变脸",就像人心一样复杂,就像世道一样无常,就像春天一样色彩斑斓,诗歌应该走过四季,而不仅仅是灰色天空、白色地带或黑夜场域。当然,诗人可以有各自的特色和追求,而读者则应该多元地接受和领悟。

六

写诗不在学历有多高,不在年龄有多大,经历有多丰富,诗的语言完全有别于现实生活和知识语言的符号系统。诗的语言必自成一格,完全疯长在另一个自足的世界里。你只需要给诗以阳光雨露,她就会纤纤而生,款款而来。只是,这个"你"一定要有一颗诗的心灵,要睁开如阳光一般能够照亮心灵暗角的眼睛。那么,你除了这个现实的世俗世界,你还将拥有灵魂得以寄托的另一个故乡。

读周亚诗集《理想者》

◉ 樵　夫

　　《理想者》是周亚诗集的珍藏本,可见她自己极重视。这本诗集的扉页上有一句值得咀嚼的话:而我的目力又能揭开哪一层云纱? 这是一句导示。"云纱"指仰望天穹,多半是隐喻人的内心幽玄世界,而这个世界或者说这个存在,究竟能揭示多深,诗人自己也在诘问自己。诗,已成,那就一切都交给语言了。

　　在与周亚的诗歌语言交往后,我沉思:诗人对外界事物的呈现,对她之外的那个恢宏的世界,是通过自己内在的世界去把握的,于是哪怕是极幽微的世界,那也是自己的存在,而这一切,世界和我,又都只通过我自己而存在的,那些他者的或通过他者的世界,于"我"的存在而言,是作为一种个性化审美呈现的结果。这就是诗人周亚的价值!她用诗的语言显示"存在",而这个"存在"又是经由"我"而呈现的那个"世界",甚至包括"我自己"。在这里,"通过自己"即是通过生命,是诗人生命本身全知觉介入,无论是诗人自己的内心还是现实世界中的古村落、谷粒、廊桥、黑色的树,甚至历史的回瞻。周亚的诗就是经由生命去写作的,这个生命既是个体的,也是共性的,现场的,也是穿越历史的,是对美的追求,是对生命真相的言说。叔本华在他的《作为意志和表象的世界》中,开篇第一句话就让人沉思:世界是我的表象。还说,世界终究是表象。每一个人所看到的世界,都属于自己所看到的那个表象,

所见何种表象,取决于自己的知识、情志与视野。存在就是被感知。他还说:整个世界,都只是与主体相关联的对象,是感知者的感知,一句话,都只是表象。世界之所以是我的表象,是因为它是一种客观的或经验性的呈现,呈现给作为知性主体的我。这是叔本华哲学的基点,基于此,他言说了生命的真相。周亚通过《理想者》也言说了她的生命真相。

　　诗人与匠人相同之处是都通过某种介质呈现存在,匠人通过物件,诗人通过语言。概而言之,周亚善用象征与整体意象,来表现自己幽深的心灵隧道,表现自己的存在,言说自己与周围世界的关系,呈现自己内在的纷繁的情绪、感觉、记忆。《理想者》呈现的"存在"是丰饶而多彩的。在这部诗集中,我们能得到艺术与旨趣的双重滋养。

　　《理想者》写出了诗的世界中女性美的力量,这力量似一杠杆,可以撬动受男人勇武主宰着的世界。"啊,它樱桃的美 / 令孔武的男人,双膝跪下"(《我看见……》)这是一种多么强大的力量,我似乎听到一个无比勇武地能征服世界的男人,跪在这种力量前时咚的一声。诗人用语言的魔杖,轻而易举地将女性拨置于世界的巅峰。诗人感知了这种美,不管是经由自己的情绪还是自己识见的历史,这种女性力量的美,深嵌于自己的世界,这是自己的存在。《春秋》把这种美写到了极致:

一座山到另一座山
是细腰美人,脚趾上的春秋

她把身体安顿在山顶,一个王朝
就成了一座花园
她用嘴唇吹开花瓣,取一根肋骨作
琴瑟
十指所及皆如流水潺潺

她起舞,那是她亲手浣洗的一缕素纱
在水上漂
那么轻,那么薄
丝细如刃,唯有她领会

有时她心口疼一下,迷醉了姑苏台
另一个王朝,就在暗中又挨近了一寸
而她疼的滋味
她后来死去或活着,皆无人知晓,无人
知晓

我是美人数千年前系于裙边的小铃
数千年后铃声空寂
如果你懂得,你是否会替一个女人说
你们看到的听到的都不算

这是周亚的审美与价值的体现。在《春秋》这首诗中,她用诗性的语言又一次颂赞了女性的力量,尽管这种歌诵中渗透着某种伤痛与沧桑,但在这种沉重的气氛里弥漫着一种对历史沉思的神情。这是一首能让人吟诵再三的佳作,题旨是多义性的,既是自然时序,又是历史的一个真实截面,所咏叹的女子恰恰是春秋时的美女西施。然而,诗人并不止于对女性美的力量赞颂,她还用女性独有的目光与对女性命运感的独悟,揭示了女性复杂的命运。

颂爱,这是《理想者》又一旨趣。诗的价值永远是指向人的内在精神的,这种指向的路径可是经由宏大的客观世界或实存事件的,也可以是某个细微的不起眼的物象,而这种物象在诗境中还会上升到意象。《紫丁香上的爱者》就是这样的诗,这首诗意象丰满,而这些意象完全来自诗人情绪的牵引,而非客观世界物事秩序的使然。

深沉的哲思,是《理想者》珍宝似的奉献。这是难能可贵的,有这种奉献的诗人,往往在贴近大地的意象的铺叙时,突然飞升起来,让审美接受者立于高空俯瞰芸芸众生,极大地提升精神世界。《理想者》中这样的诗作颇多。典型者如《白色·场景》《落日的情人》。《白色·场景》是一首较长的诗,周亚在诗的前面叙写了这个白色场景,物象丰富,最后以"永远的白 / 比九十九朵更多 / 比我此时的失语更无措"戛然而止,而恰恰是这个戛然而止让读者对前面物象沉思并顿悟,使审美的眼光与价值飞升起来。《落日的情人》也以结尾"今夜我用夜空写下诗行 / 并将它的小月亮钦上去",使诗具有哲思品质。

周亚因为更善于表达自己的内在世界,所以其诗作大多喜欢用象征以及整体意象,她不沿袭诗人惯常的通过客观世界实有物象的密集铺叙去抵达自己的存在。《白色·场景》就是一首用象征来呈现自己对父亲的挚爱的诗。而《我的船如此渺小》《雪玫瑰》都是用整体意象来表现自己内在存在的佳作。

《致鲁迅》和《1911》是值得格外关注的诗。鲁迅,是文人精神家园永恒的心灵存在。周亚也不例外。单就《致鲁迅》而言,即可看到诗人内心丰富的世界,诗人的内心是漫溢着百草园的草香的,这层香是因"先生(鲁迅)"而清幽生发,无论风和日丽还是狂风暴雨,诗人与那些百草园里的香草一样,追随着先生,而有些脚步就失踪了。面对着血雨腥风的时世,有人成为时代的中流砥柱,有人止步不前。这首诗艺术上也令人称许,题目指向先生,视觉在"我"即诗人,又从百草园草香入手,拟人、象征、隐喻,纷纷登场。《1911》是诗人将目光停留在那段无法忘却的历史是,经由诗人生命重新过滤、觉悟后将辛亥革命的历史呈现。这是一个重大的事件,是无比重要的存在。诗人用四个部分,呈现了这场废帝制革命的历史,在诗的语言中,审美者能强烈地感受到诗人的心灵世界,这是多么丰盈的心灵:辛亥枪声响起前,"我们互为火焰",为革命奔走,扛枪,压弹;枪声响起,一个崭新时代被新的曙光照耀,"把跪着的'女'字扶正 / 把信仰种进一个一个音节";然而,革命曙光乍现,历史的暗哑声又掠在大地,"血,仍在流 / 我们仍在路上 / 我们不顾一切追寻"。《1911》是用浸透着人性光芒的字,抒写信仰的力作。人,要么被历史裹挟,要么创造历史。黑格尔说,创造历史的,回头看,他们总是朝着人类文明方向走。周亚用语言带着我们重瞻历史,又用诗的语言,让我们能凝视人性中洁净、纯粹、丰富的灵魂。

（《理想者》周亚 / 著,上海文艺出版社2019年5月版）

《北回归线》的第一片树叶

◉ 刘　翔

一、灰

《北回归线》的第一片树叶是灰色的，我说的是这本著名民间诗刊的创刊号的封面，也可能这就是"北回归线"诗派的基调。不是红色，不是白色，更不是黑色，而恰好是灰色，这是偶然吗？也许是真的仅仅是一种偶然，因为，封面的设计者是方跃，他偶然设计出了这样一个封面。

让我回到对封面的描述，这个封面的设计让我想起荷兰科学思维版画 M.C.埃舍尔的作品。这是一件体现所谓"空间逻辑学"的作品，黑与白在汇合，灰色的基调上是白点。图案的两头略暗，越向中间越明亮，仿佛那里有一个真正的破晓。在图案中间的浅色中，出现了四个黑字：北回归线，但这时，那些白点也悄然变成了黑点。

这是偶然的吗？也许不是。《北回归线》诗刊的创始人梁晓明非常喜欢这个封面，他选定它作封面。那一年，他25岁。当时，他已经是一位著名的先锋诗人，作品发表在许多一流的民间诗刊上（如《非非》）。他喜欢演讲和朗诵，在许多大学有自己的拥趸，你有时必须挤开一堆崇拜者才能看清楚他：细长秀气的手指抓着一本诗集或他最新创作的一些散乱的诗稿（像抓住一些正要飞走的翅膀），英俊的脸是一件混合着真诚和自负的杰作，他习惯披一块围巾——如果这是在冬天的话——但并不真

正用来围住脖子，而是让它垂下来。

二、米缸

我和梁晓明结识的时间，大约是1986年初，但比较深入的交往却是在一年以后。在1987年秋天，晓明给我看了他的新作《告别地球》。这部"寓言式的组诗"，完全是一部令人耳目一新的突围之作。1984年，晓明完成了名诗《各人》的创作。表面上看，这是一首口语诗，一首情景诗，与"他们"诗群或其他南方生活流诗群的作品有一定的相似度（当然，《各人》的重要性已经从时间和境遇中孤立出来，它拥有了独立的生命，具有了更普遍的超时代的意义，连晓明本人也在当时低估了它）。实际上，到了1987年（诗歌的实验性创作更早就开始了），他就希望掀开新的篇章，以组诗的形式凝聚更开阔的世界。在《告别地球》这组诗中，他一一拷问了这个地球上的各种光辉与价值。他呈现了诗人最后的绝望：他要告别那个"灰地球"。灰色，是的，想起自己的青春，就是灰色的。那时火红年代的红色已经熄灭，变成了一种隐痛。而日常生活是灰色的，梁晓明当时的工作场景是街道，他巡视街道，负责管理那里的市容市貌。他穿过老城的盲肠寻找新的堵塞点（"我一直在大街的手里，被栏杆牵扯/被无用的日子拉着衣袖/散步在风中，激情，和夕阳下"《离》）。

一次，我去看梁晓明，他并没有带我去

他办公室（他厌恶某位颐指气使的科长，讨厌办公室无聊的气氛），而是带我到一个蓬头垢面的小米店，我们坐在两个盖了盖的米缸上面热烈地聊起来。当时，他已经完成了《告别地球》，我们一起读他的新作，聊起诗歌，聊超现实主义诗人和画家的作品，聊他新看的书，在聊到恰佩克的《鲵鱼之乱》时，他说：上帝要人神圣，必先让他平凡。米店老板善意而茫然地看着我们——当我们激动地一边从米缸上起身，一边快意地拍着变白了的裤子。

三、超现实主义

随着20世纪60年代以来获得诺贝尔文学奖的诗人作品陆续被译介过来，诗人们发现，如佩斯、萨克斯、聂鲁达、阿莱克桑德雷、埃利蒂斯、米沃什、塞弗尔特、索因卡等人的作品都有鲜明的超现实的成分，但这些人的创作与法国典型的超现实主义（主要是指布勒东式的创作，而艾吕雅有所不同）又有一些不同（用一句话来评价佩斯，那就是：他们"远远看上去是超实主义者"，我有时也称他们是"边缘超现实主义者"）。

与法国超现实主义不同，这些诗人的作品更多地扎根于现实的腐殖土中，而且时时回望（而不是绝决而去）那些象征主义大师：波德莱尔、兰波、马拉美、叶芝、艾略特、瓦雷里、里尔克……

一些中国南方的诗人正是在这些作品的激励下，写出了一批优秀的中国式超现实主义作品（主要在南方，我也称他们为"南方超现实主义诗人群"），这些作品至今仍然没有过时。诗人梁晓明正是其中的翘楚。

四、极端主义

说到《北回归线》的创刊缘起，必须从其所扎根的氛围说起。20世纪80年代，杭州有不少诗歌群体，如何鑫业等人组织的"十二路诗社"、朱晓东等人创建的"地平线"。

梁晓明也参与和发起了一些诗歌团体。如"极端主义"酝酿于1985年，印出流派刊物《十种感觉》。成员有梁晓明、余刚、王正云、李浙峰、勒夫等，诗刊也收了西川、贝岭等外省诗人的作品。

"极端主义"的宣言是："它讨厌规则，反对逻辑，厌恶理性，对从古而来的一切成为习惯的东西，它都抱一种怀疑态度。它崇尚大自然的生长方式，崇尚想象的权利，崇尚原始冲动。它一感到自己的今天和昨天没有什么变化，它便要感到烦闷。对于历史来说，个性越独具，孤独感便越甚。极端主义的头可以在天空中注视日球的升落，而它的脚却始终在地球的大地上。极端主义也可以理解为专横主义，它只重视自己，外界始终是它的房子。你可以找到它的存在信息，却永远不是它本身。我们宣布：诗歌是一门宣泄的艺术。诗歌必须从虚无中走回来，回到最基本的层次。"

我不太清楚这个宣言是出自谁的手笔，它有比较典型的法式超现实主义甚至达达主义的味道，有余刚和梁晓明的混合风格，也许他们的思维混合在一起了。

所有的极端主义总是很快会流散，四分五裂，这个小团体也一样，刊物印了一期就停了。

五、诗友圈

在梁晓明自己撰写并公开出版的几个大事表中，参与极端主义与参编《四分五裂》这个经历都被没有列入。被梁晓明列入1985年大事表的是另一个刊物，就是他自己出资印刷的《从九月开始》。而实际上，这本刊物是1984年12月印出来的。这是一本真正展现南方诗歌的集子。集子收录了梁晓明、孙昌建、徐丹夫等浙江诗人的作品，也收录了王寅、陆忆敏、陈东东、贝岭、于荣健、成茂朝等"海上诗派"的诗人。

1986年、1987年，诗歌交流的气氛不错，以梁晓明为中心，形成了一个诗歌小圈子，其中有余刚、郑继文、徐丹夫、郭良和我等。有时上海的陈东东、孟浪等诗人也会过来一聚。隆冬时节的漆黑夜晚，我们会骑车一个多小时，来到某位朋友家中，大家围坐在一个炉子边大声朗诵埃利蒂斯、圣-琼·佩斯以及其他诗人的作品。我也听过陈东东朗诵他的诗句，"把灯点到石头里去"（《点灯》），声音比较轻，慢慢的、软软的、迟滞的声音，可是，逐渐地，你感到了这种语言点燃的光照进了灰色的生活，劈开了内心的囚牢。当时物质虽然匮乏，但半夜的几根烤年糕散发的清香就足以让人终生难忘。在精神上，大家都有歌唱的强烈冲动，都渴望唱出自己的声音。我在一篇文章中曾写过："被扼住的歌喉最想歌唱"，这种渴望对梁晓明或对其他人，都是如此。当然，在这个小圈子里面，真正在个人创作上自成局面的，能够坚持先锋性的还比较少，确切地说，只有梁晓明、余刚等极少数几个人。

这个时期，梁晓明已经在酝酿编辑一份真正的民间诗刊，它是先锋性的，是国际视野的，是立足全国的，但刊物的名称还没有。在晓明的心中，这份诗刊是一本同仁诗刊，浙江作者不宜太多，且作者不以亲疏而定，他从来不觉得论资排辈与诗歌有何关系。当时，作为后来者，一个陌生人，能够被接纳，我感到非常高兴。确实，晓明要编辑的就是现代的、先锋的、新颖的诗歌。他一直认为诗歌是天才的事业，他看重诗人的才学，但更看重他们的才气。

当《北回归线》正式出刊的时候，杭州的这个小小诗歌朋友圈瓦解了，因为许多

人难以置信，自己的作品竟然并没有被纳入其中。

六、扉页和刊首词

打开《北回归线》的扉页，我们就看到了目录。主编是王建新。

差不多在北回归线创刊十年后，我才认识建新大哥，一位慷慨、豪情、思维缜密的人，若非必要，他可以像石头一般沉默，但他总是有非常强的执行力。第一期上并没有刊登他的作品（他自己的回忆是这样的："他（晓明）还叫我拿几首作品也刊发一下，但我当时自认为我的作品还不够先锋，后来就没拿出来发上去"），但是，他拿出了一千元支持这本民刊的印刷，这种无私的古道热肠在今天看来是难以想象的。当时的一千元可是一笔巨款啊，我特别查了一下资料，1988年全国城镇居民平均每人可用于生活费的收入为1119元。我刚工作不久，一千元相当于我近两年的收入，当时，晓明的收入也不高（即使他有一点稿费），我完全可以猜想到他拿到这笔钱的兴奋心情。建新大哥并不富裕，但他就是一个热心肠，一个可以和朋友肝胆相照的人。其实，我以前一直有一个错觉，以为建新是一位"实业家"，直到2015年11月，建新写出了回忆文章，刊发在第十期《北回归线》上，我才了解真相。他是这样回忆的："当时虽然爽快答应晓明这一千元钱，但我还是有点发愁。当时，我还是在厂里上班，我拿的是三级机修工的工资，只有四十二元五毛一个月，这一千元相当于我两年的工资。而我为什么会答应晓明，而且让他后天就来拿呢？其实钱就在我身上，只不过是我和爱人存了几年，想叫朋友去深圳买一台录像机的钱。我留一天余地，是想回去如何在爱人面前圆个谎话而已。当然，我还有本事说谎言，也圆了《北回归线》的梦。"哦，原来是这样

的，太感人了！可以说，没有他就没有《北回归线》的顺利降生。

责编有两位：孟浪和梁晓明。孟浪，本名孟俊良，生于上海，祖籍是浙江绍兴，20世纪80年代是"海上诗派"代表人物。当时给我的感觉是，他是一个很容易亲近的人，他是一个外表有点蛮荒可内心比较柔软的人。他喜欢喝酒，喝了酒就非常健谈，可内容就像烟圈一样绕着绕着。

《北回归线》最后定型应该是在1988年的上半年，其时梁晓明和孟浪确定下来想搞一个刊物，名字想了很久，最后，接纳了孟浪提出的名字。北回归线，是太阳的光线在北半球能够直射到的离赤道最远的位置，是一条纬线。也就是地球绕太阳公转所绕成平面与地球赤道面所成的最大角度，也是黄赤交角的角度。北回归线作为地理位置贯穿中国和世界许多地方，这个名称比较开阔，不那么极端，于是一下子打动了梁晓明的心，他一拍大腿说：成，就是这个了。名称的开阔性带来了诗人选择上的开阔性，第一期《北回归线》选择的诗人中，来自浙江的4人，来自上海的3人，来自四川的2人，来自深圳的2人，来自美国的1人（严力）。

由于孟浪在深圳待过一段时间，所以这第一期他就约来了一些很有价值的稿子，比如王小妮、徐敬亚的稿子，比如陈维刚译、刘小枫校的海德格尔论荷尔德林的文章《追忆诗人》，其时，刘小枫还在深圳教书。

现在回到目录，第一期上，许多诗人的作品都有比较强烈的超现实主义的味道，比如梁晓明、余刚、陈东东、何小竹、金耕、苏伞（他是一个年轻、有才华的诗人，在半个空页上印他的两首诗，但他的名字并没有在目录中出现）和我本人的诗，王寅的诗也有一点超现实的味道（从艾吕雅或阿波里奈尔的影子来看）。余刚是创刊阶段一个重要的诗人，他是一个沉默寡言却内心丰富的人，他曾和梁晓明等一起提倡"极端主义"诗歌团体，在其时的诗歌大展中独立一格。他的《大海抓住的语言》让人耳目一新，那介于达利和博尔赫斯之间的风格让我迷恋了相当长一段时间。何小竹《梦见苹果和鱼的安》是典型的超现实主义，可是，我当时有点遗憾刊登在这儿的诗歌没有那么吸引我。王小妮的诗《注视伤口到极大》显示她一直在向自己的内心开掘。严力刊登的诗包括他的代表作《还给我》，当时，他的后现代主义风格还不是特别明显，从我的视野看，也是超现实主义的。

当然，是否属于超现实主义已经不重要了。当时，超现实主义被我们中的一些人视为最先锋的一种诗歌，可现在看来是有失偏颇的。从世界范围看，从时间的进程看，诗歌的探索和先锋性是可以更多元、更繁复的。

然后，翻过扉页，就是刊首词。由梁晓明撰写：

首先，《北回归线》是一本先锋的诗刊。它的内涵更多是同人性的，它是怀着一种真正意义上的现代诗而站立出来的（注意，我说的是现代诗，而不是人们一般意义上的诗）。《北回归线》从来相信中国是一个诗歌的大国，如果现在不是，那将来它也必定是。而且《北回归线》从来也相信，中国的现代诗大国的发展必定是从我们这一代人开始的，离开我们这一代人，中国现代诗的未来就将无从谈起。

《北回归线》的诗歌重视的是人的根本精神，它的努力的明天是在世界文化的同构中（我说的是同构一种世界文化而不是跟从），找到并建立起中国现代诗歌的尊严与位置。

艾略特忧心忡忡地望着大地上的人类的圣徒心情，埃利蒂斯自由明亮的歌声中的希腊精神，圣-琼·佩斯挥洒自如、上下飞翔的法兰西民族的豪爽与潇洒的人生态度,无一不发散着迷人的光彩和对人类文化的一种贡献。

在中国,再上升一点,在中国的《北回归线》,就是在这样的旗帜招展中,用它自己的一双拍哒拍哒踩踏春天的脚,发现了最属于自己的天空,可以使自己微笑的天空、葡萄、大麦和信心。

口号是属于烟雾的,思想是自由生长的,作为诗人来说,唯有诗歌才是他的方舟,才是他足以有信心度过艰难又漫长的生涯的希望,也唯有诗歌,才是他带给混沌人类的一束光芒。从这样的意义上,《北回归线》注意的诗歌是人的本质的反映与精神。

这样,作为一个梦想的阶梯,作为太阳生长的新鲜苗圃,可以说是应运而生了。

奇怪的是,这个写于三十年前的,多少有点浪漫主义的寄语并没有过时(布勒东承认,可以把超现实主义看作是浪漫主义的尾巴,"然而却是一根很有攫握力的尾巴")。我们可以不矫情地说:这个发刊词召示的精神仍然在我们的前方闪烁。

七、米罗

把《北回归线》再往下翻,就来到它的第一首诗,那是一个组诗:《歌唱米罗》,作者梁晓明。

梁晓明特别喜欢米罗,他所理解的那个米罗与他是完全相契的,那就是自由。对米罗的爱看来会伴随他的一生。

在一篇文章中,晓明写道:"当看到霍安·米罗的'一滴露珠惊醒了蛛网下睡眠的罗萨莉'及'小丑狂欢节'时,我全身都被震动了,当我看到肢体也有它自己的语言,而小虫子、凳子、椅子、灯管、手风琴、铲刀、所有的动植物,甚至各种器具都竭力地扭动起自己的身体、在竭尽欢乐的舞蹈时,我当时就想,这就是我的诗!"

是啊,"大地把人摁在大地上",而米罗式的"超现实主义"则帮助他发现神奇。这种神奇仿佛奇迹,可以把人从僵化的家庭、工作和社会环境中拔出来。这是奔向太阳、月亮、外国和梦幻的力量,竭力挣脱枷锁,向上、向上飞去。

八、回到灰色

最后,我把翻开了的《北回归线》第一期又合上,灰色的封面又出现在我面前。在灰色的中间,是白色,像那根线,那根神秘的纬线。线的中间有黑点。现在是白天,但黑夜从无数个鱼嘴中被吐出来。

有一次,梁晓明和另一位著名的诗人一起被邀请做演讲,那位诗人自称是一位红色的诗人。然后,台下的中学生提出了这样的一问:"请问梁老师,你认为自己是什么颜色的?"晓明沉吟了半响,说:"我应该不是红色的,但也不是黑色的。我可能是灰色的吧。"

《北回归线》三十年来,一共出刊十期,十个封面就像十片叶子。它的第一片叶子是灰色的,第二片是白色的,第三片是鲜红色的,第四片和第五片又回到了灰色,第六片是深红色的,第七片是淡蓝色的,第八片是极浅的灰色,第九片是淡黄色的,第十片是蓝色的。

灰色是一种谦逊的颜色,暧昧的颜色,它可以容纳所有的极端,包容所有的探索。它可以容纳所有颜色,它预示了所有彩虹。可是,灰色也是一种拒绝,拒绝媚俗,拒绝合唱。没有这种拒绝,它的纯粹性和先锋性就无法立足。

开创性的诗专号

● 陈　佳

非诗歌的期刊也时常以诗歌为主题出一期或多期专刊,这样的专刊被称为"诗专号"。由少年中国学会主办、发行的《少年中国》在1920年2月15日和3月15日相继推出《诗学研究号(一)》和《诗学研究号(二)》,这是国内目前所见最早的诗专号。

我国最早的新诗诗刊《诗》月刊创刊于1922年1月15日,相比之下《少年中国》在近两年前就关注新诗的发展问题,不能不感叹"诗学研究号"的先锋性与可贵。我国第一家,也是目前唯一一家诗歌理论刊物《诗探索》于1980年创刊,《少年中国》"诗学研究号"在半个多世纪以前便将目光锁定于"诗学",实乃新诗幸事。有学者称赞:"在当时的众多刊物中,除了《少年中国》,我们还没有看到别的刊物像它这样连续用两期的篇幅来出'诗学研究专号';也可以说,除后来出现的专门性的文学社团外还没有任何一个社团和刊物像它这样,在诗歌理论建设上做过那么多的切切实实的工作。"(钱光培、向远《"少年中国"之群——现代诗人及流派琐谈之三》,《文学评论》1981年第2期)

《诗学研究号(一)》16开,正文66页,刊有田汉《诗人与劳动问题》、周无《诗的将来》、宗白华《新诗略谈》、周作人《英国诗人勃来克的思想》等文和康白情《疑问》、仲苏《问心》诗2首以及黄仲苏译作《太戈尔的诗十七首》等。一个月后《诗学研究号(二)》发行,篇幅增至190页。封面有文字解释:"本号分两期排印,实出于不

得已:(1)阴历年关,印厂停工;(2)远处来稿,未能到齐。""本期页数多至三倍,所以不得不加价;但定全年的,照旧不加,以表优待。"《诗学研究号(二)》除了续载田汉的长文《诗人与劳动问题》,还刊出康白情的诗论《新诗底我见》和吴弱男女士《近代法比六大诗人》、西曼《俄国诗豪朴思碪传》、黄玄译《太戈尔传》、田汉译《歌德诗中所表现的思想》等以及诗作13首。两期诗专号所发表的新诗理论文章明显多于新诗创作,选择做理论的专号而非作品的专号,这已暗示了《少年中国》同人对新诗发展设想的倾向性。

专号中的文章围绕"诗学"讨论,强烈关注新诗本体。康白情《新诗底我见》一文开门见山探讨诗的定义:"劈头一个问题,诗究竟是甚么?"他分别从形式、内容两方面对"新诗的要素"进行阐述,认为形式(包括音韵、刻绘。其中"音韵的是音节,刻绘的是写法")和"内容"(包括情绪、想象)是新诗的两大要素,并且给出了诗的定义:"在文学上把情绪的想象的意境,音乐的刻绘写出来。这种作品就叫做诗。"少年中国成员李思纯致信宗白华说:"白情的一篇,可算'美的白话文',虽是议论批评体的prose,其中却大有诗意,我是爱读得了不得。"(1920年9月15日《少年中国》第2卷第3期"会员通信")又在给康白情的信中说:"诗学研究号'新诗的我见'一篇,可算一种'有诗意的散文'。意义的曲达,体裁的优美,确是希见之作。"

（1921年1月15日《少年中国》第2卷第7期"会员通信"）田汉的《诗人与劳动问题》从艺术起源的角度考察诗歌的来源，对"诗的定义"问题也有正面回应："诗歌者，以音律的形式写出来而述之情绪的文学。这个'有音律'和'述之情绪'两件事是诗歌定义中不可缺的要件。诗歌之目的纯在有情绪，诗歌的形式不可无音律。有此二者谓之诗歌，无此二者自为别物。"宗白华的《新诗略谈》是一篇研究"怎样才能做出或写出新体诗"的诗论。文章首先谈的是"诗底形式的问题"，宗白华也给诗做出了定义："我想诗的内容可以分为两部分，就是'形'同'质'。诗的定义可以说是'用一种美的文字——音律的绘画的文字——表写人的情绪中的意境'这能表写的、适当的文字就是诗的'形'，那所表写的'意境'，就是诗的'质'。换一句话说：诗的'形'就是诗中的音节和词句的构造；诗的'质'就是诗人的感想情绪。"周无《诗的将来》一文对诗体问题进行反思，他指出"格律"对于诗歌的必要性，认为诗有"节韵"，即节奏，"至于韵节，也是他特有要素，只有进化改善，没有根本除去的……须知律声是补助节韵，节韵是用来引起美情"。在重视诗的本体性与独立性这一点上，两期诗学研究号达成了一致，《诗学研究号（二）》的译介文章对新诗本体的探索更近（"近"还是"进"）一步。

同时期刊出的诗专号还有《时事新报·学灯》的"诗学讨论号"（1920-8-5）和"诗歌讨论号"（1920-9-1）。1921年10月26日，《南京高等师范日刊》出版了与《少年中国》"诗学研究号"几乎同名的"诗学研究号一"，这是一份由南京高师—东南大学学生编辑出版的报纸，实际上却是以"讨论诗学"为噱头，刊登古诗，攻击新诗，称新诗"亟待研究之点颇多，容当另刊专号，从事讨论"。郑振铎在《中国新文学大系·文学论争集·导言》中提到这一事件：

"他们在一个刊物上，刊出一个'诗学专号'，所载的几全是旧诗。《文学旬刊》便给他们以极严正的攻击。这招致了好几个月的关于诗的论争。这场论争的结果便是扑灭了许多想做遗少的青年人的'名士风流'的幻想。同时也更确切地建立了关于新诗的理论。"

1919年10月10日《星期评论》纪念号曾刊出胡适的著名诗论《谈新诗——八年来一件大事》，此文可视作最早的新诗理论文章。朱自清在《中国新文学大系·诗集·导言》有言："《谈新诗》差不多成为诗的创造和批评的金科玉律了。"胡适从"诗体解放"的角度为新诗寻求合法性，其解放元素重在"格律"与"音乐"，认为新诗只有脱离这二者才能独立发展。《少年中国》的"诗学研究号"与胡适的诗学探索有了明显的分化，他们明确新诗定义，强调音律、节奏等新诗形式层面因素，重视的是新诗本体的塑造。

这两期"诗学研究号"在刊物内部反响良好，李思纯致信宗白华："月刊近来的文学色彩，浓重极了，'诗学研究号'出了两册，内容是人人共见的。"（1920年9月15日《少年中国》第2卷第3期"会员通信"）此后李思纯《诗体革新之形式及我的意见》（1920年12月《少年中国》第2卷第6期）和李璜《法兰西诗之格律及其解放》（1921年6月《少年中国》第2卷第12期）等文都推进了新诗形式的探索。梁实秋曾对新诗运动进行反思："经过了许多时间，我们才渐渐觉醒，诗先要是诗，然后才能谈到什么白话不白话，可是什么是诗？这问题在七八年前没有多少人讨论。偌大的一个新诗运动，诗是什么的问题竟没有讨论，而只见无量数的诗人在报刊上发表不知多少首诗，——？这不是奇怪吗？这原因在哪里？我以为就在：新诗运动的起来，侧重白话一方面，而未曾注意到诗的艺术和原理一方面。"（梁实秋《新诗的格调及其他》,1931年1月20日《诗刊》创刊号)《少年中国》"诗学研究号"填补了新诗发生之时在理论方面的空白,它集结了早期一大批重要的诗论,从"诗学"出发,观照新诗本体,并重新诗的形式与内容,纠正了重内容、轻形式的风气,为新诗根基的建设与新诗主体性的建构做出了贡献,是观照诗学发展的重要资料。此外,诗学研究号集结的这一批诗论堪称早期新诗理论的经典文献,对后世的延续性影响也是巨大的,《中国新诗总系》理论卷、《中国现代诗论》《中国现代文论选》《中国现代诗歌理论经典》等选本均有所收录。

《少年中国》第1卷第8期,诗学研究号 封面

扫二维码联系《星河诗丛》